汪彦中◎著

同温层食堂

Loneliness in
the
stratosphere

中国画报出版社·北京

图书在版编目（CIP）数据

同温层食堂 / 汪彦中著. -- 北京：中国画报出版社，2023.3

ISBN 978-7-5146-2151-8

Ⅰ.①同… Ⅱ.①汪… Ⅲ.①幻想小说—小说集—中国—当代 Ⅳ.①I247.7

中国版本图书馆CIP数据核字（2022）第141828号

同温层食堂

汪彦中 著

出 版 人：方允仲
责任编辑：郭翠青
助理编辑：王子木
责任印制：焦 洋

出版发行 中国画报出版社
地　　址：中国北京市海淀区车公庄西路33号
邮　　编：100048
发 行 部：010-88417360　010-68414683（传真）
总编室兼传真：010-88417359　版权部：010-88417359

开　　本：32开（880mm×1230mm）
印　　张：9
字　　数：231千字
版　　次：2023年4月第1版　2023年4月第1次印刷
印　　刷：天津市天玺印务有限公司
书　　号：ISBN 978-7-5146-2151-8
定　　价：45.00元

目 录
Contents

造　物　　　/ 001

夜　眼　　　/ 085

症　候　　　/ 160

球　体　　　/ 192

同温层食堂　/ 252

造　　物

1

"制造恐龙？这种事情为什么找我？"

"因为柯教授您是业内首屈一指的专家。"来者搓手发笑。这一听就知道是胡扯。

"你搞错了，我不是。请你出去。"柯乐回答对方。

"没有您，我们公司将陷入困境。"公关人员递上自己公司的宣传材料，是个小折页，红红蓝蓝，黄黄绿绿，粗制滥造的大人和儿童身体与粗制滥造的恐龙形象被简陋地拼合在一起。"我们美华公司的名字，您应该听过。"

"听过。是谁说你们公司就要垮了？"

"是我们公司的总经理。"

"那么，至少你们公司里还有一个头脑清醒的人。他说得没错。"柯乐将宣传折页扔到桌边，"一点儿不错。你们公司的恐龙，我记得十年前就已经造出来了，一直到现在都没有换代过。"

"不不不，我们每两个季度都会将产品迭代一次。"一听到对方谈起自己熟悉的话题，公关人员精神一振，总算可以不用强行胡扯了。他撸起袖管，准备长谈，但柯乐不打算再让对方耽误自己的要事。

"你们那些不叫迭代。我记得不差的话，你们的伶盗龙每年两次推出新品种，不过是毛色花样的翻新，还有爪子的长度变化。"

"您说得对，这也体现出我们美华公司的技术实力。"

"你干了几年公关？"

"三年，之前有六年从事销售工作，中间有三年多担任销售主管。"

"那你还有救。赶紧辞职离开，去别的公司找找门路。"柯乐翻看手机，瞧也不瞧对方，继续说道，"你很擅长销售工作，所以也染上了销售这一行当的恶习，习惯把自己面前的所有人都当傻子。贵公司的恐龙产品迭代，基本上就是只更换羽毛的颜色和光泽度，然后隔半年加长脚部二趾爪的长度。"

"在技术领域，这就很难了。"

"在生物技术领域这很难，但在塑料纤维和有机玻璃加工领域这就很容易。以为我不知道你们是怎么个'迭代'法？你们恐龙身上的彩色羽毛都是假的，用激光植入在恐龙皮肤上，早几年用塑料羽毛，后来用过半年的尼龙纤维，现在用的是半透光的玻璃纤维。每隔半年，你们会把羽毛的颜色重新喷一遍。你们恐龙脚上的大爪子是亚克力材料做的，你们的恐龙园里有一套班子，专门负责给爪子喷漆上色和打磨抛光，然后每半年再把这些爪子的尺寸轻微放大。"

对方职业性地压抑了心中的震惊，脸上摆出看似无所谓的神情。"不愧是柯教授，没有您不知道的行业内幕。一开始我就没说错，您果然是业内顶尖。"

"现在你可以出去了吗？"

"您先别急。我们总经理说过，必须让您加盟本公司，否则我就不能离开……您相信只凭一张嘴，就可以拯救一个产业，乃至拯救一个国家吗？"

职业病又来了？真不愧是干销售出身，自己一家民营企业的死活，居然能够扯到产业和国运。不过这倒也未必是完全夸张，柯乐心想。

"恐龙的展示和销售是文化产业，是我国今后着力向外输出的主要支柱产业之一。"公关人员表示，"送出国门，去赚外国人的钞票，这可是件大事。"

"据我所知，外国人恐怕不会允许你们借开发旅游景区的名义去打造商品楼盘吧。"

"不需要。我们纯粹靠娱乐，靠门票和周边产品的收入就够了。"

又看了一眼手机，正在等的那个人还有一阵子才到。"知道了。"柯乐打个哈欠。不妨暂时跟眼前这个骗子再多斗几句嘴，闲着也是闲着。"我们国家的迪士尼乐园和环球影城，你们想要打造的是这类吧，这十年来我遇见过五百八十多家公司都这么说过。"

对方露出一副故作深刻的模样："柯教授，您知道什么人最喜欢恐龙吗？"

柯乐从办公桌抽屉里找出牙签，开始掏耳朵。

当然是孩子了。儿童，幼稚弱小的低龄未成年人，整日生活于父辈的压力之下，父母对他们而言，就是一群高高在上不可理喻但又坐拥强大力量的怪物。孩子们的这种压抑心态，在他们观察恐龙的过程中得到了充分释放。但同时他们又确信恐龙是只属于他们的守护天使，心理层面的因素就是如此。喜爱恐龙的总是青少年。少部分成年人，一生都挚爱恐龙，只因这类人本身就是一群没长大的人，是一群毕生都将自己视作孩子、潜意识里不愿长大的成年人。

"但是外国人和我们不同。您也知道，赚他们的钱非常容易。"公关人员补充道。

"所以你们想雇我替你们吹牛。"

"恕我直言柯教授，吹牛您可能还不如我公司的宣传部门专业。还是那句话，我们相信通过您的头脑，彻底振兴这个行业。您是科学家，您应该知道，嘴巴连着头脑，头脑有力量的人，嘴巴的力量也就大起来了。"

时间到了，办公室门被人推开。公关人员起身掸掸西服上的灰准备离开。出门前他提醒柯乐，记得接听电话，但柯乐没理睬他。

从零开始创造一种只存在于梦幻中的神奇生物，如此伟业，或许正如刚刚那人所说，只有依托商业运作才能实现。这种事总是困难重重，然而其中自有乐趣，某种如创世般的巨大快乐。柯乐向往这样的乐趣。

2

"恐龙在一百年前就已经是过时货了，它们的形象早已不能给人们带来任何新鲜感。现在不会再有人觉得恐龙是有意思的东西，尤其是那些手中有钱的成年人。"

对于柯乐的这番意见，美华的中层干部们在碰头会上质问他道："照您这么说，我们公司看来应该趁早散伙，解体或者打包出售？"

"商业方面我不是非常精通，不过我不建议你们这样。已经不值钱的东西，再怎么包装也还是不值钱。更不能卖，越卖越不值钱，最后只能砸手里，眼睁睁看它臭掉烂掉。"

"柯教授，您是象牙塔里的学术精英，但商业界的事情还是我们比较在行。"

"说的一点儿不错,"柯乐回道,"所以各位商业精英,请你们告诉我,我刚才说的是对还是错?"

没人回答。

"所以我们要做的不是减少损失,而是重新思考一个新的方向来赚钱。"柯乐说,"这会导致冒险,会有人被炒,会出人命,是一场豪赌。"

美华的总经理叹气道:"恕我直言柯教授,说出这话来,证明您依然还只是在象牙塔里,对我们有些误解。我们做生意的人,每一个决定都是赌博,全凭运气。"

在座的中层干部们不约而同地点头同意。

看来意见已经统一,可以开始了。

"恐龙只是一个由头。"柯乐阐释道,"就像米老鼠。米老鼠只是一个由头,哪个迪士尼乐园里都少不了它,但绝不是整个乐园从早到晚、从里到外除了它就是它。它是一把钥匙,一个开关,生意由它开始,只不过它不能是全部。贵公司的伶盗龙也是同样道理。"

总经理随即表示,伶盗龙周边开发项目早就在七八年前开始了,到现在也只是在保本线上不断挣扎而已。柯乐对此感到惊讶:"居然到现在还能保本?贵公司已经做得相当好了啊。"

"假使柯教授此役得胜,我们许诺的干股将如数奉上,届时柯教授就该说'我们公司'了——可还是让我们先来谈谈实际困难。"总经理坦言,"诚如您刚才所说,人们对于伶盗龙早就失去兴趣了,再加上近十年前的负面新闻……"

有人向柯乐解释,约十年前,业界一位姓陶的伶盗龙复活项目先驱者被母公司除名,之后在某地参与一项严重违背伦理的生物实验而被捕入狱，至今还在服刑。"判了多少年来着？少说还得有两三年才能放出来吧。"

"还要等两三年？真遗憾。否则贵公司手里又将有一个绝佳的新闻炒作资源。问题不在这里。"柯乐摇摇头："关键还是伶盗龙的吸引力问题。"

已经十年过去了。如今美华手里依然只有这么一个产品。大人腻了，孩子腻了，恐龙迷腻了，生物学家腻了，好莱坞也没兴趣了。可是，硬性的技术困难依然摆在面前：除了伶盗龙之外，其他种类的恐龙都造不出来，或者说造得不好。首先可以确定的一点是，鸟臀目恐龙绝对不能以现有方式复制出来，它们的血统已经彻底断绝，现代动物没有它们的后代。而蜥臀目中的大型兽脚类，体型大到一定程度，身体机能就会趋于崩溃，除此之外还有太多的不利因素要考虑，例如古今差异极大的大气含氧量，以及巨型食肉生物所必需的庞大狩猎区和猎物数量；它们的主要猎物以巨型草食性蜥臀目恐龙为主，体重动辄超过十吨的那些草食巨兽本身制造起来就是困难重重。

地球已经不是过去那个样子，如今的世界根本供养不起这些巨型动物。但是这不要紧。

"不要紧。"柯乐强调，"刚刚说的这些困难，其实根本不算困难。我们要做的并不是复原恐龙，因为恐龙已经不再存在，所以根本不需要复原。恐龙全都是幻象。我们只要做出想做出的样子就行。游客不懂什么是恐龙，我们造出什么来他们就会来看什么。"

"完全不考虑消费者立场？对不起，柯老师，"有人在台下忍不住笑，"您这类的'乔布斯'再世，我这几年在业界见过不少。至少那些古生物学家，那些您的同行，科学家，不全是幻象吧？"

柯乐面对公司高管层说道：

"对这位先生的问题,我的回答有三句话。第一,古生物学家们做出的恐龙复原图与真实生物也不一样,且永远不可能一样。每隔几年,业界开古生物大会之前,他们总会把自己手里的成果再'迭代'一次,就跟各位做产品一样。不那样他们就会饿死。第二,消费者,那些看恐龙的人,他们根本不认识恐龙,也无所谓恐龙该是什么样子。哪个恐龙凶猛、厉害、战斗力强,他们就喜欢哪个,而具体到什么样的恐龙厉害,他们只能依赖学术界的人去给他们'科普'。而科普界的人,你们都知道,他们的嘴巴是我们可以掌控的。第三,这位先生,如果你不能在半分钟之内离开会议室,那么就只好我自己在半分钟之内离开。"

半分钟后,提出质疑的那个人被保安架走了。

柯乐对众人宣布:"刚刚提到的所有技术问题都不是问题。在技术之上是宣传推广,是销售,是商业合作。当然,它们也还不是最根本的问题。在它们以上,最核心的、可以解决所有问题的关键是——"

在场所有人的嘴巴都做出同一个形状。

3

钱。必须把它握在手里,没有它的话,科学只不过是幻想,只能成为科幻。不,哪怕是在科幻行业,想要成事都需要许多的钱。离开美华公司办公楼,乘专车去长住酒店的路上,柯乐一直回想着散会前总经理的感叹:

"我们这些人的钱,可以说是大风刮来的,但是柯教授,如今早就不再是大风能把钱刮来的时代了。您说的这些非常有趣,我很喜欢听,但我更喜欢听到的是我们在哪一天拥有了足够的钱,可以把这些有趣的事变为现实。"

如今的世道确实不如以往，用理想和信念去诓钱是荒唐可笑的。柯乐清楚这个道理：从零到一最难，从一到无穷大很简单，但在通往无穷大的道路上，你依然得踩着二、三、四、五、六，一步步往前走。

"所以这第二步，"次日在酒店顶楼餐厅喝下午茶时，柯乐对总经理说道，"先朝最近的一处出发。我们的伶盗龙产品线很小，不过小不要紧。小的东西也反而很好弄。"

他从双肩包里抽出一本硬皮大书递给对方。儿童读物，恐龙图册，看似是每一个书店里都成捆积压的那种，但实则内有乾坤。总经理眯着眼睛，一下就看出其中名堂来。"《我爱祖国的恐龙》，嗯……这家出版社的老板我熟。想法不错。销量怎么样？"他翻到版权页，发现印数不低，"符合时代气息，挺好的。柯教授想让我们买下这家出版社？"

"等这场赌博赌输到一个子儿都不剩的时候，我们可以考虑搞出版，不过那是最后的退路。现在我要您看的是书的内容。您觉得书里面的东西怎么样？"

"想法还是有的。整本书里介绍的都是我国境内发现的恐龙，而且没忘记加上南部海域发掘出的海生爬行类。柯教授看上其中哪一些品种了？"

"全都要。"柯乐猛吸一口热巧克力。

当然，说全要是有些夸张，至少目前来看，书中一多半的草食性恐龙和鸟臀目暂时还不容易做。鸟臀目的情况自不必提，蜥臀目草食性巨龙的问题则在于成本太高——这年头肉便宜，草料贵，国内国外皆是如此。

"先从能做的开始做起。"问餐厅女服务员要过铅笔，柯乐捧着图册,如同点菜般在彩页上画圈,"中华龙鸟,这个肯定要的。孔子鸟,这个也要。还有什么好呢?阿拉善龙和巨盗龙可以共用一条产品线,没问题。中华盗龙,这玩意儿跟永川龙基本没区别,就叫它'永川龙'吧。中国鸟龙有点儿麻烦,但是也好解决,关键是作为一个噱头很带劲,要了。帝龙,霸气,这个必须有。还有这两位宝贝,它们俩放在最后。它们是第一阶段的拳头产品。"

总经理接过"恐龙菜单",看到后面那两种动物的名字,眉头皱起来。"您要造这个?您开玩笑?工商检疫部门见到它还不得疯了?"

"钱和技术到位了,我能让技术团队把它做成只吃狗粮,您信不信。"

"好吧,我信。可最后这个呢?这是无厘头吗?"总经理用手指着画册封面上的那个主角,"蒙古伶盗龙?跟我们的伶盗龙有什么区别?"

"区别大了,"柯乐向他指出,"区别在于名字不同。"他告诉对方自己想做的那种动物的名字。

"恕我直言,柯教授,我虽然是个科盲,但毕竟接触恐龙也有些年头了。据我所知,您提出的这个名字早就已经被科学界给判定为无效了……哦,我懂了。"总经理突然开了窍,"我明白您的意思。"

"没错。毕竟咱们俩是同一代人。"

不管古生物学家再怎么说,制造恐龙也不是在搞科学,而是在搞第三产业文旅项目,不需要考虑合理性。什么是恐龙?恐龙压根就不该是一副鸟类的模样。它们就该长着鳞片,没有羽毛,瞳孔一道缝,见人就扑过来。它们是"恐怖的蜥蜴",必须是,没有商量的余地。

"但您这种思路,圈里圈外有多少人能接受?如今的舆论宣传可不好弄啊。"

"我知道。所以我们得先从舆论宣传开始弄起。"

4

人类根本就不可能喜欢恐龙,柯乐无比清楚这一点。人类对恐龙的着迷,源自于畏惧而导致的崇拜。在上帝已死的时代,人们从土层中发掘出无法解释的巨大骸骨,心中再也没有宗教可供依托的他们,在研究的同时,潜意识中本能性地开始对那些亿万年前自己祖先的天敌们下跪,膜拜并且祈祷。对人无比残暴者是为神。作为一种脆弱的生物,人类对心灵归宿的寻找旅程永无止境,而恐龙只是其中一站。

造神则需要钱。打造迅猛龙舆论确实得花上一笔钱,不过跟研究经费比起来不过是个零头,因为制造舆论本质上是在对付文人,而古往今来,文人总是便宜的。在这方面柯乐比较有经验,懂得操作手法。

一个基本的原则是:谬论重复一百次之后再塞钱就可以成为真理,但在塞钱之前先别急着发谬论,你得先发出真理。全国古生物高峰论坛在美华公司母集团的操作下,一个月后迅速启动,又过了一个月,柯乐已经招揽到共计两百多人的业内专家,正好够塞进一个微信大群里。

"我知道人不全。我要的就是人不全。"会场休息室里,柯乐对执行委员会委员长,也就是美华的副总经理解释道,"当然了,首先我本人还是要出席,不然人家不认。"

"对,这我们自然懂。但是这次古生物界的专家只请来了一小半,同时还有很多受邀嘉宾压根不是古生物界的人。"

"我要的就是这种效果。"

都在一个小圈子里混,同样一个有钱赚的活动,看到别人跑去参加了之后,自己不想参加也变得想参加了;至于那些圈外的外行,他们岂能不知道自己是外行？看在受邀请的分上，不管你说什么他们都会举双手鼓掌赞成。人类特有的心思，懂就懂了，不懂就永远懂不了，没必要跟对方这种工科出身的人费劲。柯乐摇摇头："你们自己体会吧。"然后整理一下衣领，走入会场内，开始主持大会开幕式。

论坛上谈些什么，一周之后没人记得了，但最大的会议成果已经结出：半官方的组织机构，或者说一个围绕在柯乐身边的恐龙小圈子已经初步生成。加入柯乐圈子的人会拉自己的同行也进来，小圈子人数的翻番大概花了三个多月的时间。在这段时间里，美华公司同时在着手另一项重要工作：新型产品的先期预研。

预研于不久之后完成，新产品的正式清单开出来了。柯乐得到名单，草拟了一份报告，亲自带去外地。"第一号新产品非常重要，先做哪一种恐龙，我们需要听取上面的意见。"出发前他对技术部门的人说。

"但是柯教授，无论造哪个产品不都是一样的吗？顺序有那么重要吗？"技术部门的工程师们不太能理解。他们还太年轻，思维还停留在用科学的态度对待科学事业的稚嫩阶段。

"对我们来说顺序不重要，但对上面的中老年朋友们来说很重要。尊老敬老，给他们纸面上的决定权吧，让他们心里高兴高兴，使他们记住美华的名字。"

柯乐的人缘果然发挥了巨大作用。美华的名单获得审批，上头亲笔签批的命令下来了。这命令的内容不是重点，重点在于命令本身。这条命令本身可以换来一切。

"那么可以开始赚钱了吗？还是说刚开始启动的时候，会有一两年打水漂的阵痛期？"总经理在电话里问柯乐。

"可以开始赚钱了，"柯乐回答对方，"就趁现在，阵痛期中越痛就越有赚头。赚钱和产品开发两不耽误。"

5

第一阶段的第一个新品种是中华龙鸟。实验楼会议室里，经历了复杂的研讨之后，最终决定的外貌特征则很简单：它是红色的。必须是红色，这是由它的名字决定的。"它的特征必须简单明了，简单到只用一句话就能概括。"

"也就是说我们要做的是一只红羽毛恐龙？"技术负责人问柯乐道。

柯乐回答他："我这人的性格不喜欢跟人抬杠，但是在你这句话里，我还是要捉出两点来分析一下。"他面向技术攻关小组全体组员解释道："羽毛颜色的主体是红色，不过有一个重大问题：红色有很多种，我们到底应该选择采用哪种红色。你们知道世界上有多少种红色吗？不要用手机搜答案，现在就告诉我。"

有技术员抗议，说他们并非在印刷厂上班，也不是美工，不懂色号的概念。也有人思考过后回答他说有无数种。但同时，有些女技术员早已领会到了柯乐的精神。她们是他的崇拜者，甘愿为他放下身心的尊严，而当一个人放下尊严时，这个人的思维质量总是会提高很多。

"有且只有一种。CMYK色值是0、100、100、0。"

"为什么？"技术负责人问说话的女技术员。

"这是国旗的色号。毕竟它名字叫中华龙鸟嘛。"

柯乐并不满意。"你领会了'中华'两字在色彩语境下的含义，还算是不错。但你为什么要用CMYK色值？"

"我上一个男朋友家里是开文化公司的，他负责管印刷厂的账，那时我接触过一些设计工作。不过现在我是单身啦。"

"你懂不懂 CMYK 和 RGB 的区别？"

女技术员停顿了两秒钟，恍然大悟。一种由心而生的倾佩感促使一股热流朝上喷涌，灌注她的脑中，使她目眩神迷。

干过印刷的人应当很清楚，CMYK 只适用于平面印刷品，这类印刷油墨本身只通过反射来发色。而在自发光的介质上，例如电子屏幕上，永远是 RGB 规格。

"发光？您想让恐龙的羽毛发光？？"

"这种自发光羽毛的微观结构可以做得很粗大，不需触及纳米尺度成型技术，羽毛内部的编织光纤尺寸相当于头发丝。更方便的是，"柯乐强调，"做这种东西，根本不需要考虑强度问题。断了就断了，断了才更像是真羽毛。"

成本问题也无须考虑。粗略估计，一头标准体型的成年中华龙鸟身上至少得容纳超过五千根这样的自发光羽毛，批量生产的数额如此之大，使得它的成本控制非常方便。

台下，技术人员们忙着做笔记。"光源和供电系统怎么办？"有技术员问。

"虽然我们的羽毛是假的，但毕竟下面的恐龙是生物体，在它体内埋设发光器件和供电设备太麻烦，按我们现有的技术能力，一旦产生排异反应会很麻烦。"

最麻烦的地方柯乐还没有说。无论如何，人类毕竟没法用对付人的方式来改造恐龙的思想。假使上面来人莅临参观指导，这些恐龙一张嘴一甩颈子把背上的电池咬出来晃荡，那就将宣告整个美华公司的灭亡。

"中华龙鸟脚部的二趾爪，在不引起怀疑的前提下可以增大一点，反正是假的亚克力套子。套子里放进电池和无线放电板，每根羽毛里加入感应电路，实现无线充电。电池容量可以打点儿折扣，我要的效果是中华龙鸟身上的红色仅仅只是轻微发光。它不是霓虹灯管也不是凤凰。它的名字特殊，不可以太张牙舞爪，否则会有风险。"

"了解。那么爪子里的放电板功率我们也会注意一下。"技术负责人已经领会到了精神，"发热过度的话就完蛋了。"

"正是如此。"

"那么，柯教授，"那名女技术员又问道，"我只剩下两个问题。第一，羽毛的发光强度是自动的还是人工调节？"

柯乐给出的解答是两者兼有。在展览区域布设控制终端，根据现场光线状况及现场需要的效果，用无线电发射控制信号，信号可在自动控制和手动控制之间自由切换，恐龙爪子里的接收器感受到信号后即可遂行调节羽毛亮度。

"第二，整个恐龙身上通体都是红色，好单调啊，不漂亮。"

柯乐逼近到她鼻前："你觉得什么样子叫漂亮，告诉我。"

"就像我们国旗那样就很漂亮啊。"

"嗯，可以考虑在羽毛顶端加入 RGB 黄色信道，浑身闪烁出星星一样的金黄色光点，那样是很漂亮，只是实际效果需要调试。怎么，你不想干技术了，想干艺术？电子艺术？"

女技术员笑起来："我听您的。"

柯乐轻微笑了一下。

假如每个人都像她这样主动提出自己要做什么事情，那么不管是一个企业还是一个部门机构，总能永葆活力。

散会之后，他嘱咐总经理，现在可以开始铺产业链了。

"制造商已经物色好，直接收购它所属的化工系统母集团就行。我们手里有上头的命令，一切事情都很好办。"总经理回答他。

6

想要对抗某种权威意见，通常有三种方法，一是坚称对方是错的，二要证明对方在主观上带有敌意，三要花点儿钱让反对它的人们团结起来。柯乐认为这三种办法适合一起上。中华龙鸟原型产品开始试制的同时，第二次古生物学研讨论坛已经筹办起来了。规模当然要比上一次更大，为此美华公司专门成立一家文化发展公司，全资子公司，由公司总经理亲自挂帅以解决宣传问题。

宣传问题现在需要日益重视起来。已经有越来越多的声音开始反对美华公司。一些古生物界和科普界的个人和组织主张，美华的恐龙制造产业是荒诞的，违反道德，毫无审美，玷污了美妙的恐龙形象。行业中，这种声音过去多年来一直都有，但这次声浪尤其高。

"所以当初我就跟您提出过，要么别出钱，要么就干脆多出点儿钱把所有专家全都拿下。现在可好。"论坛的筹备会上，总经理对柯乐抱怨，"上回没请来的一部分学者和媒体，看着别人拿钱自己拿不到，如今全扑过来报复我们了。"

"经理，请问您什么学历？"

"英雄甭问出身，我十八岁出来闯天下。"

"所以我再怎么跟您聊您也不懂。您只需要在支票上签字就行。文化人的事交给我。"柯乐回应对方。

这回他选择居于幕后，台前的工作，他交给了那位已经跟他无比亲近的女技术员——对方现在的职务，已是文化发展全资子公司的创始人。

"恐龙已经灭绝了。如今它们再次存在的唯一前提，是它们必须存在于人类的解释之中。"在此次论坛开幕式现场，女创始人代表公司，全面阐述了柯乐的观点，"什么是真实？由什么决定真实？是由提出者本人的国籍，还是年龄，还是资历，还是说由他们的性别决定了他们说的就一定是正确的？倘若他们真的正确，为什么某些专家的恐龙复原图每几年就又要更新一次？"

多年前，柯乐曾有过一个短暂的女友，其现任丈夫的公司手中握有巨量的社交媒体平台账号。这家公司与美华已经实现了合作，这天的开幕式由他们麾下超过三百万个账号同步转发，维持热度，保证足够的宣传力度。

"我们一贯主张，学术问题归学术，不要在里面掺杂进与科学无关的其他居心。恐龙该不该有羽毛，羽毛是什么颜色什么效果，细节问题我们欢迎讨论，但是可以讨论不代表可以借此实现某些攻击的目的。"

女创始人的强悍言论，顺着三百多万个账号传播到全网，传播到超过三千万个不可操控但可影响的真实账号耳中。这是契合时代精神的呐喊，一时之间，国内古生物学界人人皆为之震撼。之后几天，看着母集团的股价波动，美华的总经理对柯乐感慨："这居然也行。看来我是大错特错了，果然读书终归还是有用的。"

"这是搞媒体的手段，快钱，不可持久，有兴趣以后您可以自己收几家公司玩玩。但现在我们的重点还是做恐龙。"

"到了今天，您不必藏着掖着，我已经看出来了，恐龙其实根本无所谓。它只是个做全产业链的噱头。中华龙鸟的第三稿今天早上传过来了。"他打开平板电脑递给柯乐。屏幕上有一组从PPT里截出来的骨骼线图。

上面的数字令柯乐相当不满："已经第三稿了，结果我之前说的话你们依然是在当放屁。为什么总长度只有一米二？"

"那应该多长？伶盗龙本身也不过一米五……"

"伶盗龙已经是过去式，已经翻篇了。初稿你们做成一米长，我说过太短，现在第三稿了还这么小？"柯乐用指关节在屏幕上敲击数下，"再大！继续放大！"

"有专家说，中华龙鸟的尺寸要是太大了就不科学了。"

十分钟之后，柯乐在研究所的所长室里见到了坚持此意见的几位专家。

"你们是专家，所以我不为难你们。"他对他们说，"多给你们点时间，五分钟，写好你们的辞职报告交出来，领遣散费回家。"

"非写不可？"对方凝视柯乐的双眼。

"不是非写不可。你们可以选择不写。不写，就是辞退开除，想要拿走遣散费你们就必须签同行业禁止转职协议，十年内有效。知道各位都是知识分子，不食周粟，我很钦佩各位的骨气。"

四分钟之后，所有人都上交了辞职报告。柯乐让他们领了钱离开。

到现在还以为自己是在这里搞科学，这就是你们可笑的地方，他在心里对他们叹息道。"马上开始做第四稿，拉长，放大。"

"一米八怎么样？"总经理询问他。

"先做出来看看再说。"

这时，被逼辞职的几名专家正从研究所食堂门口经过。食堂里，剩下的技术组成员心中并不平静，委屈气愤等情感也自然流露出来。一些年轻研究员哭了。

他们只哭了不到两个礼拜。半个月后，五星级酒店标准的员工自助式中西餐厅完工试营业，所有人在兴高采烈地吃寿司拼盘的时候，终于全都折服于柯乐的伟大和远见。

一定要把恐龙放大，不放大，就没有眼前这一切优渥的条件。第一批次中华龙鸟的数量定为两百头，由于体型比伶盗龙大，因而关押它们的笼舍就要大，而笼舍一大，占地面积和所需人力就多；多增加的那些人员需要住宿，住宿区就要比现有标准更大。粗算下来，平均一头中华龙鸟所需的综合后勤设施占地面积，约是伶盗龙所需面积的两倍到两点五倍。在美华公司这样的大型企业里，当数量增加积累到一定程度时，需求增幅对企业投入的影响是呈曲线上升态势的：人越多，地方越大，地方越大，服务于地方本身的人，比如清扫、安保、维护、餐饮、宣传等各部门的人手也要增加，而增加的这些人手同样又再度对公司的占地面积提出了新的要求。这些要求林林总总集合起来，最终造成的后果，便是——

"要搞地产项目。我们需要更多的地皮。初步先搞起一到两个开发区来。"头一批中华龙鸟实验产品即将诞生的那段时间，柯乐代表美华公司，向社会各界提出了这样的要求。

各界的态度可想而知："我们代表家乡父老，诚挚欢迎贵公司来到这片热土！！"

"房地产，谁不爱？亏您能想得出来啊。"开发区建设项目正式完成签约的当晚，全资文化子公司的女创始人在酒店客房里夸赞柯乐道。

"凡稍微多动点脑子的人都不难想到这一层。这么多年来，麦当劳从来都只靠地产生意赚现金流。当然了，你想不到这一层我倒一点儿都不奇怪。"柯乐擦着身子说。

对方从被窝里伸腿出来踢他肚子一下。

"行了，别光顾着给公司盖房子。下个月新恐龙就要正式亮相，想好怎么应付了吗？我可告诉您，到时候全世界所有热爱恐龙的人都会把您骂死的。"

柯乐扭动颈椎几下。"要是那样就好了。我最怕的就是全世界没一个人肯开口骂我。"

7

柯乐的宣传确实惹恼了很多人,但那些人自己明白,并不能拿柯乐怎么样。柯乐对中华龙鸟的复原主张再荒谬,也还没有到宣称古希腊古罗马古埃及不存在的地步。而且美华公司的钱给得实在太爽快,按时按量。当你在金钱上把人们伺候到位之后,你在言语上的冒犯就不再是冒犯,而是成为你的独具魅力的个性。"搞科研真是委屈你这老东西了。"有人在会场上与柯乐闹翻,临走前扔下的这一句,却是概括力极佳的评语。与此同时,在某些其他"山头"上,抱团痛骂柯乐本身也已经成为了一项圈内产业"潮流",若是不骂上他几句,会议和论坛都开不起来。柯乐的影响力正在持续变大。

产业之路一旦踏上就绝不能回头。第二批次产品问世之后,美华内部的中华龙鸟事业分公司强烈要求必须开辟新的展示地,原有的伶盗龙展厅勉强只能够到国家三级博物馆标准,档次太差。

"要地,要钱,要人,要政策,每个地方的每个人都在张嘴喊要要要。"文化公司女创始人有一晚在床边提到这事,"柯教授,我已经听得太烦了。"

"会哭的有奶吃,我看你也没资格指责他们。"

"那么我要的东西究竟什么时候能到?"

柯乐呼出一口气。是不是不答应她今晚就没法准时睡觉?

如果真是这样,那也不能怪我了。

"重复的话我不想再说,发光羽毛产业链是肯定不能给你的。"

"那个东西我不懂,我也不要。我只要新场地的总经理。"

"小姐,你活在这个世上已经快三十年了,可到现在你连最基本的讨价还价都不会。新场地的产值跟光电产业链比起来是个什么概念,你当我不知道?"

"这话我来问你才对。"女创始人的身体挺立在床头,态度极其严肃,"搞新场地,知道我要顶多大风险吗?这年头你应该庆幸,有人居然还敢主动站出来接跟地产有关的生意。你们这帮读书人靠产业链搞钱的本事,我没文化,自叹不如,但别以为我真的什么都不懂。美华恐龙乐园的盘子必须给我,不给我,你也找不到别人肯接。"

说得太对了。柯乐起身下床,从保险柜里取出跟乐园有关的文件夹,抛到双人床另一头的床头柜上。

女创始人这时已经穿好衣服。将文件夹塞进文件包里后,她终究还是忍不住多问一句:"光电那一块,你到底打算给谁?"

"你不认识。研究所的那帮人。你走吧。"

"距离年报发布已经不远了,你找那帮理工男?只顾搞学问的话小心自己把自己给搞死啊。"女创始人离开卧室前说道。

她所言不差,但新一阶段的产业链延伸路径离开技术团队确实不行,因为只有技术工作者才能明确指出,下一步该怎么花钱,花多少钱,钱花去哪儿,去买哪些东西回来。

从研究所扩张而来的美华生物研究中心,不久后就向柯乐发来了技术要求书。"根据公司上周确定的新品种开发要求,我中心遂制订出以下收购建议要目……"

收购目标是精密金属加工企业。

柯乐给美华定下的下一个新品种是帝龙。制造帝龙的关键在于头部和前肢,它们的羽毛倒比较平常,只需满足保暖功能,不必列为专项重点。暴龙科的帝龙必须以"暴龙的祖先"作为营销关键点,这类恐龙的特点无非就是大脑袋和小前肢。前肢的问题很好办,胚胎可控畸形技术早已成熟多年。但它们的脑袋造型是个重点难点。

"重复的话我不想说。你们都清楚,来看恐龙的游客们的脑子早就被好莱坞洗了几十年。"研究中心的碰头会上,柯乐这样解释,"暴龙科的头部较大、较高、较宽厚,正面立体视野更好一些,上颚牙床部位有弧线,便于它们切割开嘴里的食物。牙齿也要注意形状、长度、截面的圆度。从小看各种影视剧长大的游客,只会通过这些特征认出它们是暴龙的祖宗。"

研究中心主任问道:"牙齿方面问题不大,但是头骨和下颌怎么解决?您也知道,说是帝龙,实际上我们手里的试验品跟帝龙关系不大,全是由伶盗龙变形改造而来。"

"主任,你也是老员工了。我们的伶盗龙是以什么为原型?这些年来你们手里的实验项目是以什么为原型?还有外面这两年那些竞品公司的对标产品。这世上所有的复制恐龙,全都来源于家鸡的基因返祖工程。这个基本问题还没想通的话,你也不用再干了。"

会议室里没人说话。每个人都已经习惯了接受柯乐的指责。但现在指责并不能解决问题,大家想要知道的是,怎样将伶盗龙的头骨形状做成暴龙科的样子——并且还是在活体恐龙体内。

活体恐龙,不能弄虚作假。你不能找几个硅胶牙套硬卡在恐龙脑袋里,它们难受是小事,关键是要考虑到它们的数量。新场地在未来的十年到三十年内将遍布全国,并且开辟到海外市场,在那么大的数量下,小修小补的手段当场露馅被游客们逮住的概率会很高。这是柯乐的顾虑。

他说:"从人造骨骼上想办法。"

"等等，您是说在钛合金骨架外包裹活体组织的那种？"

"当然了，要用就用最好的。发育期的帝龙头骨可以不去管它，等它们到了可以出笼展示的年纪，用外科手术把它们相应部位的自身骨骼替换成人造骨骼，部分区域用硅胶体修补，不会伤及神经和血管。恐龙和哺乳动物不同，面部肌肉很稀少，所以软组织和皮肤的重塑重整不算复杂。"

钛合金非常稳定，对生物体内的神经和肌肉等组织不会产生任何不良反应，并且轻量和坚固。"可是，它很贵，非常贵。"研究中心主任很犹豫。

"大批量制造可以降下成本。"

"但是柯教授，即便如此，它还是太贵了。我们从哪里搞来钛合金冶炼加工的厂房和设备？难道您打算收购钢铁厂吗？还有地皮和人员……"

那个女人其实说得不错。柯乐看着面前这些愁眉苦脸的技术人员，心里想着。这帮人思维太狭窄，只能做好自己指尖上那点儿事，世界局势是什么样的，国内经济大环境如何，他们全一窍不通，改不掉的幼稚。

他还是忍不住教育了一番："当一个东西贵到一定程度时，它反而很容易搞到手。你不要把它当作一件商品，你要把它视作国民经济活动中的一环，而你自己是它命中注定的主人，只要你敢开口索要，就有人敢把它交给你。钢铁行业兼并热潮现在已经到了最后阶段，省内好几家金属铸造企业的锅炉改造不过关，全都已经生命垂危了。我们去把它们买下来。"

"真没想到，复制恐龙的产业链居然能延伸到钢铁行业，您的眼光果然宽广。"

那当然了。站在悬崖边随时都会掉下去的人，眼光永远最为宽阔，柯乐想。

8

美华恐龙乐园开张那天出了点儿事。

开业当天傍晚，园区嘉年华游行大会，共计十二头中华龙鸟从队伍两旁的塔楼笼箱里被放出，从天而降，追随游行队伍在空中滑翔盘旋，于晦暗不明的晚霞夜空中闪烁着浑身红色和金黄色的"飞羽反光"，最后全部落在队伍开头的美华公司旗的旗杆下面（旗杆中有隐藏的超声波发射器引诱恐龙行动）。但是，其中两头最大最凶猛的中华龙鸟没有顺利着陆、钻进旗杆底部的移动笼箱里。它们重新翱翔上天，接着滑动身躯，朝地面猛烈俯冲，全身的羽毛在周围彩色街灯的映照下爆发出血红色的光辉。

它们攻击了队伍边缘几名乐园员工。

没死人，死人是不行的，这是不能触犯的底线，但有人受伤就不要紧。他们都是美华的员工，柯乐和女创始人指示他们携带吸引中华龙鸟进攻的激素发射器，让他们为公司光荣负伤，再付给他们足够多的赏金，于是事情很容易就处理干净了。

事后美华公司发表调查报告，称"这几名员工擅自携带外部食品进入园区，未经本园严格审查管理的食物，其气味导致恐龙受到强烈刺激，从而造成意外后果，本园再次敬告各位游客切勿携带任何外界饮食入园"云云。

恐龙失控的影像画面和相关社会热点议题，在女创始人的监督下于网络上有序发酵了一个星期。效果当然好。全世界的动物园里总是狮虎山周围的客人最多。会吃人的恐龙，这是美华目前唯一的卖点，有这一个卖点就已经足够了。

"而且园区里的餐饮营收也有了保障,安检再怎么过分都能解释得通。真是费尽心机啊。让你们搞科研是屈才了,你们应该去国际奥委会工作。"恐龙乐园开业的第二天,在园区酒店顶楼会议中心旁的男厕门口,国内古生物界的一位大师指着柯乐的鼻子说道。

柯乐给对方递上烟。"老师您过奖了,您的夸奖我会传达给公司全体同人。"

"不过也不奇怪。我记得当初搞学问的那些年,你就从来不知道什么叫珍惜羽毛。"

"只有值钱的羽毛才值得去珍惜。老师,会议马上快开始了。"

大师喷出一大口浓烟。"你们中迟早有人会遭报应。"

"您说得太对了。"

随后,柯乐目送对方扔掉烟头,整理好衣领钻进会场前台。

大师的肺腑之言一字千金,远不止一小时两万块的行情价,非得在厕所门口这种隐蔽场合才能聆听得到;不过在会场上,大师的教诲还是很正经的,毕竟今天是美华恐龙乐园主办的国际恐龙学术研讨会开幕式。会上的主要议题,是由多位学界大师主持的学术研讨沙龙,探讨孔子鸟最新化石中色素痕迹与结构色的可能性问题,而这个关于孔子鸟的最新理论成果,则与美华公司下一个新品种的开发工作密切相关。

"科学思维,是一种客观认识可能性的思维方式,我们必须逼近真实,但也只能逼近真实。孔子鸟的最新成果带给我们的,不仅是鸟类起源于我国的高度可能性,同时也拓宽着我们对孔子鸟这一物种本身的认识。"

在大师这番曲折的表述中,隐藏着的是柯乐他们在孔子鸟身上采用的最新设计；而在一周后，也就是本次学术盛会闭幕的当天，柯乐等人在会场上，利用舞台灯光和液压升降笼箱，在众人面前正式揭开了美华孔子鸟的真面目。

一股灿烂辉煌的金色光辉冲破笼箱的束缚，喷洒在整个会场内，中外学者们无不震惊而动容。

"金色的孔子鸟？可真有你们的。"会后，在VIP礼堂内，面对笼箱，就连大师本人也忍不住啧啧称奇。

"感谢老师们的品鉴，为了它们，我们公司这两年真是吃了不少苦。"女创始人——不，现在应该称她为恐龙乐园的女总裁——含着热泪回答大师道。笼中，三头孔子鸟浑身金灿灿的毛发发出光芒，折射进她的眼眶，令她眼角的泪滴像黄金一样亮丽夺目。

撒谎能撒到自己流眼泪，不愧是搞公关的人。柯乐端着香槟杯，在女总裁身边冷眼旁观。

当然都是谎话。孔子鸟做起来是最简单不过的了。它们就是鸟，仅此而已，在各种对鸡的基因进行改造的过程中，它们的制作难度比制造恐龙要容易许多。有少数几个地方需要注意：必须控制体型和声带，让它们的体型和叫声别太像鸡；得特制一批自发光羽毛植入它们的体表，毛发内部的金属漆要控制好铝微粒的体积和密度以解决羽毛光亮的发色问题；两根悠长的尾羽内部埋设有T800强度的空心碳纤维管，用以加强结构和容纳发光电路；喙部内植入的是树脂成型的人造牙齿，隔半年需要维护一次，不过强度和磨损问题不用太担心，它们天生只能消化美华下属饲料子公司特制的软饲料，喂别的都不吃。这一系列工程难题，美华的研究中心在不到两个月内就全部攻下，成本也已压缩到了最低。

外行人所能看到的技术难题压根就都不是难题，真正有待攻关的问题只有柯乐自己心里清楚。孔子鸟身上的那些含铝微粒的金属漆存在可燃风险，展示过程中对环境灯具的工艺要求很严格，严禁使用非冷光源。另外，目前使用的T800碳纤维仍需进口，原材料掌握在外国人手里终究是个隐患，而公司对国内碳纤维企业的采购进度目前仍较缓慢，毕竟碳纤属于国家战略物资，收购有难度。这两个问题，柯乐打算在下一个财年里将其彻底解决。

"好主意啊。这么漂亮的东西，准备什么时候推广上市？"古生物大师用一根饲料棒逗弄着笼子里的孔子鸟，询问的语气比一周之前要和蔼可亲得多。

"目前我们的数量还不多，所以打算慢慢来。"柯乐站在他身后，低着头继续扯谎。上个月末的时候就已经造出三百多只出来了。"头期试制出的批次共计三十八只，准备供应国内各地的巡回展览，另外海外展览的计划也正在推进。"

"金色的孔子鸟，真是好主意，适合作为国礼走出国门。"

"多谢老师指点。不过仍有些技术细节需要您进一步指教……"

三天之后，五只金色孔子鸟，连同一整套模块化笼箱设备组件及三个专业技术保障人员，全部运抵古生物大师全家居住的北方四合院内。柯乐让人做了一块匾，写着"合作科研基地"字样挂在院内东厢房门口。这并不是乱贴金，真的有科研基地，大师的儿子现已成为美华研究中心的副主任，东厢房既是他的卧室，也是他的办公地点。大师全家需要付出的仅有这套笼箱设备的水电费而已。

"能替你铺平的路全都替你铺平了，"返回总部的班机上，柯乐告诫女总裁，"后面怎么玩，你自己好自为之，我没心思再帮你操心游乐场的细节问题。"

"这么久才肯踢掉我，也算难为你了柯教授。"女总裁抬也不抬一眼,"搞你的技术去吧,等外地的乐园要开业了我再来烦你。不过反正飞机还要飞三个多钟头,咱们最后再多聊聊:下一步你的打算是什么?"

9

下一步产品的策划已经形成了,但柯乐并不急于动手。

现有项目需要时间发展。如今光是中华龙鸟和孔子鸟的生意就已占据了美华公司百分之九十以上的产能,何况还有一大批基本建设项目要上马,许多人需要招,许多房屋和设备需要维护、更新、扩充。柯乐不想让美华步那些借"风口"飞速砸钱又飞速灭亡的初创公司的后尘。

恐龙乐园开业之后近一年的时间里,柯乐的资源主要用来消化手中伶盗龙,中华龙鸟,孔子鸟,但他还是设法又增添了两个中小规模项目。利用先前项目中剩余的技术成果和目前现有生产线的余力,在开业次年的第二季度和第三季度,美华分别研制出了中国鸟龙和会鸟,作为产品线的补充。

会鸟没什么好说的,无非是孔子鸟的进一步缩小和改造,颜色也没那么夸张,基本上套用现代鸟类的外观设计理念。不过它也并非"凑数项目",一来毕竟会鸟算是国内较有影响力的古生物,二来借由会鸟研发项目的展开,研究中心还是琢磨出了一些新东西,如自发光假性瞳孔、高强度喙部等新鲜技术。尤其值得一提的,是借助先前金色孔子鸟一炮而红的利好影响,在新的财年,美华公司所属集团终于顺利并购到位居国内第一阵营的碳纤维企业,从而实现了T800级强度碳纤维型材的大规模量产。自第二批次起,美华的会鸟全部改用国产碳纤维,从国家战略产业层面看,这意义非同寻常,算得上是公司的一道"护身符"。

中国鸟龙的故事则另有一番趣味。本质上它们无非是伶盗龙的缩小版和升级版，但在国外古生物界，一直有个非常有趣的猜测，尽管证据还不充分，但柯乐和女总裁等人打从一开始便下决心要借此狠炒一番——

"极度危险的毒恐龙！中生代的鬼魅妖妇！活食捕杀表演每日仅两次！"营销策划团队在中国鸟龙馆的入口处，特地安装了两排这样的血红色发光大字，耸人听闻，效果出众。

只是它们根本没毒。

不能有毒，绝不可以，人人都知道这是底线，不能违反。任何一个上级部门都不可能接受恐龙乐园存在有毒动物，何况还要防止有人借"有毒"两个字做文章来搞垮你。但只要你不刻意过线，那么也不会有人公开宣布这些恐龙无毒，因为无毒的恐龙缺乏必要的吸引力，而吸引力是恐龙乐园带来利税的根本保障。心照不宣的秘密，双方的配合全凭无言的默契。

美华的中国鸟龙没有毒，又要暗示每位游客它们是带毒动物，为实现这一点，研究中心专为中国鸟龙订制了一批软胶材质的假牙，细长弯曲，让人容易联想起毒蛇，但同时它们全是软的，一碰就弯，不必担心恐龙会戳到自己的口腔。在外观上，柯乐手下的团队精心设计出一套方案，让这些性格温和的群居动物的毛发变成橙黄色，上面密布红色和黑色的致密条纹，微妙地模仿着带毒动物所特有的警戒色。它们的眼睛使用了美华开发的"蜥蜴类07号"假瞳，人造虹膜底部附有一层含铂金粉末的反射板，中央有一道橄榄形的孔洞，令它们的眼睛看上去带有一丝西方神话里"毒龙"的神韵。顺带值得一提的还有中国鸟龙的专属饲料：用饲料、淀粉、明胶制成的假肉，看上去血肉模糊，其实里面那些"血液"全是调过色的番茄汁，正好可给这些小动物们补充补充维生素。

不过，跟柯乐设想的下一步新产品相比，这些只是小意思，是调剂，是确保工厂生产线不至于停顿的小小手段。

"光有这些还是不够带劲。什么时候能让中国鸟龙捕捉活食？"新品发布会结束后的内部酒会上，女总裁端着酒杯，来到研发人员代表所在的那桌旁质问，"最近新造的这几种恐龙一个比一个小，这怎么行啊。商品一定要越造越大、越造越狠才有人买账，你们说呢？"

技术人员们放下酒杯，当场讨论起来。

"总裁别急，我们想过几种方案。比如说让假肉饲料动起来，在里面放入可以遥控的电动骨架，伪装成垂死挣扎的猎物。"

"太麻烦。不如这样，我们重新研发一款恐龙专用活体诱饵，拿鱼和兔子作为改造基础，在它们皮肤表面和皮肤下方植入饲料，再往它们的脑神经核心区发送遥控电信号，让它们当活食演员。"

"或者干脆造一批只吃肉的中国鸟龙就是了！"

这帮男人不着边际的醉话让女总裁阵阵作呕。她回头瞪向柯乐，发现柯乐低着头只顾发呆。

"说实话，总裁姐姐，"研究中心副主任这时向她解释道，"刚刚我们说的一切都完全可以实现，问题是这全都需要钱。我们研究中心需要经费。你们乐园分公司什么时候肯分出利润来替我们买单，我们才能帮你们乐园实现梦想啊。"

"你们这帮搞技术的东西，只知道花钱不知道赚钱。"

"没错，我们这帮搞技术的东西就只有花钱的能耐，赚钱……哦不对，骗钱的能耐，我们永远比不过你们。"

一群人互相斗嘴的时候，柯乐的思考则进入了一个更深的层次。

下一步的新产品，必须能够做到一旦问世便彻底改变业界现状，他心想。

所以，最关键的问题就在于，下一步该开发什么新产品？

回酒店客房之后，他和女总裁两人都毫无放松的兴致。"我的线人已经确认了，下个月同业公司开发布会，开完之后产品上市，直接供应外省一批博物馆。到时候集团的股价就麻烦了。"女总裁说。

"哪几家同业公司？"

"易智和比飞特。知道它们两家都是从哪儿挖来的人吗？"

从我们这里呗，还能是哪儿？去年一大批美华研究所的老员工被开除和劝退，现在他们已经流向国内外多个同行业公司去了。能不能谈一些我不知道的新鲜消息？柯乐这么想着，嘴上不说。

"废话我不多讲。尽快把新产品发布出来，哪怕只有几张伪造的谍照都可以，我手底下的宣传公司等着开工。关于下一步的新产品，你到底是怎么想的？"

10

"我一直在想，不能忘了初心。长久以来，我无时无刻不在问自己：我们究竟是因为什么才迷上恐龙的？"

十一月十六日，美华公司的新品发布会现场，柯乐亲自现身。台下，所有的人，无论他的支持者还是他的竞争者乃至仇敌，都屏气凝神等待着他出招。

今天是十六号，前天和昨天，业界最大的两家竞品企业先后召开了产品发布会，分别推出一系列新品：结合国内外最新发掘和研究成果，依托国际权威古生物科研结论、以伶盗龙和小盗龙为基础开发的多款带羽恐龙。古生物的复制和展览，从今年下半年开始，已经成为全世界范围内最迅猛的风口,而在这个风云激荡的关键时刻,柯乐率领的团队居然在竞争方产品发布的隔日就召开发布会。

所有人都明白,这意味他手里定然握有足以置对手于死地的王牌;反过来说,假如今天的新品不能干掉对手,那么美华自己也就将迅速走向衰亡。

柯乐按动遥控器,身后的浓黑色幕布左右分开。一个黑绿色、锈迹斑斑的沉重铸铁笼子出现在舞台中央。

笼子里来回走动着的那个东西,让全场所有人的内心都猛烈颤抖起来。

"为什么人类喜欢恐龙?答案在很久很久以前就摆在我们眼前。但是我们不敢承认。我们不愿意承认,我们内心深处其实最想看到的并不是恐龙,而是别的东西。"

笼中那个通体披着粗糙鳞片、浑身灰绿的庞大、丑陋、腥臭的两足步行蜥蜴,眼眶此时开始瞪大。

舞台后方,几个隐秘的射灯被点亮,微弱的绿色光柱精确射向笼中怪物的脸部,令它惨绿色的双眸开始反射出寒光;同一时间,特意做旧的铁笼子底部,一团尸臭味从管道中腾起,渗透进它的鼻腔中,激发起它永无止境的贪婪食欲,从而使得唾液从它口中那两排由ABS工程塑料铸造成的惨白尖牙之间涌出,随它的口气一丝丝地从笼子缝隙里飞出,滴答,滴答,溅射在舞台木地板上。

与这声音同时迸发的,还有这恶心生物两足上那对黑绿色的巨爪敲击在铁板上的噪声,咔哒,咔哒。

"我们想看到的不是考古发掘成果。我们想看到的不是美丽鸟类的祖先。我们不想看到任何真实的东西。我们想看到的是梦。"

配合柯乐的诠释,由会场各处空调口中开始吹出十八摄氏度的冷风，逼迫场内观众们进一步感受到阴森的气氛。

地板颤抖，活门滑开，一只美华公司标准款透明笼箱从升降机通道中升起，停留在铁笼子旁边。机械臂将两个笼子推在一起，透明笼箱的盖子被电机卷起。笼箱里存放的是两头很常见的蓝白色带颈部羽毛款的伶盗龙。此刻，它们一动不动地僵立着。现场一些对生物学较有研究的观众马上看出，它们已经彻底陷入了应激状态，通俗点说，它们已经彻底吓傻了。

面对天敌，弱小的生物唯有本能性地僵立于原地，期盼死亡的那一刻能快点来临。

灰绿色的庞大猛兽竖起僵硬粗糙的无毛长尾，随着一声巨响，一头撞进笼箱里。几秒钟后，热气腾腾的黏稠血液裹挟着漫天飞散的美丽羽毛，一波接一波如爆炸般涌出铁笼子的间隙，泼在柯乐的身上。

那些伶盗龙在临被肢解前仍旧一动不动。现场的观众们也同样如此。

五颜六色的脏器碎片被扔出笼子外，滚落在柯乐的脚旁，随笼中怪兽的猛烈动作而在地板上细细抖动。

"暴力和死亡。"他矗立于原地，吹开一摊溅在话筒表面的脑浆，说道，"我们崇拜恐龙，是因为我们崇拜一切会带来暴力和死亡的东西。恐龙是人类的噩梦，现在，噩梦成真了。"

在他身后不到半米的笼子中央，美华公司第二阶段的首个新产品，正在清脆地咀嚼着伶盗龙的颅骨。它的名字叫迅猛龙。

11

柯乐造出了一个怪物，一个不像恐龙的怪物，外观是错的，体型是错的，四肢结构是错的，生活习性是错的，连名字都是错的。但他并不认为这有什么问题。

"世界上已经没有恐龙了,这观点我已经重复过多次。人类迄今为止所有的恐龙复原都是错的,大哥不要笑二哥,五十步不要笑百步,这我也重复过多次。"新闻发布会上,他在回答记者提问时讲道,"只要喜欢恐龙是什么样,人类就有权把它们塑造成什么样,你们在座的所有媒体和专家学者们都可以反对我,只是要记住,永远会有比你们加起来还要多成千上万倍的游客会支持我。"

"所以您的意思是,只要能赚到钱,就可以不顾科学精神了?"有女记者质问。

"我的意思是,只有赚到钱,科学精神才能够存在。什么人最不关心科学?我问问你。"

柯乐的凌厉目光刺得那女记者心跳加速。"没有钱的人。穷人最不关心科学。"

"姑娘啊,全场人里只有你懂我。"

游客不关心这一切。他们只知道,这就是他们年少时在影碟里看到过的恐龙,这就是转眼间能把人撕成碎片的怪物。花钱来看恐龙,要的就是这种刺激。迅猛龙活食捕杀表演的接待量很快超过了日均八万人次。研究中心阻断了迅猛龙的部分神经信号,使它们每顿饭都基本上不怎么吃、只知道杀,顿顿都是"杀过行为",到后来女总裁不得不出面投资收购邻市的几个家禽饲养企业,顺带一并解决了乐园内部西式快餐厅的鸡肉供应链问题。只是,商业上的成功所带来的必然是媒体舆论上的赶尽杀绝。每个礼拜都会有人举报美华公司,其中有美华的同行,也有柯乐的同行。他们给出的罪名基本上总是一样。

"身为一个科学工作者,这几年他赚了那么多钱……"某次古生物研讨会的聚餐上,一些老专家酒后吐真言。

但是柯乐不会费这个劲。他从不浪费时间和精力在掩饰自己上，不管要做什么，他总会堂而皇之地宣布。

"接下来，最迟到明年春天，第二阶段的第二号新产品就将会出炉。有没有人想听是什么新产品？"

国家级大剧院的中央舞台上，他面对五千名听众，话筒中残留的余音随即在瞬间被满堂的欢呼彻底淹没。

出席这场宣讲会的柯乐的支持者中，超过三分之一是刚刚跨入人生暴戾期的青少年。他们高举美华的宣传折页，折页里印刷着满嘴是血的迅猛龙特写照片，第一页和最后一页用特质的荧光油墨印制，整个剧院内满是摇晃着的幽绿色汹涌波涛，随柯乐的话语而疯狂涌动。

他接下来的话，很快就随某个主流媒体中某个女记者的报道而迅速传播开去。女记者同样也是他的忠实支持者。

"我的新产品是暴龙。我们国家的暴龙。它将与它的海外同类展开角斗。"

12

"这回你就是纯粹出于妄想了。我不准你造暴龙，至少在三年内你给我维持产品线现状。不可能。绝对不行。"女总裁一口回绝。

对于女总裁的这种反应，柯乐毫不意外。一个已经拥有太多东西的人，必然将失去想象的勇气。他决定暂时再忍几天。这个女人后面还有用。

"柯教授，你知不知道暴龙意味着什么？"女总裁又问。

"花更多的钱，盖更多的房子，雇更多的人。"

"暴龙无论如何必须吃肉。它体型大，所以光是饲料的尺寸都得比大象还大。给它住的房子，简单说吧，得跟军事堡垒一样。迅猛龙的设计确实不错,我也很喜欢,"女总裁舔一下嘴唇,不得不承认,"但这么一来,暴龙的行为设计方案也就必须走血腥暴力的路子。它的攻击性怎么办?安保成本怎么办?至于人力的问题还是小事,大不了多找些大学生志愿者,但光前几条就够我们受的了。乐园里已经没地方了。"

柯乐靠在床上,几乎快要睡着。"说这么多废话。乐园里地皮不够跟我没关系。你和你的公司在园区盖了多少电子打靶场和房车基地?还有拉面馆,日本料理店,比萨餐厅……你还跟我抱怨说地皮不够。"

"象牙塔里的柯教授啊,我告诉你,那些才是真正的硬流水。讲句难听话,那么多游客,他们在我园子里呼吸都要我花钱,因为我要给他们盖集约式加湿器和空气清新器。每月的电费账单你哪怕看一次都好!"

"这样吧,我给你出个主意,暴龙造出来之后放它出来,随它在乐园里撒野,想吃多少游客就吃多少游客,喂饲料的钱也省了,一举解决所有问题。"

"说什么屁话呢你?"

光靠宣泄和抖机灵无济于事。柯乐心里清楚,女总裁所说的困难确实存在。

离开客房前,女总裁补充道:"对了,最后说一句。你想让迅猛龙和暴龙出国展览,我真找人去问过,门都没有,国内和国外都没有门。它们不属于珍稀保护动物,外国人只能过来参观,我们这边的政策也不支持它们出去角斗。"

若真是这样,那么缺少了支持的科技产业是不具备存在价值的,并且也不可能真正存在多久。然而,多么可惜啊!

柯乐关上房门，坐在客房写字台前边抽烟边想。实在是可惜！

战斗是多么美好的事啊。为了生存，不管是一个人，一头史前动物，一家企业，还是一个国家一个民族，只有在拥有巨大战斗力时它们才是最美的。每个人都向往力量，每群人都向往着巨大的群体力量。少数人大概会以"慕强""崇尚暴力"之类话语去非议这种心态，但说这些话的人自己也逃不掉力量的诱惑，是这种诱惑让他们选择使用话语去非议他人。没什么可遮掩的，人心所向，必然前途无量。

"现在先忍耐。"他把烟头碾灭，对自己说道。

先忍耐。意见已经在向上面传达了。

之后的一段时间里，柯乐把注意力全都放在搞钱上。光靠美华自己的乐园，硬件显然是不够的，但在现阶段的大环境下，女总裁牵头的三个外地设施都存在大问题，时间进度没法保证。

人多地少，资源不够用，该怎么办？

13

"快冲过去，吃了它们！"

保护栏外，女记者露出开怀的笑容，隔着防护屏障冲里面的动物大喊。

五分钟之后，实验性质的角斗结束了。

长江边，悬崖旁，拥有地理和历史人文优势的传统古生物博物馆与美华乐园深度合作，筹建起一座防护严密的封闭式馆区，内部人员称其为"角斗场"。暂时还不能公诸于世的名字，但现在人人都这么叫它，人人都朝这里蜂拥而来。上午在这里，美华的迅猛龙与当地博物馆专项引进的竞品公司伶盗龙做了一次实验。结果没什么太大悬念。柯乐的迅猛龙舟车劳顿，较为疲劳，食欲也不佳，却还是在一分四十秒时间内将对方两头伶盗龙的胸腔和腹部全部剖开，背脊全部劈断。

"这不能代表什么，"馆内工作人员清理残骸时嘴上不肯服软，"我们这两头本来也是残次品，不然怎么能允许像今天这样的瞎糟践？"

"这可以代表一切。快点儿干，把味道清理干净，过几天还要用。"博物馆方面的代表训斥他们道。他随后招待柯乐一行人及女记者团队午宴。

合作办展，美华公司解决资源问题的新模式，要按以前柯乐的性格是不屑于这么做的，不过现在的进展确实很不错。九宫格火锅旁，意向书的草案大家已经口头签成了。只是这并不是柯乐此行真正的目的。午宴过后，他们驱车向西，驶入盆地。

他们的目标居住在满眼绿色的巨型天坑景区内。出于严格的政策规定，这里的活体恐龙展馆建于地下，角斗场地为巨大的地下穹顶空间，抛物面液晶显示屏贴满场内四壁，外面绿油油的景区风貌通过光纤传输投射在穹顶各处。

但是没人关注这些。人们的视线已经全部被溅射的鲜血所遮蔽。

满场欢呼和嚎叫声里，三头美华的迅猛龙被此地的主角撕咬得粉碎，残骸被高高抛起，粘在穹顶屏幕上，就连看台顶部"永川龙"字样的发光灯箱里都渗进了血迹，在之后几天时间里给当地展馆的清扫工作带来不少麻烦。

被浓血遮住的 OLED 自发光屏幕，在全场投下腥红色光芒，将现场气氛推向最高潮。与此同时，女总裁的脸色变得极端难看。

"柯乐，你有病，你让迅猛龙去跟永川龙打？"当晚她怒斥柯乐，"难道事前我没跟你说过吗？他们这里的永川龙用药剂量太大，体形太夸张，我们手里的货根本干不动它。死了三头迅猛龙事小，永川龙的价格被他们趁势抬得太高，这事就大了。"

"有什么关系，他们还不是要卖给我们。"

"最后当然是要卖给我们的，可你花的是我分公司的钱，这算什么？"

"算作广告费好了。"

"那我的心情不好，这笔账又怎么算？"

"睡你的觉。收购永川龙的问题三天之后我会解决。"

柯乐走出客房。他趁夜色前往天坑景区驿站的西面客房区。女记者已经在房中等得不耐烦了。

三天之后，问题解决了。

14

"黑的？黑色的？你们做了个黑色款出来？"

本地嘉宾疑惑的同时，升降隔离栏已经彻底升起。在四十八盏舞台灯的照射下，浑身墨黑、背脊带两条白纹的诸城暴龙极度蜷曲自己的身体，然后将重量超过一吨半的头颅猛甩向眼前的永川龙。这重量有一多半来自于头骨中内衬的不锈钢骨架，以及鼻腔后方中空部位填塞的混凝土材质的配重。

随即，一百三十二颗由陶瓷包裹的钛合金香蕉牙齿深深钉入永川龙的颈椎、颈动脉、主神经一带。

美华的远程控制团队立即下达无线电指令。诸城暴龙脑后四号颈椎骨内的注射器模块在零点四秒内完成线路配药和高压注射，刺激这巨兽的颈部肌肉膨大、紧绷起来，并开始以暴烈的力道反向扭动。

血肉剥离，筋骨迸裂，战斗在瞬间结束。

在返回地面景区的路上，本地嘉宾团里的大老板询问柯乐，像这样的暴龙现在已经制造出几头了。柯乐向对方汇报了一个稍稍夸张的数字。

"黑色的,不错,大气。"大老板说,"效果震撼,很不错。但最好还能有其他的备选方案。我看红色黄色也很好,喜庆,热烈,消费者们普遍都喜欢。"

"完全可以。"柯乐回答。

其实根本就该说是易如反掌才对。美华的暴龙不使用带羽毛和绒毛的复原方案,一切都按柯乐的"复古式审美"来设计,浑身上下的外层表皮都植入了人造角质层,俗称"人造龙鳞"。"龙鳞"本质上是模块化拼接的高规格复合防护材料,合金、陶瓷、碳纤维等材质皆备,中间还含有夹层,柯乐的技术团队本次在其中植入的是电加热及风冷组件,实地测试对大型恐龙进行实时体温控制的可行性。这套"人造龙鳞"系统是高度模块化的,想要给它们更换颜色非常容易,只需整套拆卸下来让车间重新喷漆就行。同时,研究中心的预研团队已经在讨论将"龙鳞"表面喷涂上"可见光变色涂料"的可能性,这是极具军事运用潜力的好项目,需要联系兵装系统下属的一些厂家进行合作,而这样的合作项目是所有人都乐于见到的。

"恐龙大战是一个大舞台,吸引各方人马都来唱戏,好得很嘛。你们做得不错。"午宴结束后的座谈会上,本地一些商界人士指出,"但是,你们之前提到的'中外恐龙大决战'这个策划,政策因素比较复杂,还不能操之过急。总之,我们大家应该先把手里的实际工作做好,随时准备着。"

"不要沉溺于细节。你们要学会放眼远望。"会后,大老板叮嘱柯乐道,"恐龙这个东西只是一个细节,是一个由头。把大环境盘活,把经济拉动起来,不管你们做的是龙还是鸟还是鸡还是鸡蛋,一切都要围绕上面这个根本大纲才有意义嘛。"

"您说的是。"

"你们美华提出，想对这里的本地企业进行收购，我们这些人总体上都是支持的。我们都老了，相信你们年轻一代，大家拧成一股绳，抓紧时间认真搞一搞这个事情。据我所知，你们的竞争对手动作也不少。"

在一旁陪同的本地商界人士们纷纷点头赞同。

无须刻意宣传，美华那拥有鬼魅般怪力的暴龙产品的风声已经迅速传播了出去，世界各地，风口均已猛烈吹拂起来。尽管短时间内不太可能有明确的政策支持各家企业的恐龙产品公开展开角斗，但战场已经准备好了，烽烟遍地，空气中弥漫着的都是焚烧金银所发出的刺鼻气味，令人亢奋。借此机会，当地众多同行企业纷纷携带自己拥有的永川龙、气龙等地方特色产品，主动地接受了美华集团的收购。

东西吃多了之后，必须赶在自我爆炸之前抓紧时间消化。在柯乐的策划下，随后的七个月时间里，研究中心又新开发出了三款中等投入的新产品。毫无疑问的是，它们也都是著名的国内恐龙：窃蛋龙，阿拉善龙，双脊龙。

阿拉善龙的研制没有太多可说的，在迅猛龙原型的基础上对颈椎、头骨、上下肢体、尾部进行微调，根据较传统的复原图面貌对它们的后部身体加强配重，逼迫它们时常直立活动就行——现在美华已经完全掌握了生物钛材骨骼植入的高端技术，因而改造恐龙骨骼对柯乐他们来说已不再有难度。一些技术人员刚开始总为阿拉善龙独特的耻骨演化形状感到苦恼，对此柯乐训斥他们道："幼稚病，你们管那么多做什么？有几个游客懂蜥臀不蜥臀鸟臀不鸟臀的？难道他们能扒开恐龙外皮拿放大镜检查内部结构吗？你们一个个脑子里都在想什么？"

"可是柯老师，最近外面对我们的复原产品……"

"外面人的事情交给外面的人，跟你们半毛钱关系都没有。做好自己该做的东西。什么都做不出来，外面人会放过你们，但我不会。"

不过他心中很清楚，员工们所言不虚。

又是一年过去了。针对美华版本的恐龙，古生物学术界已经形成了十八路诸侯同盟军。从商业营销角度讲，这种局势他乐于见到，但说自己心里一点儿波澜都没有也是假话。

"乱搞，瞎搞！你们这是伪科学！恕我不能奉陪！"

在这年深秋的年度古脊椎动物科研及科普合作论坛上，一时成为舆论话题的，是几位恐龙领域大家在沙龙上愤而离席的所谓冲突事件；那场沙龙的主持人，便是早前与美华公司建立了合作关系的圈内大师。事后大师对媒体宽厚地表示，这件小事并不能阻碍行业内"开放探讨恐龙制造领域新进展"的气氛，并多次暗示记者，对方其实与自己早有积怨，不过是些商业上的欲望纠葛罢了，不必打着科学求真的旗号。

圈内大佬互撕，深层原因众说纷纭，直接原因则有目共睹：柯乐他们对双脊龙和窃蛋龙的复制项目，已经彻底突破了古生物研究领域的底线。

对待双脊龙，美华公司毫不犹豫地采用了好莱坞式的刻板形象，将它们做成了会喷毒液的卑鄙生物。考虑到版权方面的隐患，设计人员取消了双脊龙颈部可以伸缩的伞状皮膜，口腔内由压缩空气驱动的假毒液喷射孔也改成了喷雾装置，收到管理人员发送的无线电信号时，这些双脊龙颚骨后方的钛合金喷口将喷出水雾。当然，这些所谓的"毒雾"也毫无危险，仅是一些掺杂了蓝绿色素的纯净水。

双脊龙还不是问题最大的。在柯乐一再坚持下，美华公司竟将窃蛋龙身上所有的羽毛统统取消,并改变它们的食性,令它们每顿饭都非要吃蛋不可。一开始,女总裁没有意识到这有什么不妥,她本身对恐龙一无了解二无兴趣,那些喂养它们的所谓"恐龙蛋"都是放入了鸡蛋的塑料假蛋壳,蛋壳生产的产业链拓展也让她获得了不少收益,因而起初她还感觉十分良好。但当互联网上几乎所有网民都开始抨击这些窃蛋龙时,她才发现已经大事不妙了。

"今天我才搞清楚,窃蛋龙根本不窃蛋,它们是最有母爱最喜欢保护自己的蛋的恐龙!今天连外国媒体都开始报道这事了,柯乐,你这是要我死啊?你这是想把我的公司也搞死啊?"

舆情暴发后的第三天,女总裁冲进行政楼层,踹开办公室门,挥手将柯乐桌上的所有东西扫到地上,仰头大喊。之所以到今天才冲过来,是因为她这时才终于发现,舆论的愤怒和仇视已经到了她手下的传媒营销力量根本压制不住的地步。

柯乐平静地看着对方。

"明天董事会紧急开会,谈的就是这个事情,柯教授,这次你我都要完蛋了。"

柯乐依旧面无表情。

僵立片刻之后,女总裁开始意识到,自己很可能想错了。对面这个男人的面孔令她双腿本能性地发起软来。

"……这件事你早就知道?"

"明天董事会紧急开会,没错,但谈的不只是这个事。会议的主要内容将涉及恐龙乐园分公司的变更和重组。"柯乐解释,"直接告诉你吧,公司的名字都要变了。"

"干吗要这样?"

"为了合作项目和扩建项目,公司打算增资扩股,资方需要洗牌和进场，股价也需要重调。只有完成这些，新阶段的新产品才有条件展开研发。"

"那我怎么办？"话刚出口，女总裁已经明白了。

这个男人是故意的。

恐龙乐园分公司及其总裁都要换掉，而顺利换掉后者的最好办法，就是把前者彻底毁灭。

"不光是为了重组。借着这次事件，乐园以及恐龙产业项目的知名度现在已经冲出了国门。"他对女总裁说，"你是我见过的最会搞宣传的女人，如今，你已为集团做出了最大的贡献。所有人都会记得你的。"

这是谎话。女总裁在一分钟后被赶来的保安架走，带出公司大楼，而在几天后，所有人都不会再记得她，她的名字和照片将从公司网站、公众号、宣传册、资料陈列室里永远抹去。

没有什么人和东西能永远存在，弯腰收拾办公室时柯乐想，除了前进的欲望本身。为了前进，牺牲掉所有的人和东西都可以在所不惜。必须这样，只能这样。

15

第二版窃蛋龙修改项目收官后的次月，信息采集部门向柯乐送来一份急报。收到情报，柯乐放下手中的一切，召集团队紧急展开准备工作；过了数小时，上面果然打来了电话，要求他和开发团队赶往集团总部。

大股东们已经齐聚会议室内。有助理递给柯乐一份简报。

"外国人已经造出了更大的恐龙。"董事长告诉他，"这件事我们非常重视。对方的产品名单，你们手里不一定有，我们今天特地带过来给小柯你看一下。不能外泄。"

简报后附的产品名录,很多的确是柯乐暂时没得到的机密信息。他怀着紧张、兴奋、恐慌、好奇并存的情绪飞速翻看那些名字:霸王龙,异特龙,斑龙,巨爪龙……

还好。那几个足可以致命的产品名字并没有在名单上出现。没有三角龙,没有梁龙,没有腕龙,没有禽龙,没有板龙,没有翼龙和海生爬行动物。且那些产品的复原造型用的依然是带羽毛风格。

还有机会。还来得及。

"诸城暴龙的放大版工程,目前进展很顺利。"柯乐吩咐助理打开PPT。但大老板们摆摆手,示意不必麻烦了。他们的着眼点不会放在细节问题上。

"抓紧一点儿,看远一些,速度和领先地位的重要性,大家心里都有数吧。"抛下这句话,股东们离开了。

意思再明显不过了。

第一要点儿,美华的暴龙要比国外制造出的霸王龙更大。不管要花多少钱,必须造出来。

第二要点,要造出鸟臀目植食性恐龙,和蜥臀目中那些巨大的植食性恐龙。不管有多困难,必须造出来。

第三要点,海生爬行类和会飞的爬行类的预研要马上展开。不管有多么不可能,必须造出来。

不造出来大家都得死。

"身体结构的放大不困难,困难在于我们要把它的行为能力设计成什么样。"新版暴龙项目策划碰头会上,研究中心主任向柯乐表示,"它如果不吃不喝一动不动,或者推一下才动一下,那就不需要重整结构了,把骨骼强度加强一下即可。"

柯乐摇摇头："你们知道这不可能。我不需要大而无当的'白象'。全都听清楚，在设计过程中，你们时刻要在脑子里想着北美的霸王龙。要以能轻松杀死霸王龙的标准去设计它。"

"那么我们什么时候能跟霸王龙展开角斗？"

"这不是你们关心的事。"柯乐嘴上这么说，心里则在想，很可能永远也没有那一天。

当然，这并不矛盾。过去的年代，每一个头脑正常的人都不想去毁灭世界，但他们总不忘把核武器越造越大，越造越大，越造越大。世界上的事做到最后都是这样，过程本身就成了唯一的意义。

"兴奋剂的测试已经结束，结果也过审了。以此为前提，如果钛合金架构的复合材料不足以应付暴龙的高强度运动要求的话，那就直接把骨架换成不锈钢。钛金属丝增强肌肉的实验上个礼拜已经完成了对吧？关节和韧带部位电助力液压增强机构和减震器，现在进行到哪一步了？"

有技术人员回答柯乐说，以上所说尚未完成的子系统，至迟都能在两个半月之内结束研发。

"不行。一个月……一个半月吧。"

"明白了柯教授。"对方翻阅一下会议纪要，又问他道，"教授，今天还剩下最后一个议题，是'新表演形式和表演特色'的探讨，现在已经是午饭时间了，下午几点继续开会？"

"不，这个会不开了。"柯乐皱眉道，"不会跟你们技术组的人开这个会。跟你们说不通。我另有计划，你们可以走了。"

表演，这是与人类心灵有关的艺术创造，跟技术工作者们确实谈不起来。他心里有另一套方案。

散会后，柯乐打电话召来女记者——现在她已经是新改组的美华恐龙事业分公司的营销总监了。女总监向他汇报，今天晚上十二点之前，参加论坛活动的国内诸多科幻作家们都能如数到齐。"肯定能到齐，不到齐不行，因为给他们的大礼包数量有限，先到先得，赠完为止。他们一定全都会跑来。"

"很好。不过还是得在暗地里把礼包和红包全数备齐。"柯乐告诫她，"我们要刺激他们，但又不能得罪他们。他们的思维方式跟你我不同。"

正因为如此，所以柯乐及女总监才决定跟一群科幻作家讨论"恐龙科幻艺术"的话题。

16

这是一场奖金丰厚的征文活动，因而讨论会上的气氛非常热烈，尤其近年来，一些心思较聪慧的年轻作家已经深受美华及柯乐的影响，动笔写出华丽妙文，宣扬"古典主义恐龙形象"的雄浑力量感，使得公司上上下下，人人心潮澎湃。但对柯乐来说，总体而言本次盛会仍只是一场宣传活动。一些细节问题的处理，诸如让知名科幻作家替恐龙乐园站台、策划关于美华恐龙的影视剧开发计划等工作，他全都放手交由女总监去负责。

坐在台下边缘的晦暗角落，他一声不吭，静静聆听文学家们的喧哗声，试图在只言片语里寻找到灵感。

长期的技术工作将令人丧失广阔无垠的视野。科幻与科学毫无关系，这正是他所需要的灵感的胚胎。

灵感，在这样的阴暗角落里就这么被他找到了。

最后一排，几个名不见经传的科幻作者和科幻画家聚在一起喋喋不休，满口抱怨。他听见其中有人说：反正恐龙的形象已经被糟蹋成这样了，不如干脆造出东方龙和西方龙，来一场末日对决，西方毒龙吐火喷毒，东方神龙播云洒雨，战天斗地厮杀一个礼拜，直到第七天，人类结束了创造怪物的工作，开始休息并坐等双方交配、生出一枚复活节彩蛋，彩蛋里孵出的是黄金基多拉。他还听见有人说，发光恐龙有什么，干脆直接让恐龙披上防弹鳞片和变色迷彩涂料，圈一块地出来兴建斗兽场，找一帮敢死队员驾驶机甲、操纵火神炮和RPG，取名"斗龙士"去和恐龙单挑，不管是谁被打倒，都由现场观众用大拇指投票决定生死。

"骷髅暴龙，木乃伊暴龙，丧尸暴龙，机械暴龙，液态金属暴龙，明星大乱斗！"人圈里有作者兴奋地喊着。

与此同时，柯乐注意到那里坐着一个搞美术的，在平板电脑上画着自己认为最酷炫的"恐龙印象"。那人在文档空白处几个角落里稍稍描描画画，简单刷几笔颜色，然后亮给自己那些好友。"各位哥哥姐姐们，请看，小弟这就画出了体积最大的龙来。"

在那幅画的大部分区域里根本见不到龙的身体，一团巨大无边的黯淡灰色云雾，只有在云团两端才隐约露出丑怪的灰黑色龙头和畸形的龙尾巴。

"神龙见首不见尾，一鳞半爪，高妙！那么它又为什么会是体积最大的呢？"有人问道。

"因为身体被云全部挡住了。这是随它而生的云雾，永远不会消散，你也永远看不出它的全貌，随你怎么想它的长度都可以。"

是啊，多么简单的道理。柯乐准备起身走了。

他听见那些作家又问："这太赖皮了吧？我说哥哥，你就打算把这幅画当作品投给他们？"

"哥，恕小弟直言，他们要的是'有现实意义的科幻创意作品'，也就是说他们是准备拿我们这些人的脑洞创意去做项目策划，做成PPT去找资方换钱的。会喷雾的恐龙？无论如何都是不可能做出来的啊。"

画者无奈地点头承认。"但我还是觉得，"他回答前面几人道，"科幻，幻想，本来不就是化不可能为可能吗？这个过程不就是我们这些人的工作吗？"

"哥，你喝多了，你在这种场合谈艺术创作……我们这些人的工作是赚钱，赚钱嘛，还是媚俗一点儿好……"

柯乐走远了。

但这些话语一直在他脑中回响。

晚宴开始前，他找到女总监。"看到那一小撮人了吗？就那几个聚在最后排的作家和画家。把他们算进下一轮的邀请名单里，但千万不要让他们拿奖，奖金和红包绝对不能发给他们。"

富有创造性的人总是混在圈子最边缘的角落里。想要利用他们的脑子去做事，就一定不能给他们名誉地位，尤其不能给钱。一旦收了钱，创造者就会马上变成奴隶，他们会瞬间在心中屈膝下跪，再也没有了属于自己的个性和创意。这是人类的本能决定了的。柯乐看着那几个年轻人，从心里无比感谢他们，并希望他们今生今世永远穷下去，越穷越好。

"明白。那科幻创意园区邀请名单里也要带上他们吗？"

"你完全没有理解我的意思。"柯乐回过头，冲女总监说，"创意园区，你忘记我让你把它做成什么了？"

"没有忘啊。要做成地产项目，人才公寓。"

"那你怎么能找年轻人？项目是给中老年作家提供的，他们入住进去，作为我们文化产业领域的招牌。"

女总监恍然大悟:"项目封顶还要再等几年,所以找来的住客年纪越大越好,对吧。"

他叹了口气。"看来你真的还是不懂。"

招牌的效果只看名气,名气只跟年纪有关,年纪越大的作家人脉越广。让年轻人来站台又能管什么用?他意识到女总监还是太年轻。晚上睡觉前她年轻一点儿自然好,但在白天上班时候,她的年轻就只能意味着她的愚昧。没什么好说的,她老了自然会懂,而当她老了的时候柯乐已经不会再见到她了。

三天活动,七场宴会,柯乐总共敬了作家们五十几轮酒,红白相间。他没醉过。但在活动结束后第二天的夜里,一个从上面打来的急电,却让他彻底眩晕起来。来电的是董事会秘书,内容很简短,但其冲击力足可超越亿万年光阴的力量。

"老外的申请,这边的老板们已经同意了。下个月二十二号他们全部过来,带着恐龙。"

"是单独展示,还是要搞那个?"柯乐光着身子冲出卧室,手扶着墙,指甲插进壁纸里。

"外国人从一开始就要求要搞那个。不过这一回,他们获得批准了。"

"真批了?纸面上有东西没有?"

"有文件,这点您放心。现在关键的问题在于,你们美华这边准备出东西来没有?"

柯乐挂了电话。

东西没有准备好,但是从今天晚上开始,那东西彻底诞生了。他的大脑开始飞速运转,身体摇晃着走进浴室,手臂伸向莲蓬头开关。热水从脑顶朝他轰然砸来。

17

随之出现的是热腾腾的雾气。成团的白雾从永川龙周身上下漫溢开来，依照流体力学原理，跟随它焦躁的移动步伐而在大型笼库里摇曳、飘飞。数吨重的巨型动物在大型库房改造的临时角斗场里就这么乱跑乱窜，为防止危害建筑安全，美华在整个角斗场的地面，以及存放恐龙的大型笼库下方都架设了橡胶防震层和液压减震地板。不过在场所有人，不分国内国外，都依然感觉心惊肉跳：巨兽每行走一步，震动传进他们身体里，都让他们产生内脏和骨骼正在被不断撕开和砸裂的错觉。

何况这样的巨兽在他们面前不止一头。

"倒计时十秒。兴奋剂组和电动力组做好准备。"笼库外侧，多层玻璃另一头的观赏室里，柯乐对控制团队下令。

十秒后，黑色隔温绒布被卷扬机快速升起。由海外远渡重洋而来的全金属移动笼箱中，闪耀出一对如火焰般赤红的邪恶之眼。

食肉牛龙蹿出来了。

柯乐询问海外团队负责人："你们的恐龙眼睛也会发光啊。"

"当然当然。跟你们一样，我们也是从一开始就先想到要改造它们的眼睛。"来自海外的同行解释道，"动物的眼睛最吓人，或者说，人类对类似眼睛形状的东西总是最敏感的。"

"很厉害，你们的心理分析团队还是很令人钦佩的。"

"您客气了柯教授。老实说，哪里有什么心理团队，我个人还是更喜欢把他们看作是广告营销团队。"

毕竟是外国人，说话做事总是直爽老实，不会藏着掖着，柯乐心想。

他看到前方的角斗场上，压低身体绕着永川龙打转的食肉牛龙步履敏捷，两只特意改造的LED发光眼的尺寸巨大到惊人。牛龙身上最吸引人的特征，那一对长角，很明显也被这帮外国人加强改造过了，形状和长度都夸张严重，简直如同奇幻电影里的反派，演出效果非常惊人，很值得学习借鉴。

"那对'恶魔之角'是我的主意，我们在设计里特地加入了宗教意象，也不知道对于你们国家的游客来说效果明不明显。为了它，我在推特上可是挨了不少人的骂。"海外团队负责人耸肩说道。

但也有败笔。这头食肉牛龙尽管特意放大了头骨和前肢的尺寸以增强视觉效果，但它浑身上下的赤红色茸毛却是巨大的失败。柯乐听说，这是海外团队面对国际古生物专家们的意见所不得不做出的妥协。也不知道外国人懂不懂"画蛇添足"这句话？他心中觉得很荒唐。

与对手相反，美华的第二版永川龙此时却一动不动，高耸身子矗立在角斗场正中央，居高临下俯视身旁的异国敌人。它全身上下的夹层鳞片系统如今已经迭代到了第五版，在放大各单元组件以适应身体尺寸的同时，还加入了弹簧缓冲及遥控排气的功能。它粗糙无毛的人造外皮上，运用的是上回科幻征文比赛中从专业画手那里征集来的配色设计：磨砂黑和星光银。银色粗纹沿它的脊背、头颈、尾部、四肢侧面的线条喷涂，银色镀膜耐磨耐腐蚀，配合荧光白色的反光瞳孔设计，强调出一种削瘦且精壮的帅气观感。

"直立造型，复古风格，不错。上个月我们在日本也见到过这种设计思路。"观赏室内，有外国技术人员对柯乐说。

见到身体尺寸比自己更大些的永川龙，毛茸茸的牛龙反复犹豫着，迟迟不肯发动攻击。

"开始投药。观察好时机，排气命令要与攻击动作同步启动。"柯乐告诉组员们。

神经毒素注射完毕后的第五秒,永川龙开始进攻。白色雾气顿时弥漫在场内,尤其从它鼻中喷出更多,这令牛龙更加慌乱起来。海外团队负责人连忙询问柯乐,这些气体究竟是什么成分。"不会有毒吧?是二氧化碳吗?"

"放心,是热蒸气。"柯乐对他解释,"不光是为了舞台效果,更重要的是可以靠这个系统来加强对恐龙身体的强制散热。"

"同时还能干扰其他恐龙的热感器官,对吧?真有智慧。我们那里到现在还只会撒撒干冰,吹吹风扇。"对方点头赞叹。

眼前这头牛龙毕竟是外国货,在设计过程中必然夹杂进外国人的思维方式。它很擅长制造华丽夸张的演出效果,满场飞奔,不断开口狂吼,植入在它胸腔和盆腔的大功率扬声器连续运作,配合它那双发光度不断增强的红眼,声光效果的确足够轰动。但在柯乐看来,这仍属于幼稚的审美。妖怪,恶魔,地狱里的魔鬼,老外们对待恐龙无非也是这类眼光。

柯乐默念:我们做事情,跟你们完全不同。

雾气中,永川龙一声不吭,高高矗立,身体被云雾遮挡,只剩下狭长的黑色头颅从云端露出,眼神死死锁住对手。

"杀了它。"

跟随柯乐的命令,从雾团中央陡然绽放出一抹浓重的黑影,宛如喷进水里的墨色一般,划一道弧线,直扑牛龙的身躯。这弧线的轨迹怪异,速度奇快,盯准的是敌人柔弱的腹部。海外团队中有人大叫起来。牛龙在瞬间开始闪避,逃进场地边缘;隔着厚厚的水雾,众人只能见到那对恶魔眼睛在雾气中快速飘动,拉出两道红色残影。

地面猛烈一抖,气团开始飘散。柯乐看到牛龙的头部抵在永川龙的前胸上。那对魔鬼的尖角不见了。换成其他任何人看到，都会认定那对角已经完全没入了永川龙的要害部位。

只有双方团队的人明白，什么都不会发生。牛龙头上的角是伸缩的，伤不了永川龙一丝一毫。

"音响组快配合一下！"柯乐挥动右手。永川龙体内的扬声器窜出特制的痛苦咆哮，令所有的人都为之动容。

牛龙撤回头部。两团黏稠的血浆从它的伸缩角里喷洒出来。

"虽然角是假的，但这血可是真血。牛血。我们可是不惜工本。"海外团队负责人解释了一句。话音未落，他的脸突然拉长了。

满身血污的永川龙身体晃动，黑色长尾划破空气，伴随呼啸声和一连串爆破声响，甩在牛龙身体右侧。牛龙的右侧大腿如同爆炸一般，灰色烟雾伴随大团的红色绒毛飘向四周。

"你们这尾巴的速度是多少？不会是音爆吧？"

"别怕，假效果。"柯乐安慰外国同行，"是地板下面喇叭的音效。尾部的尖端速度差不多每小时一百多公里吧。"

"那也够它受的。"海外团队负责人擦擦汗，"幸好我们那小家伙身上的减震气囊及时爆开了。"

"你们用的是微型气囊来给恐龙减震？"柯乐直摇头，"全身布满气囊和气囊触发机关？耗资也太大了吧。"

"不然呢？你们用什么减震？"

"马上就能看到了。"

虽说皮肤和羽毛上的气囊削弱了永川龙的尾部攻击力，但巨大的冲击还是使得牛龙一个踉跄跪倒在地上。根据此前签署好的演习合作协议，海外团队只能不情愿地下达"死亡命令"。大剂量的神经阻断药物由牛龙脑部和延髓里埋设的分布式注射器中射出，令牛龙在半秒钟之内彻底丧失一切意识，颓然侧翻在地上，身体侧面几乎所有的表皮减震气囊都被引爆，无数红毛漫天飘舞。

"最后一步别搞太复杂，标准操作就行了。"海外团队负责人向柯乐请求。

"可以。"

角斗的最后一步是"行刑命令"。精神持续亢奋的永川龙扯开下颚，俯身咬住牛龙的颈部。双方事先已经确认过，角斗过程中所使用的牙齿必须是软性硅胶材质，所以这样的一咬基本上对牛龙造不成任何损害。疑惑的眼神刚从永川龙眼中冒出，下一刻，阻断剂胶囊已经在它中枢神经系统中的各处被遥控引爆。

巨大的黑色环形幕布从场地顶篷上迅速降下，在永川龙倒地前的瞬间，将整个角斗场完全遮蔽起来。双方团队成员一同坐电梯来到地板下方的准备库，确认永川龙已经彻底昏迷，瘫倒在自己的异国对手身旁。

永川龙身下，角斗场的地面变形塌陷了下去，好似沙发或者席梦思一样。海外团队负责人走过去用脚踩踩，发现那里非常柔软。"可调节的充气地面。你们原来靠这个减震。"他明白过来，"很聪明，真是充满智慧。"

"行刑命令下达之后，幕布就降下来了，反正观众们什么都看不见，一切也就变简单了。"

"的确如此。不过柯教授，这样一来，'用餐环节'你们就无法展示了啊。"

柯乐笑一下。"在我们这里不需要，也不允许有这样血腥的场景出现。"

演习结束后，海外方面对美华公司给予了高度评价，许诺将会在下月正式与美华进行开展"国际角斗表演"的合作协议签订工作，演出场馆所在地将会在关岛和塞班岛之中做出选择。对于美华及大老板们而言，这是一次重大胜利。"唯一的遗憾是外国人这次没有把霸王龙带过来给我们看看，"董事长在当晚的招待宴上朝柯乐抱怨，"他们还是总习惯防备我们。"

"毕竟那是他们的王牌。霸王龙算是他们国家的骄傲了。"

"我们的骄傲，那个加长版诸城暴龙，现在进度怎么样了？"

"一切顺利。今天您看到的永川龙身上的那些设备，在加长版暴龙身上只多不少。十二月中旬以前，第一批次可以交付完毕。"

"要抓紧。可在下个月跟外国人谈，让他们十二月份带一头异特龙来，到时候用诸城暴龙升级版跟他们交流切磋一下。"董事长举杯强调，"一定要牢记，手中握有力量才最重要。只有你够强，才能拽得动外国人到谈判桌前跟你谈条件。必须处处超前，否则随时都会遭到毁灭。你们下一步的打算呢？"

"很简单啊老板。"柯乐回答。

明天，美华永川龙的情报将传遍全世界，美洲和欧洲，以及北非等地的同业公司必然将实施产品追踪战略。公司的战略分析部预测，至迟在八到十年之内，最巨大的那些古代爬行动物都将在全球范围内面世。美华的对策很简单，继续做大。越大越好，越凶残越好。

"五年，至少在五年之内，你们得保持我们这里的产品优势。"董事长朝他伸出一个巴掌，"有些品种有角斗需求，有些只有观赏需求，但无论如何，必须保证它们是最厉害的。"

"明白。"

"搞活了恐龙就搞活了一切，今后整个行业，整个经济圈都看你们美华的了，是不是啊各位？"

周围众人连忙端起酒杯，齐声呼喊起来。

18

收益增长到一定程度时，企业总会进入瓶颈期。解决瓶颈期问题不难，但解决的时机非常容易错过，因为必须事先发现它的苗头。等到陷入瓶颈期时再解决已经来不及了，一定要学会提早发现它，越早越好。这就需要预测，需要感悟，有时乃至要靠第六感。

柯乐的第六感一贯很灵。他现在意识到，最多不出大半年，美华的停滞期就要到来。

一个最根本的问题没有解决：现有恐龙品种太少。不但少，而且单一。小朋友被大人带着来乐园参观时，手里抱着乐园入口处发的恐龙宣传册，或者捧着园区书店里贩卖的恐龙百科画册。当细心的他们发现乐园四处都找不到"长颈恐龙""带刺恐龙""穿盔甲恐龙"的时候，危机的种子就已经种下了。

"别以为这个问题有那么难解决。"在研究中心例会上，柯乐脸上挂着凶狠的表情，"告诉你们，北美地区在上个月已经搞出圆顶龙来了。"

会议室里，工程师和技术人员们面面相觑。"怎么可能呢？这消息是真的？"有人问。

目前看来不太可能是真的，最大的可能性是有国外媒体被收买了之后为了抬升股价而编织的假新闻。不过柯乐并不想让手下的人放松警惕。"整个行业都在等，在等哪家公司第一个把像模像样的草食恐龙研制出来。你们猜，然后其他公司会干吗？"

"收购项目？出高价竞买？"有组员问道。柯乐朝对方点头。

"造出来，就是价值亿万美元的成果，收购，并购，挖角，乃至出动商业间谍盗窃，都有可能。而拥有这项技术的企业为了保护独苗,也一定会用更高的代价保护它。不管是谁,只要造出来,谁就三生有靠了。"

但众人却还是愁眉苦脸。

这真的是非常难,我知道,柯乐心里对他们说,但我们必须这么做。不做出东西来,所有人都逃不掉。他回忆起那一天,在会场角落里听到的那个科幻画家的话。

变不可能为可能,是我们这些人的本质工作,一切的意义和价值,全都体现在这个过程中。

想法,最重要的是想法。修补和美化,宣传和推广,全都是虚的,没有意义,只有想法最有价值,科幻如是,生意也如是。

"总之先用排除法排除一轮看看。"研究中心主任提议道,"首先,立体移动激光投影肯定不行。"

"开玩笑,当然不可能。三岁小孩都骗不了。"

"用鳄鱼和巨蜥作为基准原型也不行吗?"

柯乐继续摇头。

说实话,有段时间,鳄鱼以及巨蜥确实是业界最为看好的仿制原型。欧美国家拥有相对便利的资源优势,早在两三年前,就曾有国外技术团队利用湾鳄进行过所谓的"四足形态恐龙仿制项目"的实验。稍有些古生物常识的人都清楚,鳄鱼这个物种,其历史悠久程度绝不亚于恐龙,它们早在三叠纪时代就已经很繁荣,称得上是货真价实的远古生物;与鸡和其他鸟类相比,它们也具有四足姿态的先天优势。然而出于种种原因,对鳄鱼的身体形态改造,难度远远超过了鸡,粗俗点说就是它们"改不动":它们与恐龙的关系极其疏远,形态改变所需的代系跨度太长,生活习性和运动习惯也很顽固,尤其它们对于湿度变化、温度变化、环境里有水无水等外部因素太过于依赖。柯乐听过传闻,在欧洲,有团队已经将湾鳄的外形改造到极端逼近加斯顿龙的程度,唯有三大问题始终无法解决:头部太长,身体姿势太贴地,生活环境太依赖水。

"从本质上说,恐龙与其他爬行动物的最重大区别在于四肢究竟是直立还是爬行。不管再怎么调整,鳄鱼的四肢与身体之间的角度关系是改不起来的,硬改只会让它们彻底丧失运动能力。另外头部也是个大问题。把短头骨改长可以,长头骨无论如何也不能改短,因为这样会严重损害生物自体机能,除非造出的是假的遥控机械恐龙。"研究中心主任总结道。

"是啊。"柯乐承认,确实此路不通,"或许大部分游客不会觉得甲龙肚子贴地有什么问题,可如果连脑袋都不像了,那么就连幼儿园的小孩子都糊弄不了。"

巨蜥改造项目的进展也很坎坷。去年年底,澳洲曾有人试图利用人工繁殖的科莫多龙作为原型进行仿鸟臀目恐龙的改造,结果同样惨遭失败。改造科莫多龙面临的困难不亚于改造鳄鱼,更危险的一点是,与许多人的想象不同,科莫多龙的攻击性比鳄鱼更大。它们习惯群体狩猎,奔跑能力强于鳄鱼,且普遍存在"杀过行为"。柯乐记得那个项目后来出了意外:试验车间里的科莫多龙不知何故,全都挣脱束缚跑了出来,借助被改造过的巨大体型的优势,疯狂袭击技术人员,造成了一场十多人死亡的惨祸,最终导致该项目被当地政府取缔。

"怎么都不行。难不成真的要做机械恐龙?"有组员半开玩笑道。

"现有技术肯定不行,机器关节的动作太假,游客一眼就能识破。不过假如能给我们无限制的预算,和整个国家的技术开发能力,说不定有一天可以完美地逼近生物体的动作。但是那有什么用?即便做到了,也根本不能保证盈利。"柯乐严肃指出。

之所以所有企业都一直坚持要基于动物进行开发,就是因为活生生的、由有机物组成的生物体是最便宜的。再廉价的机械也比骨头和肉贵。

还有没有什么其他的选择?龟类?蝾螈?它们与恐龙的距离可是越来越远了。之后的一个月时间里,柯乐将所有日常事务全部放权给研究中心和女总监去操心,自己闷在卧室里,什么工作都不做,同时做所有与工作无关的事。

"不能与恐龙差别太大,大到一定程度就没法保证投入产出比了。"

缺乏想法。柯乐恐慌地意识到,在美华公司工作时间太久之后,他自己也终于不可避免地沉溺在了具体工作事务中,开始找不到任何灵感了。

我的思考,已经失去了高度……

圣诞节前夕,当女总监搂住他的脖子,向他转达由集团上层透露来的人事任命消息时,他的这种恐慌到达了顶点。

"他们都同意了,说从明年起,升你做美华生物分公司的总经理。"

彻骨的寒意逼迫柯乐从床上坐起。他胡乱地穿上衣服裤子,光脚踩进皮鞋中。

"你去哪儿,柯教授?"

"离开。"

"什么意思?你要离开什么地方?"

柯乐掏出签字笔,在钥匙柜上的便笺封面写下几行字。"离开所有的地方。不准来找我。"

自这天之后起,他失踪了。失踪了整整一年。

19

游艇返回大岛的路上,女总监接到了副总经理的电话,当时她正准备品尝刚刚从船尾钓上来的新鲜石斑。这电话让她一整天再也没有任何心思吃东西了。

"总监,终于找到了。不容易啊。他整个人都变样了。"

"别那么多废话,现在人在哪儿?"

"已经把他带到海边,我们自己的度假村里,您的船一靠码头就能看到。"

剩下的四个小时航程对女总监来说是一世纪般的漫长煎熬,而当午夜时分登上度假村码头,看到对方坐在海边躺椅上喝酒的时候,磅礴而复杂的情绪更令她甩飞高跟鞋,冲过去大喊一声:"柯教授!"

"喊吧,没关系,反正你这度假村也没什么人住。"柯乐放下香槟杯,"不过这地方还真不错,你们可真会找。"

擦干净泪水之后,女总监与他并排坐下。"怎么搞成了这副样子?"她凝视柯乐满脸的大胡子,"你这一年去哪儿了?"

"哪儿都去了。"

"去干什么了?"

"什么都干过。"

"见过什么人没有?"

"该见的都见了。"

"算了,不问了。胡子明早我帮您刮,刮干净了好去见董事会。"

"急什么,我就是从他们那儿过来的。听说这一年你们发展的态势非常良好啊。"

女总监不觉得柯乐这句话是夸奖。"一切都是惯性,全部都是按你那晚给我留的纸条上的话去做的。其他的工作，除了小修小补之外，我们什么都没干。我们什么都干不了。"

这一年中，美华及其母集团在维持现有产业平稳盈利的基础上，兼并了三家业内公司以保障产品的开发预研，但并没有推进什么实质性的开发项目。柯乐不在，没有人能够提出更好的主张，也没有人敢站出来接手过去柯乐承担的那些职责和压力。维持现状，能赚钱养家糊口就行，每个人心里都这么想。于是新型号恐龙的设计方案就这么空悬了整整一年。人们所能做的就只有根据公司业务发展的惯性，继续扩张力量，挖掘人才，扩展地皮，为不知何时才会问世的新产品做好准备，同时祈祷柯乐能赶在公司垮掉之前回来。

而他们扩张力量的主要依据，就是柯乐留在钥匙柜上的那张便笺纸。

"这一年我们都快成房地产公司了。"女总监将手机里的财务简报翻出来亮给柯乐看，但被对方拒绝。

"不用，之前我都看过了。这很好啊，你们这样就对了，主要盈利业务就该依托地产，别的都是虚的。"

"可是地皮拿下来了我们也不好用。董事会特别信任您，说了，两年之内绝不做商用项目，都按科研中心的模式建设。哦，还有一件事，在这三百六十多天里，我日日夜夜都在琢磨这个。"

她从贴身小包里掏出一个相框，里面是柯乐留下的那张便笺。被她精心装裱起来的纸片上面写着两行字：

扩大地皮，草原，戈壁，南海（重要！！）

收购牧业，肉联，重工（重要！！！）

"到目前为止，这张纸上的吩咐，我们都替您做到了。"女总监将相框递给柯乐。

"这张纸我不要了,你自己留着做纪念吧。"柯乐倒了两杯酒,看着前方阴暗的大海和天空,"你们做得非常好。这么大一个岛,整个岛都是一个经济开发特区,再往南还有两个珊瑚礁小岛,顺带你们就把航运和旅游也都囊括了。"

"我们只能做到这些,并且为了这些,现在整个集团其实已经空了。老师。"女总监站起身,跨坐在柯乐身上哀求道,"您既然肯回来,那一定是已经想到了办法对吧?告诉我们,草食恐龙问题到底怎么解决?"

"先休息。明天带我去实验基地看看,在那里细谈。"

20

"先谈谈同业公司的情况吧。"

海岛南部,热带雨林腹地中央处,有一块面积约十五公顷的空地,开发之后长期闲置,成为天然草场。美华的南方分公司看中这里,将产品研发和实验基地设在此地。空地周围一圈目前已经开工建设,嘈杂的工地噪声之中,柯乐率领公司领导层坐在草地中央,一边野餐一边开会。回答柯乐这个问题的是生物开发公司副总经理。"比飞特如今已经把自己玩死了,眼看就要破产,最近在谈收购。公示还没出来,但之后他们肯定不再搞恐龙开发了。"

"易智呢?他们老总人不错,始终不忘初心。"

"他们还在撑,不过也不久了。下半年他们准备转向做已灭绝的哺乳动物复制项目,技术风险比恐龙小很多,但政策风险更大。总体来说,易智的形势向好。"

"真鸡贼。要不要并购他们?"女总监问。

耐心等等吧,柯乐心想。这个动物还是那个动物,其实并不重要。想搞当然可以搞，这些都不是重点。"等等看，等到他们成果出得差不多，钱也花得差不多的时候就可以动手。"

"下面我向柯教授简单介绍一下南方实验基地的情况。"女总监从野餐布上站起来。

美华的母集团目前已将岛内最大沿海城市的开发区拿下，包括眼前这片林地，以及城郊边缘的人才公寓地皮；此外，出海往南，两座大型人工礁石岛上，美华也为海洋生物研发机构留好了规划用地。那一张便笺纸造就了眼前这一切。

"不过我们没有项目啊，手头没图纸，什么工作都开展不了。"研究中心主任对柯乐说道，"教授，关于植食性恐龙的问题，您究竟怎么打算？"

"不急。你先说说，这一年里外国人是怎么解决它的。"

"那倒没什么可说的……"

植食性恐龙，包括绝大多数鸟臀目恐龙和蜥臀目巨龙类恐龙的制造，已经成为国际性的共同难题。国外行业目前的唯一突破，是依靠人工智能控制的"超仿真机械恐龙"已经进入实体验证机阶段。该项目由北美主导，欧洲和亚洲一些技术发达国家组团合作，一些关键系统，如环境监测算法、行为能力模拟、磁性耐压悬浮轴承关节、自律式人工肌肉组织等都已初步实用化，不过诸如自动平衡中枢、高密度柔性燃料电池等难度最大的系统仍然有待攻关。但总而言之，该项目现在已经变成了一个国际间前瞻科技合作项目的典范，无论将来前景如何，其中一些子系统的开发也将对今后诸多科技领域产生有益的推动作用。

"实体验证机现在有两台，全在科罗拉多，体形还很小，距离原型机和试运行机的完工应该还有一段时间。"

"另外柯教授，还有一点很有意思，"女总监接着研究中心主任的话说，"您猜外国人给验证机取的是什么名？他们居然叫它'雷龙'。外形也做成了雷龙的样子。"

"嗯，并且不是后来那个雷龙，而是最早把脑袋弄错了的那个老的雷龙的外形。"研究中心主任补充道。

"很聪明啊。"柯乐承认。看来外国人如今也想通了。管它真不真假不假，普通游客买账就行。

女总监向他汇报："我已经组织起了一帮国内古生物界的大佬，择日组团去科罗拉多基地跟他们搞一次辩论峰会，喷他们一顿，压一压他们的风头。"

"应该用不着。"柯乐仰面看着天，"你们讲的这个机械恐龙计划不会存活太久。"

"为什么？"

"因为这个项目发展得太好了。"

正如众人之前介绍的那样，机械恐龙项目的前景非常好，它体内众多的新技术非常有潜力，所以柯乐断定，这个项目本身在不久之后就会分崩离析，自动瓦解——当你通过这个项目，获得了神经性AI、自律行走、自律驾驶、高能量密度电池、磁悬浮轴承、高仿真人造软组织等尖端技术之后，一头恐龙，一座恐龙乐园，你还会放在眼里吗？

"不会的。"他说，"有了这些技术，你连人工智能机器人都能造出来了，谁还在乎什么恐龙？"

相对于国家层面的经济发展和科学进步，单纯的人造观赏动物项目实在是太过于渺小了，它一定会被庞大无边的"总体经济"本身所肢解、吞噬。航空航天，国防科技，消费电子，网络信息，民生经济……在这些领域的技术需求面前,"古生物展览"这样的服务类第三产业最终必然会遭到拆分和限制,技术专利拥有者们也会纷纷投奔别处。

在人类社会的总体经济面前,恐龙不过是脆弱渺小的动物,除非这些动物能够成为总体经济本身的一环。

柯乐向众人阐述:"刚开始,我脱离了所有庸俗无聊的具体事务,游历世界上许多野生动物保护区,看着那些大象、长颈鹿、河马、疣猪、巴西貘。知道我为什么要这么做吗?"

"明白了,"研究中心主任点头道,"以现实中大型哺乳动物为原型的'哺乳类改造路线'。在北欧和东南亚,有一些公司曾经做过这方面的尝试,但最终全都宣告失败。"

"没错。对当今生存着的那些哺乳动物进行尺寸放大,这条路已经被证明走不通。"

哺乳动物与恐龙的差距太遥远了。倘若将生物体看作是一个综合系统,那么相对于恐龙和鸟类而言,哺乳动物的系统复杂度实在太高,冗余的子系统太多,但恰恰就是那些看似冗余的技能,使得哺乳动物在后世的演化中拥有更多潜力。从工程角度上看,这就导致对哺乳动物的尺寸放大工程面临巨大困难,其难度相较鸟类而言将有指数级的提高。此外,人类自身毕竟也是哺乳动物的一员,舆论和政策上的压力巨大无比。"鸟类和我们关系不大,但哺乳类毕竟是我们的亲戚!"这样的观念,也是促使那些改造项目最终被叫停的重要原因之一。

"可是这真的很可惜啊。跟鳄鱼和蜥蜴比较起来,把大象改造成梁龙和腕龙的难度,其实反而更低一些。"有工程师叫屈。

柯乐用手指指那名工程师:"一点儿不错,你这句话算是说到位了。同样是植食性，行为模式和生存环境也有诸多相近之处，更不必提在一些身体部位上的相似程度，正是这些相似性带来了许多改造上的便利，而这些便利最终落实到成本上，就可以替我们省下钱来，换句话说就是可以保证商业运营。"

研究中心主任恍然大悟："明白您要说什么了：趋同演化！可是，身体结构难以放大确实是硬门槛，除非我们把恐龙乐园盖到月球上去，否则把大象和长颈鹿放到那么大是绝无可能的，它们会被自己的体重压成一摊肉泥。"

月球动物园？听起来点子不错，然而这种幻想只能留给未来的人们去实现了。

柯乐叹道："搞技术的人，总是会这样陷入无穷无尽的技术攻关中，最后所有的一切都变成了'为做而做'，忘记了初心，忘记了高度，看不清整个世界，只剩下手里那些折磨自己一生的所谓细节。问题是在这个世界上，细节是永无止境的。我们的一生，最终都会被这些细节全部吞噬。"

在场所有人都陷入了沉默。

"在我年轻的时候，每回见到那些外行指导内行、空降门外汉当指挥的事发生，在嘲讽他们的同时，自己总会疑惑：为什么古今中外，不管哪个领域皆是如此？后来我明白了。外行指导内行实际上是正确的。"

"您的意思是旁观者清？"女总监问柯乐。

"旁观者也未必清，只是，旁观者因为不需要对技术负责任，所以他们的胆子最大，最敢胡来。"柯乐回答她，"而想象力是需要胆量的。只需要胆量，别的一概不需要，尤其不需要技术。"

研究中心主任说："但需要钱。要靠钱去给想象力买单。"

"所以我之后想通了这个问题。生物体改造恐龙这条路走不通,制造机械恐龙也走不通,因为它们都太贵了,太复杂了,最后总会趋于自灭。哺乳动物改造路线之所以引人注意,也就是因为趋同演化所造成的成本费用降低。所以,所有的一切其实都应该归结到一个最根本的终极需求——"

——用最便宜的方式去模拟一个生物的活动。

"这一年,我始终提醒自己,要站在国民经济活动的高度去看待恐龙的复制项目。今年春节那段时间,我回了一趟老家,赶了一趟集,然后,我有了重大发现。"

柯乐停顿一下,一字一句说道:"原来答案就在那里。"

"现在农村还有赶集吗?"女总监好奇地问。有工程师告诉她,最近几年,农村集市相当热闹,城市中大量剩余劳力又重新向乡村回流,到处都是人,再不像过去那种死气沉沉的样子了。

"过完元宵节,已经找到答案的我彻底梳理好一整套对策方案,花了几个月时间东奔西跑,加上一些朋友的帮忙,总算把产业链初步铺起来了。"柯乐说,"董事会也表示谨慎同意,到下个月底时,实物可以造出来。现在就看各位同人,你们愿不愿意加入这个方案。我把话说在前头,这个方案在你们各位看来绝对是荒唐透顶,你们可能会愤怒,会觉得受到了冒犯,如果你们中有人想退出,我不阻拦。但是相信我,它是绝对可行的。"

他用一句话归结出这个方案的本质。果不其然,所有人的脸顿时全都变得煞白。

研究中心主任首先打破沉默,但讲话时他身子一直在颤抖。"这个方案确实很简单,可是如果它真实现了,那么还要我们做什么?那些前期投入怎么办?还有,如果社会舆论不接受,导致政策上的不支持和董事会的变卦,又该如何?这是一场豪赌啊。"

"假如维持公司现状,勉强维持下去,留给我们存活的时间本来也不多了。"柯乐语气阴沉,"不赌,可以。美华的退路很多,可将古生物研发团队连同硬件设施整体打包出售,产业链中的制造企业和重型工程设备企业也可出售,集团下辖的第三产业可以保留,利润率仍旧惊人。集团手里还握有大量的地皮和专利,至少对于在座各位来说,养活你们八辈子也够用了。但是公司会死。这个行业也会死。"

要么灭绝,要么改变,亿万年来的人和事,无非如此。

"你们大家自己看。"说罢,柯乐点上烟,闭起眼睛,躺进荒草丛中。

21

五彩缤纷的塔吊、桩机、混凝土浇灌机之间,人造棕榈树林轰然摇动,山脉一般庞大的蓝色身影从里面冲出来。霸王龙登场了。或许是还不太适应此地热带海洋性气候的缘故,它的行动无比暴躁,在角斗刚开始的头两分钟,一直在空旷的场地四周绕着圈子飞奔,很快,草地边缘已经被它踏出了一圈寸草不生的环状土路。北美代表团的技术组长不得不紧急呼叫控制组,要求往它体内再多注射两升抑制剂。

"发挥主场优势,后发制人,很聪明,你们搞得不错。"董事长夸奖一旁的柯乐道,"但是也不能让远方的客人等太久吧,我怕他们输了不认账。"

"今天只是切磋,老外不太计较输赢的。不过现在就让它上场也行。"

"现在就让它上。乡亲们都看着呢。"

董事长举起手机开始拍摄视频,同时,柯乐下令把升降机升起来。

场地正中间一块狭长的草皮裂开，朝地面下方塌陷。黑色正方形坑洞里，升降台巨大的噪声飘出，进一步加剧了霸王龙的焦躁。众目睽睽之下，它原地跺脚，踩出几个大土坑的同时，耻骨下方撒出几团白色屎尿。场地周围的三层电网外侧，早已聚集了大量赶来看热闹的建筑工人和集团员工，有些还是拖家带口，男女老少们此刻纷纷被逗得大笑。

仿佛高耸入云的砂黄色巨兽缓缓升起，屹立在升降机中央，遍身鳞片粗糙尖锐，纯黄颜色的头颅上正在发光的是一对橙金色瞳孔。场边的高音喇叭里，临时解说员高声一喊："亲爱的观众朋友们，你们等候多时的特暴龙，终于闪亮登场！"登时赢来满场掌声。

跟着场地内播放的运动员进行曲的节奏，霸王龙径直向特暴龙那里冲刺。它的怒气到达顶峰，青灰色凶光自眼中放射，浑身肌肉膨胀鼓起，鼻腔、耳道、肋下、腹股沟等多处的强制冷却系统已在全负荷运行，腹腔和背肌一带的中冷器的工作温度也已抵达红线。它浑身上下散发出缕缕白色热气，随海风吹拂而四处弥漫，演出效果格外出众，甚至都不需要美华的舞美团队另外再释放舞台干冰了。

海外团队这回可真是有备而来，柯乐心想。

一周前，外国人派遣了规模惊人的运输船队，提前抵达美华南部基地所在的珊瑚礁岛，科研团队也全数到场，大量设施设备更是直接从他们位于塞班岛的开发基地依原样搬运过来。对于科研工作者来说，本次交流真正有价值的环节在于这几天召开的行业交流论坛，不过上头那些老板更看重的是日后国际间产业合作的前景。这会儿，双方的高层正坐在临时观礼楼上俯看角斗。外方团队今天憋足了劲儿想要一雪前耻，在他们看来，举世无双的霸王龙可以说是他们的民族象征，他们的力量必须通过它的胜利来昭显。

可惜，他们把"力量"的这两个字理解错了。

袭击来临的瞬间，美华的特暴龙双腿剧烈抖动，整个身躯以一种诡异的姿态横向闪避到一旁。霸王龙的冲刺扑空了，巨大的惯性令它的双脚和髋关节等部位爆发出令人心悸的尖锐呼啸，表明那里的缓冲液气悬挂已被压缩到极限。

"把对方的峰值时速和加速值都报给我。"柯乐朝耳机里说。赛场数据组迅速将数字告诉了他。

由此柯乐知道，这头霸王龙输定了。

它太慢了。

"贵宾远道而来，用最新的那一招击破它，也算我们尽到了待客的礼数吧。"柯乐对助手示意。

浑身海蓝、缀有华丽的红白色条纹的霸王龙勉强停在场地边缘，一边怒吼一边掉转身子。

"不过至少它样子还是很漂亮的。"助手一边下达命令，一边笑着说。

柯乐同意这种说法。不再拘泥于羽毛、绒毛、鸟类形态等观念，一心将外观打造成世人最熟悉和喜爱的古典式样，加强对体表鳞片的突起和眼窝上方尖锐骨角的夸张表现，表皮花纹的配色也致敬了他们的国旗，再加上为追求攻击力输出而在体内大量铺设的力量增强组件……这一切都充分体现着对方对霸王龙的重视和自豪。

"但这样一来它就重了。太重了，重到只剩下死路一条。"

柯乐的话音刚落，特暴龙已经压低了身子。它的身体低到几乎等同于匍匐爬行，双脚在高扭力电机组的驱动下深深戳进地面。从它鼻腔中射出两道高压气流，原本设计功能是为了迅速排出散热气体，但同时吹起的猛烈沙尘，也令前方不远处的霸王龙的双眼深受刺激。基于古典风格设计的霸王龙没有泪腺，它本能性地闭起眼睛，发现情况不对的海外团队急忙下令启动眼球清洁系统；但这短短一两秒钟的疏忽，已然决定了霸王龙失败的命运。

排山倒海的狂啸从特暴龙的口中喷出，同一时刻，它双腿内部的加速助推火药筒接收到无线命令而被引燃，驱动它的双腿全部关节以极高的加速度开始旋转。

力量的关键不在于杀伤力，而在于高速度。唯快不破。

"紧急加速已启动，时速128。"赛场数据组向柯乐汇报。汇报的话还没说完，特暴龙的头部已经冲击到了霸王龙右腿踝关节上。假如此时有高速摄影机对赛场进行拍摄，拍摄者将能看见特暴龙的颈部陡然变粗变短，这是它颈椎系统中的气动压缩套筒减震器正在全力工作；但此时现场观众的肉眼并不能辨识出这么短暂的细节。

他们所能看到的，是在下一个瞬间，重心过高的霸王龙已被特暴龙顶翻在地。

依照规则，特暴龙获胜。

躯体重新高高竖立的特暴龙仰天长啸，大量火药废气从它口鼻部位的催化排气筒中喷出。柯乐不担心这会泄露机密，因为在同一时间，场地周围共计一百七十个烟花喷射口内正在朝天空绽放着一百七十道雪白色的烟花。烟花的喷射高度达五十米，如环状喷泉一般将整个场地遮挡起来。在烟花的掩护下，观众们闻不到特暴龙浑身的火药味，也看不见场地中央的紧急通道里涌出大量工作人员，团团围住昏厥在地的特暴龙和霸王龙进行善后处理的场面；他们所能看到的是，在漫天的火树银花中，象征本土团队胜利的国旗，正由几十架无人机拖曳着，悬挂于角斗场的正上方，越升越高，仿佛足以遮盖天地间的一切。

22

"恭喜各位，非常精彩，我们这边也是收获良多。不过有一个重大疑惑，我们一直想不通，希望得到诸位的解答。"角斗结束后的招待午宴上，海外团队的技术主管主动向柯乐等人请教，"贵公司的特暴龙体重究竟是多少？方便提供一个大致数字吗？刚刚我们几个人讨论过，无论如何也搞不明白为何它能有那样的加速度和抗冲击能力。"

这天中午的宴会规格很高，场地直接使用了刚刚封顶不到两个月的海滨观景剧场，整个建筑都包下来，全部由美华母集团买单，体现出相当的诚意。但在听到对方做出如此询问的时候，柯乐抿着威士忌，心里在想，真正的诚意考验现在才开始。

特暴龙的数据和设计自然是机密，不过世界上并不存在永远的秘密。为了利益，秘密的程度也是相对的。这一行里的领导者们没人是傻子，但要是你永远过于精明，等于也把自己未来的路堵死了。不妨大胆一些。

"你们的霸王龙体重是多少？"他给海外技术主管递去一根雪茄，示意这类问题并非完全不能涉及。

"实战状态下，平均在 4.5 吨左右吧。为了达到这个重量，我们可受了不少罪。"

海外技术主管之后介绍了北美团队为霸王龙减重的奋斗史，从减脂到减肌，从辅助系统的全钛化改造到柔性部件的全复材化改造，再到柔性燃料电池的攻关和实验，乃至冷却系统的简化和管线电缆的轻量化，滔滔不绝，吸引了周围不少技术工作者的注意。

"你们的确也是辛苦了，不容易。"柯乐吩咐手下记下这些内容，同时流露出同情的语气。"有些遗憾，受限于一些规矩，我不能透露太多关于特暴龙的情况。可以告诉各位的是，目前版本的特暴龙，实用总重的数字约在2吨到2.5吨之间。"

"什么？这不可能！你们究竟是怎么做到的？"

给出的这个数字已经被柯乐特意夸大了一些，但还是令现场所有的外国技术同行们惊呼不已。

"主要是围绕骨架和驱动装置的减重问题下了一些功夫，其他的详情，恕我不方便透露。"

柯乐不能透露给他们的是，实际上特暴龙自有的许多生命机能系统已经被美华公司彻底替换，甚至删减了。特暴龙的腿骨、肋骨、部分头骨、部分尾椎骨已被空心钛合金型材替代。无益于角斗的短小前肢里，软组织及神经系统被完全取消，仅剩下瘦弱的碳纤维骨骼，这对前肢实际上等于已经坏死。几大主要运动区域的肌肉和韧带组织多处萎缩乃至消失，剩余部分存在的目的只在于保障液压系统和电机传动的正常运行，换句话说，一旦人造运动系统关闭，这头特暴龙将全身瘫痪，动弹不得。特暴龙的部分消化器官、部分内分泌器官，以及整个生殖系统全被取消，多出来的体内空间，除放置药物注射系统和无线电程控中枢外，剩余部分都被高等级硅胶气囊所填充。这些气囊内部存放有氦气，不仅能进一步降低体重，更可通过气囊内置的阀门实时调整体内各区域的氦气容量，随时调整特暴龙的行动姿势。

有两个关键技术点尤其不能泄露。第一，特暴龙体内绝大部分的钛型材和合金型材，都运用了美华独有的微结构立体空心铸造技术。在微观尺度上拥有空心结构的这些金属材料，在单位体积下可比实心结构节省超过百分之八十的重量。同时，它体内各处的复合材料也使用了微结构立体空心编织工艺，进一步帮助减重。第二，也就是特暴龙能够减重的最重要因素，是这头恐龙体内的所有人造辅助系统，统统不需要电池供电——美华的能源分公司已将整个角斗场做成了一个面积近七千平方米的无线充电板，地表下方事先铺设有总长超过三万米的线圈；特暴龙体内所有主要活动系统都具备大功率感应充电技能，在它的坐骨后方，美华的工程师也安装了变频预备电容。坐拥主场优势、活动电量无限制的特暴龙，仅在电池方面就可比对手省下至少五百公斤的体重。

"这些都是战略级别的机密。可从本质上来讲，它们全都只是对现有技术上的小修小补。鸡鸣狗盗的小伎俩，不成气候。"对方离开后，柯乐坐到宴会厅角落里，心中感到极度无聊。

随后的同行业交流分享会上，他的心情依然没有好转起来。

下午的交流分享会以论坛的形式进行，女总监代表美华主持，特邀嘉宾为海外团队技术成员。第一场，是由来自北美开发基地的执行总裁介绍他们团队在中生代飞翔爬行动物领域取得的新进展。

会飞的爬行动物，多年来始终是古生物复制产业中最困难的一环，不少人断言，除非人类在扑翼机的研制上取得实用化进步，否则根本无法仿制出翼龙来。北美团队历经反复尝试之后，还是从最基本的生物体原型改造路线着手，以喙嘴龙亚目中一些体形小巧的成员作为第一阶段的制作目标。他们选择的原型生物是蝙蝠。

该执行总裁在演讲中坦言，该项目目前仍有几个较难解决的问题。一个是蝙蝠与喙嘴龙类的翼结构截然不同，且喙嘴龙特有的带皮膜的长尾是蝙蝠普遍不具备的，因此在飞行试验方面进展仍较缓慢。另一个，也算是一项有趣的发现，即当他们将初期改造完成的第一批实验翼龙放入观赏笼中试飞时，笼子外面，许多参观者不约而同地说出一句很有意思的话来：

"这玩意儿到底是翼龙还是蝙蝠？！"

看见演讲者面露苦笑的样子，柯乐默默点头。他完全能够理解这种感受。

无论何时，这个行业里每位从业者都仍需永远提醒自己牢记：游客想看的不是真东西，他们想看的只是他们希望看到的幻影。空气动力法则和趋同演化法则，很可能使得真正的喙嘴龙飞起来与蝙蝠异常相似，但即便你把真正的喙嘴龙从中生代抓回来给游客们看，他们也不会买账。只要他们不接受这是翼龙，那么这便不是翼龙。

想了又想，柯乐还是叫来研究中心主任吩咐道："倒也不妨一试。森林翼龙体形也很小，值得用蝙蝠去试试看，至少可以先弄点成果出来应付董事会。"

不过总还是一样，终归不过是生物体与机械体之间的缝缝补补，生拉硬凑，为复制而复制，沉迷于技术细节的雕琢，并没有上升到更高的认识层面。他的无聊感在持续加深。

"接下来，我们将见到今天的重头戏，"女总监在台上介绍道，"下面有请檀山集团董事长。"

老朋友来了。柯乐朝台上看去。那个女人离开嘉宾席，迈着矫健的步子登上讲台，熟悉的身影让柯乐回想起许多往事。不过此时他最大的感受是：那女人果然还是最适合站在话筒前，而不是出席股东大会。

曾被他使用手段驱逐出公司的女总裁，现在的檀山集团女董事长，今天连PPT都没有准备。她只简短地说道："请各位嘉宾坐稳了。"

遥控器被女董事长按动，她身后的投影屏被撤下，幕布朝两边分开。一个水柜从地表以下缓缓升起，乍看之下似乎不过是普通的大体积水族馆箱，但细心的嘉宾已经能够发现，这"水箱"的面积和深度都极为惊人,因为在水中各处都能见到大量的珊瑚礁和菊石、鹦鹉螺等海洋生物,正在深邃的海水里四处游弋。台上所能看到的,其实只是无比庞大的人工海洋的小小一角。

"先等一下,菊石?鹦鹉螺?我的老天,她连这些都做出来了?"研究中心主任惊讶道。

"假的。机器的。"柯乐在一旁解释,"塑料壳子上装着磁射引擎。电动玩具。"

"我记得这好像是我们集团上游供应商的东西。看来她确实跟您重新合作了?"

那还用说。否则今天也不会允许她登场了。柯乐冷眼看着女董事长在台上的表演姿态,心想,其实我们倒要感谢你才对。如果不是你马上要带来亮相的那个劳什子玩意儿,眼前这个与海水实时循环的巨型人工海洋水箱,还有我们现在坐着的海洋观景剧场,未必能这么快就搞好……我知道你想报复,我很清楚,所以我允许你来谈合作。

"没有竞争就没有进步。"女董事长在台上声音嘹亮地说,"行业发展到了今天,拐点已然出现。蓝海在哪里?诸位请看,就在我的身后。蓝海。"

巨大无边的水箱中,各个角落亮起高功率射灯,幽蓝色的水光呼应着她的台词。台下嘉宾们刚笑了没几秒钟,猛烈的冲击开始震撼整个剧场。

仿佛是从深不见底的海水中凭空出现,浑身灰蓝、布满斑驳伤痕的沧龙冲进所有人的视野,在女董事长身后如丝带般在水里笨拙而缓慢地左右游荡,令整个剧场都变得鸦雀无声。

所有人都被吓呆了。它太大了。相较于女董事长的娇小身躯,它的长度和宽度看上去宛如两节高铁车厢。玻璃足够厚重,沧龙的游泳没有声音，这更加烘托出一种惊悚的气氛。

"哼，骗子。"场下，女总监躲在柯乐身后小声说，"水下光线有折射，剧场的观景玻璃是凸透镜做的，那条鳄鱼根本没那么大……"

"闭嘴。你错了。"柯乐对她呵斥道。

确实是说错了。这条沧龙并非以鳄鱼为原型制造而成。柯乐很清楚，·在第一批次沧龙的研制过程中，他与檀山的技术团队早已发现了其中的陷阱。用鳄鱼改造的思路，成本和效率都很令人满意，唯独演出效果太糟糕，原因很简单，之前外国人已经通过喙嘴龙的例子做出了解释：观众隔着水箱玻璃，不会觉得它们是沧龙，只会觉得它们是鳄鱼，而鳄鱼是吓不住人的。

"英国人已经在做蛇颈龙了，我们不想步别人的后尘。我不想被别人牵着鼻子走。"女董事长当时在合作会议上曾对柯乐如此说道，并曾朝他投来带有杀意的目光。

最终檀山选择用大鲵作为生物体原型。大鲵的动作不被普通大众所熟悉，性情也较为凶猛，最终版本的沧龙造出之后，效果令所有人都颇为满意。

但在柯乐等人看来，眼前的这条沧龙虽然体形壮观，但依然还是不够大。

"檀山的生物技术分公司本质上是家初创企业，巨型动物目前对他们来说难度还是高了点，不过他们今后的发展潜力不可小视。您对她可别太手下留情啊。"研究中心主任提醒柯乐。

"我今天就没想着对她留情。"

"是吗？到处留情难道不是您的特长吗？"女总监冲柯乐冷笑一声。

她的表情突然间消失了。

全场灯光熄灭。巨型水箱里的射灯全部切换到红色。一池血红色的水中，纺锤形的黑影从左往右，将整个观景玻璃遮蔽起来，像被拉上了一层黑布；过了很久，黑影的尾部，镰刀形状的"鱼尾"，才再次从众人眼前飘过。

大到骇人的黑色生物在水箱深处转了一个向，距离剧场稍远些，嘉宾们方才能够看清它的尖锐如刀锋般的吻部，庞大如鲸的体形，深深刺进海水中的悠长鳍脚，以及身侧那只放射着绿光的浑圆巨眼。

檀山集团的沧龙已经不知道躲藏到哪里去了。

"上帝，这么大的鱼龙？"海外团队的成员们纷纷上台拍照，有人回头问柯乐："这家伙体积有多大？看上去简直像潜水艇一样。"

你们还真说对了，不愧是老外，柯乐心想。

面对如此庞大的贵州鱼龙，不宜再用"体积"来描述，更应该用"排水量"这个单位，而以"潜水艇"去形容它，无疑也是极其合理的。制造鱼龙的过程中，美华的技术人员发现，岛上的海生动物观赏区水深不算大，水压问题可以不予考虑，水下的流体阻力也可基本忽略，而最困难的是遥感控制、沉浮姿态变化、推进方式这几个环节。无线电波在水下的效果很差，柯乐团队选择的方案是在鱼龙体内的控制电路中存入预设运动轨迹程序，同时鱼龙全身各处安装有共计二十个回声定位探头，两者配合可令它在水下长时间自主移动，不与异物发生碰撞。沉浮和姿态控制系统与前述系统同步交联，主体结构确实参考了潜艇原理：开发人员在鱼龙体内装置了多个柔性自密封水舱，通过水量变化调节动物游泳时的三维运动姿态，并利用压缩气罐和鱼龙咽喉、肛门等部位的单向阀来执行进排水的管理。

最难解决的游泳推进方式问题，也是鱼龙项目最核心的绝密内容，只有美华内部很少一部分成员才知道——由碳纤维复合材料和轻质金属制成的"鱼龙"外壳内部,实际负责"驾驶"的,是一头未成年的姥鲨。

这是美华几经筛选之后找到的最佳解决方案。之所以没有选择鲸鱼和海豚作为"驾驶员",不光是为了避开舆论和政策风险,柯乐考虑的主要还是海生哺乳类的尾部姿态与鱼龙相差太远。不过或许有朝一日,还是会把鲸鱼放进去吧,他心想,毕竟鲸和海豚不需要像鲨鱼那样随时喝水滤水,"鱼龙"体内复杂的给排水系统可以节省下来,日常维护保养成本问题也将随之得到缓解……

"您和您的团队可真是才华横溢啊。"不知何时,檀山的女董事长已经站到了他身后。

"这你就太客气了。"

"跟您没什么好客气的。早就预谋好了对吧?沧龙游泳像鳄鱼,观众不买账,但是鱼龙游起来像鲨鱼就没问题,符合大众期待,反正他们永远是什么都不懂。不愧是柯教授,每次都能给我带来惊喜。"

惊喜?你想多了。真正的惊喜你们还没有见到。

女总监这时在台上说道:"还请各位嘉宾落座。今天的交流会真是惊喜连连,最大的惊喜马上到来。请各位嘉宾就坐并扶好扶手,小心头、手、贵重物品。"

终于走到了这一刻。

柯乐扶着栏杆,站在观众区边缘,心潮澎湃,胸中的无聊和压抑被一扫而空。

地板轻微震动片刻,扇形的舞台座位区开始朝天花板方向上升。天花板打开,阳光和海风迎面袭来,众人发现座位已经升回了地面。舞台仍留在地下,取而代之出现在人们眼前的是一片由通电栅栏包围起来的广阔草地。

大量干冰从草丛里腾起。雾气之间，大厦一般的阴影由远及近朝嘉宾们走来，高高耸立，犹如天地之间的巨柱，左右摇晃，步履轻柔飘逸，姿态优美而和谐。

穿出迷雾，巨兽们走近了。人群中有人发出尖叫，随后这种尖叫越来越多，最终汇聚成一浪高过一浪的掌声和欢呼声。柯乐听见身旁有几个外国人在哭泣。

"青岛龙……沱江龙……禄丰龙……黄河巨龙……"海外团队的技术主管左手塞进嘴里，右手朝那些巨兽指指点点，唾液混合着眼泪从他嘴角淌下，令他愈发像个孩子。"老天啊，你们真的做到了。而且做得那么的像，像活的一样……它们就是活的……"

人们将柯乐团团围住，但柯乐拒绝回答一切技术细节上的提问。

"不可能将解决方案告诉你们。你们不会理解，你们也做不出来。你们所见到的，是只有我们才能实现的真实之梦。"

这是他抛出的唯一一句解释。

23

走出监狱大门的头一刻，目睹周围景色，陶勤知的第一感觉是自己时空穿越了。"哦，这周围现在都已经盖起这么多高楼来。"

"麻烦陶工跟我往前走几步，这里门口不给停车。车子在路对面的地铁口那里。"柯乐令手下接过陶勤知的行李，伸手邀请他穿过熙熙攘攘的马路。

上车之后，陶勤知一直看着车窗外的风景。"八年前我刚来的时候，这里除了荒山就是农田。"

"现在这一带依然有很多农田，不过都是大企业和科技公司在管理，村民和种植户全都住进高层小区了。"说罢，柯乐从包里拎出几份文件递过去。"这次请陶工来协助,是因为我想与陶工合作,共同解决准噶尔翼龙项目和喜马拉雅鱼龙项目中的某些细节问题。"

陶勤知不理睬他,眼睛也不看向他。

"别给我说这些。我都知道,柯教授,你的大名和事迹,就算在牢里面也避不开。"

"我们先吃饭吧。"

车子开进附近的闹市区,柯乐带陶勤知进入一家五星级酒店。用餐完毕,一辆豪华商务房车开到大堂门口接他们上车。车厢里,柯乐替陶勤知接通按摩沙发的电源,再次将文件递给对方。

"去年,你的手下来找我的时候我就明确表过态。"陶勤知把文件放到一旁的小桌板上,扭头避开柯乐的视线,"我不可能跟你们美华合作。"

"现在的总公司已经不叫这名字了。"

"叫什么名字无关紧要。我早就跟你的人说得非常清楚,你们造出的不是恐龙,是怪物。"陶勤知拉低鸭舌帽,闭上眼睛,"你们造出的那些东西,你们手里的公司,你手下的那些人,还有你,柯教授,你们全都是怪物。一大群怪物。"

商务房车驶上沿河高速,柯乐降下电动窗帘。"陶工,你看看外面,"他说,"看看这些楼、这些工地、厂房、游乐园、高压电塔,还有跨江大桥和高铁隧道。"

"都是你们公司投资的?"

"都是像我们这样的公司投资的。"

"你们真是生财有道。"

"不,这只是经济学的一般原理。没有生意便没有这眼前的一切。请尽管看,前面再开十来分钟就到机场了。新机场。"

六个钟头后,商务机在开发基地临近的珊瑚礁机场上着陆。柯乐带陶勤知乘坐游艇赶往基地码头,途中由女总监负责新鲜海产的烹调服务。但陶勤知一路都在睡觉。

他的混沌梦境被一阵连绵不绝的沉重脚步声惊醒。

狭长的黑影遮蔽住整个码头以及游艇。陶勤知睁开眼,仰视天空,一开始觉得像是这片工地上有吊车在自己头顶上运送乔木——浑圆、微微弯曲的青灰色圆柱体正悬浮在他身体上方,缓慢地横向移动。然后他发现,这棵大树的树干正在加剧弯曲,越变越柔软,最后末端下垂。在那处末端,有一个楔形的灰色植食性恐龙头颅正在低头浸水,口鼻部泡在台阶旁边的充气游泳池中。

这是一头马门溪龙。它正在喝水。

一动不动站立长达三分钟之后,看着马门溪龙抬起头,一边往回踱步一边排出热气腾腾的尿液的样子,陶勤知僵硬地吐出一句:

"这不可能。这是假的。"

"把合同签了,我告诉你这是如何办到的。"柯乐第三次向他递去文件,"否则,你就只能在余生的每一个日日夜夜里苦思冥想它的原理,并且体会到临死时都想不通一个简单问题的痛苦。"

合同的期限很长,保密协定也极度严苛,但陶勤知还是摁下了手印。把文件交给女总监后,柯乐拿起对讲机,命令马门溪龙停止行动,原地休息,待机检查。

如山丘般庞大的巨型恐龙迅速停步,地面总算停止了持续的抖动。陶勤知面如死灰,看到十多根细长的金属防倾支腿从马门溪龙前后肢关节处拉出并锁定在草地上;几道黑色细缝从它的腹部冒出,不断膨胀、撕裂,最后如遮阳篷般开启。从马门溪龙的耻骨两侧降下银光闪闪的伸缩梯,前后共计三十多个强壮男子从里面爬出来,跑到一旁的草坪上，就着移动厕所里伸出来的橡皮水管轮流冲凉。这些男人全都赤裸上身，一边擦身子一边抽烟，使用南腔北调在大声聊天，陶勤知勉强听出他们是在抱怨恐龙肚子里的空调效果太差，温度打到最低却还是热得要命。

有个像是领头的男人跑到柯乐面前诉苦："老板，你刚才也看见了，我们刚刚让它吸了散热水，喝进去排出来的这几分钟工夫，水都冒烟了。再不招人的话我们可吃不消，非热死几个人在恐龙肚子里不可。"

"我已经让演出公司给你们调整过表演时间了，要是再减下去，观众也不答应啊。这样吧，今年暑假，你们的高温费翻倍。只有暑假期间，记好了。"

领头的男人转身往回跑，跟自己的工友们分享好消息去了。

陶勤知呆滞地望向柯乐。"这就是你的解决方案？用人力去扮演植食性恐龙？"

女总监急忙补充："不完全是用人力，他们钻进去后，恐龙肚子里的驾驶舱中有大量的液压助力机构可以放大他们的集体动作。当然，具体的行动节奏和行动方式，还是依赖演出员工们的身体动作。"

"你们这算什么？"

"我觉得这应该算是传统文化的现代复兴。只有在我们这里，才可以实现这样的成就。"柯乐回答他。

扮演动物效果最自然的是动物，而寻找这些动物有一个条件，就是要足够便宜。

而在这个时代，最便宜的动物是人。

用一群人来扮演动物，用人的集体力量来解决恐龙表演问题，解决集团公司财政问题，解决本地区就业问题，这个"灵感"，柯乐决不敢自专。他相信，如果不是当时离开公司，而是站在实验室里或者坐在办公桌前，那么对于这个办法，他自己永远也想不到，永远也想不通。

"去年春节，我回了一趟老家，赶了个集，看到了一场舞龙舞狮表演。答案就这么简单。"

草坪上，那些半裸男人大呼小叫，踩着梯子挤进马门溪龙的腹部，关上身体两侧的蒙皮，启动冷却系统，关闭机械系统总闸的待机状态。埋在草皮下方的感应线圈重新朝马门溪龙送去电流。

"打从一开始我就没讲错，你们这些怪物……它真是跟活的一样。它就是活的。"

说话的同时，陶勤知的表情已经和缓了下来。他面露欣喜，门牙叼着右手大拇指，眼睛圆瞪，好像舍不得眨眼睛一般，入迷地看着那头马门溪龙和它肚子里面的那些人，遥望它们穿过棕榈树丛，沿着不知通往哪里的林间小径，朝看不见尽头的远方快速走去。

夜　眼

1

中午十一点四十五分，手机闹钟第三次响起后又被吴星按灭。

他不情愿地起床了。一天的生活由此开始。

气温比前两天有所降低，但中午的室内温度仍有近三十度。不过幸好，这间两居室的旧屋子离隔壁的水泥小楼很近，光照不佳，阳光晒不进屋，所以卧室此刻还不算太热。吴星把床头的电扇关掉，光着上身探出窗外收回挂在绳子上的背心和短裤。衣服穿好后，他把单人床上的席子掀起来抱住，绕过满桌的器材，抱到窗口去晒。然后他转身出门，去上公共厕所。

从厕所出来后，吴星到村头小市场吃午饭。午饭吃完，吸收了许多热量的身体浸满黏汗，他终于熬不住，打开天花板中央的旧电扇。风力比床头那台小电扇强多了，费电也多，只是不得不开。

身子仍然很热，吴星忍不住想再脱光上衣。但是不行，现在已是下午，小店该开门了。当然可以去卧室将空调打开。空调是他自己亲手改装过的，制冷能力极强。

但这也不行，因为实在太费电。

晚上是他的用电高峰，电费必须省下来用在刀刃上。

吴星站在吊扇下，让身体凉下来，然后关掉吊扇走出卧室，来到店面门口掀起卷帘门。

接通接线板，他打开橱柜上的旧音响，用音频线接上手机，点进App，放起最近流行的国语歌来。音量调得很大，他试图以此吸引主干道上的行人们的注意。

没什么效果，因为天气实在太热。

这会儿的城中村，除了放暑假的孩子们在东奔西跑外，路上几乎没什么行人。吴星坐进橱柜后方，撑住脑袋抽烟，视线扫向墙上挂着的手机壳、耳机、充电线、移动电源等物，最后望向门口垃圾桶旁立着的贴有"手机贴膜、数码维修"字样的灯箱。

他再次回想一年前的自己是什么样。

在开发区科创园上班的那段日子，办公室里可绝不会放这种"国语民工歌"。

不管是编写配置文件、组装硬件，还是程序调试，即便是中午吃员工自助餐时，公司里到处放的也全都是欧美摇滚。管理团队从美国回来，那帮人信这个调调，而当时刚毕业不久的吴星也信。

可惜，那个团队很快就消失了。

所有人都跑了。公司一夜之间解散。一切都不见了，消失的速度比那款划时代"产品"的飞行速度还快；等到吴星反应过来时，办公室已经被全部搬空，连一次性纸杯都没留下。

直到今天，吴星的口腔中仍不时会冒出一股芥末三文鱼味，那是当时"一号产品"试飞成功后，庆功酒会上投资人提供的食物味道。可那些投资人也已经全消失了。

那段时间，除了像吴星这样还在讨要工资的员工外，办公室里每天就只有一帮前来讨债的小股东。他们人人都骂吴星是骗子。

最后一次下班的那天，他回到租住房，突然意识到自己原来还剩下了一点公司财产——仅存的三台"产品"原型机，正停在卧室墙角边静静充电，等待着下一次的试飞。

可是已经不会再有什么试飞了。

三台无人机，连同吴星自己研制的操作系统一起，成为了那段岁月仅剩的回忆。

……

如今，各地都严禁"黑飞"，这套"玩具"并无面世的价值。但是，在搬进这片城中村后，吴星发现它们还有物尽其用的机会。

只需等每天晚上日落后，它们便可以重新"活"过来。

和这座城市里其他的人一样，吴星每天默默忍受着暑气，只为了等到夜晚早点降临。

今天的等待过程同样枯燥，他不知不觉睡着了。

有人走进店，敲打柜台将他惊醒。一个肥硕的半裸男人站在他身前，说话声音粗犷。

"吴老板，是你帮我家儿子的手机换的屏幕？"

对方将一台白色手机摔在柜台上。

吴星认得他。城中村菜场中央卤味店的老板，家里有个上小学的儿子。

"是的。"

"你收他多少钱？我看到底是他撒谎还是你撒谎。"

卤味店老板前几天把这台手机的外屏砸裂了，他儿子偷跑到吴星这里换屏。吴星换完后，按自认为合理的价格收了钱，另外贴了防爆膜，加在一起要了小孩五十块钱。

"开玩笑？吴老板，你实在太厚道了。东头那家骗子店，换一个屏收我两百块！"听完吴星的交代，半裸老板脸上笑开了。他掏出另外两台手机摆上柜台，屏幕也都是裂的。

"你可真是好人啊，吴老板。"

又来了，又是这种评价。

吴星叹口气，收下手机，和对方商定了九十块的价格，外加两片防爆膜，约好过两个小时来取。

卤水店老板走后，音响被关掉，店里恢复安静。吴星翻出笔刀、拆机片、万用表，抬头看一眼挂钟。

现在还不到下午两点。离太阳落山还有五个多钟头。

再忍耐一下，吴星这样对自己说。只要一过晚上八点，周边餐饮店铺的订单就会陆续发到他手机里，业务时间将一直持续到凌晨两点。

等到天黑就好了。到那时，他和他的那些"伙伴"将会一起复活，令人心情舒畅的惬意之夜也将再度来临。

但这只是他的一厢情愿而已。

2

开发区公安分局的中央空调，在今天下午已经被打到最低温度，但孟阳仍然感觉燥热，浑身发痒，颈子里沾满汗水。

他今天的心情也是同样非常不快。

上午的分局例会上，副局长和政委把他训了一顿。

按理本不该如此。分局多年来没有太多的办案压力，因为开发区一带的治安情况一贯很好，每年除了几起盗窃案和工人群殴案件外，从来没遇到过烦难的大案要案。作为一名工作多年的普通警察，孟阳虽说很难有什么光明的升迁前景，但日子也算清闲，不容易遇上什么麻烦事。

可偏偏在今年夏天，这座城市有些不太安宁。

自六月份以来，市公安总局已经通报了五起人员失踪案件，案情惊人地相似：失踪者都是来此游玩的外地人，多是大学毕业不久的年轻人。根据过往经验判断，这一系列事件极有可能又是传销团伙犯下的非法监禁案。此类案子向来麻烦，人证物证获取困难，需要耗费大量时间和人力，而一旦出事，往往又会造成极其恶劣的结果。一个多月来，网络舆情已经空前沸腾，限期破案的压力一层层不断朝下压过来，也难怪分局领导们每天都心情不佳。

于是孟阳也就一直心情不佳。

他绝不是嫌办案麻烦。相反，他这段时间多次申请调入总局的专案组或分局的专案办公室。他相信，自己身处的这片面积广大、看似平静的城郊开发区，正是最适宜传销窝点藏身的地带——开发新区和工业区之间的狭长地块内有许多乡村宅院，东南部的农业村镇也地广人稀，南部靠近海港的城中村更是藏污纳垢，层叠的水泥楼房和违章建筑中不知住着多少来历不明的流动人口……规模不超过两百人的一个传销小组，随便往这些地方一钻，便神不知鬼不觉，再难查获；而等到周围的住户警觉起来时，他们往往包几辆车，一夜之间便不知转移到什么地方去了，根本抓不住。想要把他们一网打尽，必须长期地严密监视，然后抓住时机，迅猛出击。

他的想法得到许多同事的支持，但决定权不在他们手中——上级对孟阳反复的申请和自作主张的"案情分析"早已没了耐心。

"专业的事情让专业的人去做，有多少资源做多少事，你是老警察了，不要再让我们重复好不好？"

既非专业人员，手头又没有资源，没有哪个领导会理睬孟阳。他只能继续听从调派，每天坐在办公室里对着电脑擦汗，等待日复一日的平常任务。

而像今天这样的桑拿天，恐怕连坏人也不愿出门了。

孟阳不喜欢犯困的感觉。他泡了大壶铁观音，一杯接一杯喝了整整一下午。

傍晚，他收拾手提包准备下班时，办公室的分机响了。

电话由市总局转进来，是报案信息，报案人的电话被定位在他所在的开发区内。

办公室里只有孟阳一人。

他精神振奋地拿起听筒，心想：哪怕是帮独居老人找猫找狗也好，只要能出门办点事情就成。

"我是开发区分局的孟阳，请说请说。"他大声朝电话机里回答。

这是一次民事举报。有南部城中村的居民举报称，住处附近有无人机涉嫌黑飞。举报人还提供了黑飞嫌疑人的姓名和具体住址。

"明白了，马上前往处理。"孟阳朝电话里报出自己的警号，以供系统记录，然后挂上电话。

果然还是一般案件，再常见不过的无人机黑飞，算不得什么大事。孟阳对开发区一带比较了解，那里没有机场和军政设施，高压电塔也拆得差不多了，何况一般无人机的飞行半径超不过一公里，不会构成重大安全责任事件。

他依经验判断，这充其量不过是爱好者飞着玩玩的扰民事件而已，很可能只是有小孩在耍着一台网购来的玩具无人机罢了。

但孟阳还是换好便装后快步出门，下楼去取车。

这正好是个机会，可以走访一下城中村，说不定能获得一星半点儿关于传销窝点的消息。反正无论怎样，都要比窝在这闷人的办公室里强多了……

从分局到城中村有近十公里路程，都是开发园区特有的宽敞直路，路况极好，孟阳没花太多时间就抵达那里。把车停在农贸市场路边，他下车进菜场绕了一圈，然后找家小铺吃饭。

此时天色刚刚入夜。吃完饭，孟阳按照举报人提供的地址，在城中村主路上找到了目的地：一家数码产品店。

小店已经关门。周围是些普通水泥楼房，现下正是晚饭时间，路旁到处飘着炊烟，人声喧闹。

孟阳不是专门对付黑飞无人机的警察，没有专门的无线电搜查设备（只有市总局能配备专业的无人机搜查队）；不过对于眼前这件事，他有个最简单的解决办法：

"蹲坑"——他曾再熟悉不过的一招。

孟阳在小店马路对面的大排档坐下，点了些海鲜烧烤，给自己两腿喷过防蚊水，然后点上香烟，抬头望向夜空。

他在等待"猎物"自己现形。

市售的无人机都自带航行指示灯，且电量消耗都很快，飞不了多远，只要看见附近夜空中有红绿色的指示灯，再确定无人机起降的方位，操作者位置就能基本锁定了。孟阳估计，花一个钟头左右时间可以解决这桩小案件，然后便可以开始干自己的正经事……

他就这么一直坐着，直到晚上十点。

没有任何类似指示灯的东西在夜空中移动，就连无人机特有的马达转动声，他都没听见。

十点一刻左右，分局专用的工作手机开始抖动。孟阳拿起来接通。

话筒里传达出来的命令让他惊愕不已。

随命令一起发来的，还有定位信息。他打开地图软件定位，顿时大惊失色，随即跑去大排档柜台付账，然后顺着马路朝东边狂奔。

他很快抵达事发现场——那里距离刚才吃饭的大排档仅有不到五百米距离。此时，那里已经围了一圈市民。

手机里通报，就在刚才，有人在这里发现一具尸体。

3

晚上八点，店铺准时关门。换好屏幕的两部手机已经交给卤水店老板，吴星手头没活。

即便有活，他现在也没心情干了，因为心思早已飘去了头顶上方的那片夜空中。

他在马路对面的大排档排队买来一盘烤串，回到卧室打开空调，按下墙上三块接线板的开关，然后依次启动桌面上的电脑、收发器箱、外接显示器、外接硬盘盒。五分钟后，所有设备都已就位。

三台通身黑色的"产品"无人机停在墙角，机身上的方形电源盒亮起绿灯，提示电量充足。吴星过去拔掉充电线，由裤子口袋内取出黑色电工胶布，撕下三条，遮住它们的电源提示灯，以便保持它们的隐蔽性。

毕竟今晚的飞行是非法的"黑飞"。

他坐进椅子，戴上耳机，双脚踩上踏板，再把眼罩绷在额头上，操作鼠标打开管理器软件，左手取来手机检查目标位置。

今晚的头两个客户都是熟客，住在街西北角一栋老小区的二层和七层，吴星很熟悉那里的方位。

管理器软件已启动完毕。他把头往下一点，眼罩落在鼻梁上，罩中一对微型显示器投出画面进入他眼睛里。电动机开始工作，耳机里出现微弱的嗡鸣声，吴星摁动大拇指处的微动旋钮，操纵"产品"升空，朝窗外飞去。

他先让"产品"升到高空，飞越人多眼杂的主干道上空，然后降落到大排档后场的小巷。

老板娘正坐在巷口。"产品"落地后，老板娘迅速把打包的烤串塞进黑色塑胶袋，将"产品"机身下方的带子跟塑胶袋系牢，然后退到几米外重新坐下，目送"产品"拉着塑胶袋升空并离开。

吴星推动控制柄，操纵"产品"直扑目标方向。

清澈的黑色夜空和明亮的地面灯光，将眼前画面分割为上下两半，喧闹的街市噪声随着"产品"的升高而变得不再嘈杂；除了一群四下翻飞的蝙蝠外，周围的夜空一无他物。吴星把头转向左边，机身下的摄像头相应转向；他望见西边的地平线上有一条狭窄耀眼的橙红色光带，那是市中心 CBD 的繁华灯火。

携带着外卖的"产品"隐蔽地穿行在这片夜空里。

吴星尽情享受这一刻"翱翔"的自由，忘记了过去以及现在的所有一切不愉快。

两个熟客的外卖很快就送到了。返回大排档的路上，吴星听到手机发出提示音。他掀起眼罩，设置管理器软件，安排"产品"自动飞回大排档，然后自己查看老板发来的信息。

今晚的第三个客人住得远，在城中村东南角的农家出租屋。也是个老客户，不过有段时间没有在大排档订过餐了。"产品"在老板娘那里降落后，吴星检查无人机电量，发现还剩一半不到，结合距离考虑，应该够再往返一趟。

他改变习惯，打算提前出发，将这趟送完后再飞回家里充电。

第三趟的外卖分量不多，一路上吴星将"产品"拉升，过了一把高空高速飞行的瘾；抵达目的地附近空域后，他沿抛物线下滑航线，降到离地五米的高度，左右摇动摄像头，开始寻找客人住址。

他一时之间没能找到。

此处是城郊边缘的一个小村落，周围的地貌不再是光线明亮的建筑物和街道，而是广阔阴暗的农田及果园。这一带缺乏路灯照明，"产品"低空盘旋时虽不必担心被人发现，可若不能尽早找到订餐客人，却也是件麻烦事，因为低速悬浮时耗电很厉害。

吴星不想停留太久。这地方让他感觉很不安。他从没有飞出过城中村范围。害怕被警察逮住是一方面，另一个更重要的原因是，除了城中村外，城里别的地方他几乎都未曾去过。这座庞大无边的城市至今仍令他感到有些陌生和恐惧。

客人租住在一栋三层农家小楼里。吴星发现，周围有好几幢类似的小楼，都是水泥抹的外墙，窗户也都亮着灯，一眼望去全差不多。"产品"机身下方挂着塑胶袋，他不好操纵机器降落，也不想悬停太久，便决意冒些险，近距离飞掠那些窗户，用摄像头寻找客人。

"产品"经过特殊设计，即使离窗户仅有几米远，屋内的人也很难注意到它的动静。吴星平缓摇动手柄，一个窗户接一个窗户地飞掠。眼罩中出现明亮的窥视画面：有些屋子没人，有些屋子里的人与大排档老板的描述不对。这过程中，吴星与老板通了电话，确认客人是个年轻姑娘。他让老板通知客人在窗口拿手机挥舞，以方便自己寻找。

很快，"产品"飞抵村子最中间的两幢楼旁。

他从左侧那幢开始搜起。

升到三楼高度时，他感觉自己找到了客人：三楼拐角的一扇窗户内,有人影站着。

这幢楼里所有窗户都是黑的,只剩顶楼一个房间有灯,此时见到屋内有人,他断定那就是客人。

"产品"迅速飞近那扇窗户。

窗户没有打开,里面站着一个短发女性,右手举着手机,背对窗户。

吴星感到难以理解。没开窗户并不奇怪,毕竟农村的夏夜蚊虫很多;但那姑娘居然背对窗户,这就不合逻辑了。这种姿势下,她根本没法看见外卖送到。

悬停在窗外等待一阵后,吴星发现,那短发姑娘始终没有回头,只是举着手机站在原地,似乎正朝摄像头看不见的方向说话。管理器显示,"产品"电量还剩四分之一左右,这让他有些焦躁。正当他考虑是否该操纵"产品"轻微撞击窗户提醒对方时,摄像头却记录下一段令人吃惊的画面——

一个光着上身的强壮男子从角落里走出,上前扇了短发姑娘两耳光,夺过对方的手机,抬脚将对方踹倒在地,然后反复踢着已经倒地的姑娘。

透过眼罩显示器,吴星将那男子扭曲的面部表情看得非常清楚。

"产品"机身上的麦克风,记录下那男人的咒骂,以及皮鞋踹在身体上发出的沉闷声响。这些声响通过耳机传进吴星耳中,令他的身体不住地发颤。

踢了十多脚后,那男子走回摄像头看不见的角落。

被殴打的女子则躺在地上,一动不动。

随即,屋内变成一团漆黑,似乎是灯被关上了。

4

当吴星从惊骇中恢复过来时,"产品"已经在原地悬停了一分多钟。

手机响了。

他伸手去拿时,掌心已经满是汗水。

大排档老板来电,询问为何还没有把外卖送到。吴星胡乱应付几句,摇动已经变得湿滑了的手柄,控制"产品"飞往最后一幢没有搜索过的小楼。

那里的二楼有扇窗户打开着,一位长发姑娘站在床边正不断晃动手里的手机。真正的客户原来是她。

拿到外卖后,长发姑娘对着"产品"大声道谢,但吴星一个字也没听进去;大排档老板又给他发来新的送货地址,他也完全没心思去看手机。

他的思维已被刚才看到的暴力画面完全占据。

刚刚那户人家出了什么事?夫妻纠纷?家庭暴力?

然而,那名男子凶狠残酷的手法,即便是家庭暴力,也太过头了吧?那个短发女性的诡异行为,也让吴星觉得心里发毛。

他决定飞回刚才那扇窗户附近,趁着电力没用尽,再多看两眼。

返回那幢没有灯光的小楼时,地面上正有辆面包车驶过,车灯将周围照得很亮。吴星将"产品"飞到隔壁房子的屋顶中央,避开车子视线。面包车离开后,他飞到那栋怪异小楼的三楼窗户旁。

四周的光线仍旧黑暗,隐约中能看出那扇窗户已经重新打开了,屋内没有人,也没有灯光。

那对神秘的男女似乎不在。

他不敢贸然飞进去,来回盘旋一阵后,决定离开。

这时附近又闪起灯光，并伴随着一群人的说话声。

吴星再次让"产品"飞到屋顶，发现地面上走来几个打着手电的人，像是周围的住户。他们聚集在那扇窗户的正下方，手电的光线全部汇聚在地上某堆物体身上。

吴星心生不妙的预感。他小心操控"产品"停在那些人头顶，缓慢下降的过程中他通过机载摄像头，极力辨认地面上的那堆物体。

地上躺着一个人。

是那个之前遭到殴打的短发姑娘。

大量的血从那姑娘口中淌出，在水泥路面上汇聚成一片红色血泊，反射出围观者们晃动的手电光线。

吴星本能地猛然拉起手柄，操控飞行器急速倒退并升高。

巨大的震惊和悲哀之情，令"产品"的飞行轨迹几乎陷入失控状态。

5

抵达出事现场后，孟阳只看一眼就明白：有人坠楼。

他上前出示**警官证**，推开围观人群，从其中一位村民手里借来手电筒，观察地上躺着的那个人。

事实非常清楚，坠楼者已身亡。

那是一名年轻女性。从血液的状况看，她坠地时间并不算久。孟阳抬头再看，发现现场楼房的三层有扇窗户开着。看来，死者从那里坠下的可能性极大。

周围的村民和租住户聚集得越来越多，有人找来村委会的人。孟阳请求对方帮忙弄出一圈隔离带，然后打算自己上楼侦查现场——尽管目前情报有限，但他胸中的直觉已经呼之欲出。

"绝不是普通的坠楼意外。这是一起刑事案件!"

进入房屋内,他发现自己的直觉很准。

这是一幢长期出租的农村小楼,内部脏乱,光线昏暗,所有窗户都被窗帘或报纸遮蔽;厨房里只有基本的烹饪工具,每个房间都塞满肮脏的地铺和床褥。粗略计算,这栋楼内至少住着三十名以上的住户。

三楼开着窗的屋子是一间厕所。孟阳在窗边地面发现了细微的血迹,以及疑似有人被殴打在地的灰尘痕迹。他已很久没为这类案件出过现场,相应的工具也没有,只能用身上带着的胶布,将有血迹的地面用胶布围成几个方框,以便日后刑侦人员进一步勘查。

还没等回到一楼,孟阳的工作电话就响了。

分局领导直接来电,命令是让他"保护现场外围、等待刑警总队前往支援"。言外之意是,不准他进入现场内部。

回到屋外时,附近派出所的巡警和辅警已经驾车到达了。互相交流后孟阳发现,对方和自己一样也无权进入现场,必须等总队的人来。

等待的时候,这群警察站在院子外抽烟闲谈。派出所的人言之凿凿:"肯定又是搞传销的那帮混账东西干的。"

孟阳对此不置可否。他自己又何尝不是这么想的?

半小时后,刑警总队的人赶到现场,而在此之前,孟阳已经向周围几家的住户做过了口头笔录。与以往类似的案件一样,这次的当事人和嫌疑人也同样是行踪神秘的外地租住户,外貌特征模糊不清;所有邻居都声称没有见过受害的女子,也没见过和她租住在一起的人。

将手中情报全部汇报完后,已是凌晨一点。总队的人向孟阳表达了简单的感谢,告诉他可以回家休息去了。

"这回能抓住吗?"孟阳追问。

对方摇头不语,面无表情。

神出鬼没的传销团伙,别说在这座城市,即便放眼全世界,也一贯是最难抓捕到的一类罪犯。心有不甘也没办法……

凌晨时分,孟阳返回分局交班时值班长问他:"老孟,下午报的那个黑飞案子你查好了没?"

满脑子都是少女坠楼的孟阳,一时间竟忘了还有这回事。

"查得差不多啦,明早我再去那边看看,下午之前出结果。"他敷衍一句。

"加快速度,举报市民还等着回访电话。又不是什么疑难大案,抓紧把它办完吧。"

"知道了。"

孟阳嘴上答应,但心思已经不在这上面了。

次日上午,孟阳回到城中村,把车直接停在那家数码维修店的门口。

店铺还没开门。他下车走过去,猛敲卷帘门,希望把这小案子快速解决完了拉倒。

实际上,孟阳心里对这件事完全不抱任何希望。如果对方一直不开门,他只能就此撤退;即便对方开门,他也无权要求进屋搜查。即使真的吓住了对方,让自己进屋去了,如果对方把无人机藏起来,矢口否认自己黑飞或拥有无人机,他也同样是束手无策,这件事只好不了了之。

万一运气好到极点,对方是个不撒谎的老实人呢?除了批评教育外,孟阳什么事也做不了。而要是对方的无人机证照齐全,那么孟阳甚至连没收机器的权力都没有。

这就是他的工作处境,也是他无法更改的现实。

敲打卷帘门的声音越发焦躁。

6

连续的噪声将吴星从昏沉沉的梦中惊醒。

他起身看手机,发现还没到起床时间,但自己已睡意全无。

吴星一整夜都没睡安稳。半梦半醒间,他眼前浮现着的全是那具尸体的脸。

那不是什么舒服的画面,但与其说是恐惧,倒不如说更让他感到悲伤。身下的凉席已被汗水浸泡得发黏……

昨晚发现尸体后,吴星操作"产品"返回卧室,更换备用机身后返回大排档继续工作,但心思完全无法集中。随后的几次往返飞行中,他一直注意观察地面,有几回似乎隐约望见路上有警车行驶,但他并没有胆量跟踪过去。

那个可怜的短发姑娘,在自己面前被人殴打,然后坠楼身亡。吴星很清楚,倘若这是一起凶杀案,那么自己就是头号目击者。

然而更加清晰的事实是,这次目击是外人无法知晓的。夜空中的"产品"绝不会被人发现,街坊邻居不会,警察更不会。即便亲历了如此重大的事件,他自己仍将只能独自承受。

吴星脑中思绪起伏,顺着平日的习惯脱去衣服,开窗晾晒凉席。

敲打卷帘门的噪声这时再度响起。他反应过来:门外有人找他。

又是谁家的手机要来贴膜了吧。

他仍有些迷糊,披回衣服走到店铺门口,掀起卷帘门。

——敲门的并非街坊,而是个完全没见过的矮壮中年男人。

"你叫吴星?"中年男人语气生硬,带着不耐烦的情绪。

吴星挠着头发点头。

对方从手提包里掏出一只黑色硬壳证件，表情淡漠地举起："你好，警察。开发区分局的。能到你家里看看吗？"

脑中残留的混沌被一扫而空。吴星缓步后退，让出空间，任由对方走进店内。

男警官命令他把灯全都打开，检查完营业执照后环视一圈，然后告诉他：昨天警方接到附近居民的举报，此处有人涉嫌黑飞。

"打扰了，我这趟只是过来问问情况。吴先生，你家里有没有无人机？有没有未经公安部门许可的飞行行为？"

吴星脸色苍白地缓慢摇头。

"好吧。那么麻烦你带我进去看看里面房间，谢谢。"男警察背着手说。

吴星将对方带进里面的卧室，然后站在房间角落里一语不发。

看到对方这副模样，警察孟阳只觉得好笑。

进屋时他已观察过一遍。除了桌上一堆电脑和仪器之外，这户人家平淡无奇，见不到无人机的影子，眼前这年轻人如此紧张，着实没有必要。

——想必又是从外地来此打拼的底层青年吧！成天老实巴交，见了警察便诚惶诚恐，一旦要查身份证马上就手足无措，总觉得自己是弱势群体，除了上网打游戏外什么都不会。网上怎么称呼这类人来着？好像叫什么"三和大神"？在城市的这片区域里，这样的年轻人数不胜数，他自己早就司空见惯了。

孟阳打定主意不去为难这小伙子。他准备例行公事再询问几句之后直接走人。与昨晚那起疑点重重的少女坠楼案相比，什么无人机之类的玩具完全没有任何关注的价值。

顺着职业习惯，他询问那小伙子，昨晚有没有注意到周围有什么奇怪的状况。

"昨晚？是不是附近有人跳楼死了？"

眼见警察已经把话说到这个份儿上，吴星放弃了侥幸心理。他确定对方就是为了这件事来找自己的。"说是一个姑娘，在东边的农家乐那里——"

"嗯，是有这么回事。除此以外呢？"满脸疲态的孟阳心不在焉地说。

少女坠楼案在今早已经登上了社交媒体的新闻头条，这小伙子即便知道这桩案件也不足为奇。孟阳对此并没有过多在意。他想知道的是，案件发生之后，附近是否出现过可疑的人员及车辆。

近年来的传销组织，在逃避搜捕的过程中都会使用灵活机动的手段，最常见的手法是利用车辆进行转移，假如这一带的住户们能提供相关线索，那么追查起来一定会便利许多……

又在遐想一些超越职权范围的事了。可孟阳就是无法控制自己的思维。

"我看到有辆面包车从那栋楼旁边开过去，不知道是不是跟案子有关。"吴星走到桌前，一边打开仪器电源一边交代。

面包车？

孟阳一下子来了精神，将无人机的事彻底抛在脑后。

"你看到了？在哪儿看到的？现场附近吗？时间是几点？车牌号码注意到了吗？"

这几句问话也是惯例询问。孟阳不指望一个普通的围观市民能注意到车牌信息，只要能讲出车型和漆色就可以了；当听到对方回答说"稍微等一下，我打开电脑看看"时，他甚至已有些不耐烦：别玩电脑啦，赶紧把线索告诉我！

他很快就得到了线索，而且是珍贵的现场目击画面。

当吴星从硬盘里调出昨夜的录像画面后，他甚至下意识地不认为那些画面是真实的。

因为实在是太清楚了，太具体了。

他将视线在屏幕画面和吴星的脸之间来回游移，表情彻底僵硬住。

"民警同志，您看上面，昨晚我飞去那里的时候，一开始把她当成了订外卖的人。——您瞧，"吴星手指着屏幕，话音依旧低微，"房间里这个人先是打她耳光，然后把她踢到地上，再关了灯。之后……我快进一下……看，等我飞回来的时候，房子里的人已经不在了，那个姑娘也已经——"

吴星把录像视频暂停，画面定格在发现死者尸体的时刻。

仅看一眼，孟阳便已认定，画面中拍下的就是昨晚案发现场。

没等他回过神来，吴星再次按动键盘，将视频往回倒退一小段。

画面里出现了一辆白色面包车，正从现场旁边的水泥路上驶离。

孟阳此时有太多的问题要问，但最紧迫的是下面一句话：

"这辆车的车牌是多少？"

摁动组合键，吴星将画面放大。

"产品"搭载的高清摄像头，即使在暗夜中也能捕捉到这一细节。一串字母和数字的组合被放大在屏幕中央，清晰可辨。

孟阳明白，就算是套牌也好，只要有了这串车牌号，就可以宣告这桩案件出现了重大进展。

现在唯一的问题是，眼前这个戴着眼镜、其貌不扬的瘦弱男子，究竟是怎么做到这点的？

而当吴星面露苦涩地打开衣橱门，露出挂在衣架横杆上的那三台黑不溜秋的无人机时，孟阳才终于意识到，改变自己命运的时刻，已经出现了。

7

坐警车抵达分局后，吴星听从孟阳的命令，与其他几位民警一起，从车里将所有的"产品"操作设备全部搬进分局小库房内。

吴星并没有意识到孟阳和其他警察对自己的态度有什么不正常。此前除了有一回补办身份证外，他从没跟任何警察打过任何交道。当孟阳提出让他留在局里吃午饭时，他甚至恐慌起来："这就算是拘留我了？"

但他依然顺从地跟着孟阳的同事去了分局食堂。

吴星离开办公室后，孟阳则坐在小库房里抽烟。

乱七八糟的电子器材搬得他腰酸背痛，但他并不疲劳。此刻的他手脚伸直，瘫在椅子上吞云吐雾，完全是一派如释重负的神态。

他心中放下了一个大包袱。没有任何人能料想到的重大线索，此刻就落在他手中。

甚至连去食堂吃饭都顾不上了。孟阳兑了点儿茶水，去办公桌抽屉里找出饼干，在小库房里边吃边看同事们干活。

从吴星家里"起获"的无人机飞行设备数量不少，孟阳看到它们几乎占满整间库房。

设备部同事过来朝他讨烟，顺便将设备统计名单递给他。

"黑色四轴无人机三台，备用电池组加充电器共三套。5G信号收发电台一套。VR感应探头，VR头戴显示器，VR感应手柄加脚踏，耳机，高清输出显示屏，系统控制电脑终端加控制软件，输出画面录制终端，再加上硬盘接盒以及配套的六块硬盘……"

纸上有很多术语名词孟阳不明白。设备部同事向他讲解了这套系统的基本原理——

这三台黑色的无人机装有5G信号模块，实质相当于三部入网手机，只要是有5G数据网络的地方，不管相隔多远都可以遥控。设计者巧妙地将遥控系统改造成VR设备，利用操作者的双手双脚控制飞行，头戴显示器控制无人机的摄像头旋转，飞行动作敏捷，操作效率极高，手感也非常舒服。自制的电池组比一般市售电池容量大许多，加上机身由轻便的碳纤维材料制作，使得这几台无人机的续航能力极强。

"特别是它的桨叶，你看，市面上一般的产品只有两三片，而它每个轴都有五片桨，全是碳纤维材料的，而且用超声波马达驱动。知道这样设计有什么好处吗？"

"我当然是不懂了。"

"这样一来，它的飞行噪声就特别低。你听听。"

同事左手拎起一台无人机，右手控制鼠标接通电源。四只螺旋桨发出轻微的嗡鸣，强劲的凉风马上吹遍整个房间。

"还没完，它还有别的特色。比如说，取消了航行提示灯，摄像头带有整流罩……"

设备部的同事对这套系统赞不绝口，孟阳的思维则飘向了更远处。

到了下午，孟阳将吴星叫到自己办公桌前，开始对他进行谈话。

吴星对谈话极为配合，老实承认了自己黑飞的行为，坦诚自己每晚用无人机在城中村一带送外卖，换点儿小钱。事前孟阳已经从同事那里得知，吴星的这套无人机系统市面上绝无可能买到，一定是自制的，谈话时他便要求吴星交代这套系统的设计方是谁。

"是我和我的同事。"吴星老实交代，"去年公司垮了之后，他们都不见了，我再也没联系过他们。"

孟阳用电脑查阅了吴星所说的那家科技初创公司，发现去年年初，公司创始团队已经携款潜逃了，至今下落不明。案件卷宗里列有吴星的名字。他问吴星，最后讨要到了多少拖欠工资，吴星只是摇头。

他又让吴星自述那些"产品"的操作方法。吴星所写的内容与设备部同事的调查结果完全符合，甚至还要更加详细。

孟阳表面神情冷漠，心里却觉得此人很有意思。他想到今早返回城中村走访时，曾找到那个举报吴星黑飞的人——对方也是个开数码维修店的，原因居然是吴星修手机的配件报价太低，害怕搞得自己没生意做，出于阴暗的心理才举报的。

世上居然还有这么老实的人。

谈话到了最后，孟阳玩弄着手里的卷烟，故作严肃地瞪住吴星。

"吴先生，现在事实已经很清楚了，你的黑飞情节还是比较严重的。知道相关的法律法规是怎么说的吗？"

吴星保持低头看地面的姿势不动。

"按照相关规定，除了批评教育之外，还要依法没收黑飞设备。当然了，只是没收无人机，那些遥控设备你还是可以带回家。还有你的那些外置硬盘，里面的飞行录像侵犯了公民隐私权，并且涉及一起刑事案件的取证，所以也要依法予以没收。"

一切都结束了。吴星心中万念俱灰。

失去那三个"产品"，他再没机会在夜空中自由飞翔。他相信警察会一直盯住自己，哪怕以后在超市买玩具无人机飞都不行了。想要再自制"产品"也不可能。没有巨额的投资和上游设备商的支持，光凭自己，他甚至连一副旋翼也做不出来。

什么都不剩了。

"假如，只是假如啊……"

对面那位孟警官嘀咕了一句什么。吴星心里很乱，一时没听清，问道："什么事？"

"我是说假如，你开着那些无人机跟着别人走，能做到不被人发现吗？"

……

昨晚在城中村里"蹲坑"时，孟阳完全没有观察到吴星的无人机飞行的踪影。他如今意识到，那几台黑乎乎的高科技玩意儿，在夜间一定很难被人发现。

他想要确信这点，他相信吴星会坦诚回答自己，他也需要对方的肯定答复。

吴星点了头。

"我飞了大半年，从没被什么人撞见过。"

"小伙子，别把话说绝。"孟阳故意挑逗对方，"别忘了，是你的街坊邻居举报你黑飞，你才到这儿来的。"

听到孟阳介绍，吴星到现在才明白自己是被谁举报的。他告诉孟阳，那个同行冤家，平时也经常接受无人机外卖服务。

孟阳当然很了解这点。他早跟那个坏心眼的举报者问清楚了。

看来眼前这位小伙子的确是个值得相信的人。

按捺住兴奋的情绪，他探身凑到吴星面前，把话音放低："我再讲个'假如'吧。假如说再给你一次机会，让你能继续开无人机——"

听到对方缓缓说出的那个计划，吴星只觉得头晕目眩。

他抬起头，第一次认真看着眼前这位警官的脸。

8

孟阳打算征收吴星的设备,去搜捕少女坠楼案的嫌犯。

对吴星开出的条件是:只要同意协助办案,就可以不没收那三台无人机——当然,也不能允许他以后再擅自黑飞送货。

这条件对吴星来说自然是乐意接受的。他当场就同意了。

剩下的困难,便全集中到孟阳的身上了。

搜查过吴星家后,孟阳第一时间就将可疑面包车的车牌号码发给分局的上级。现在,上级肯定已经将情况告知给了市总局和刑警大队。但是孟阳始终没有收到上级任何的回应。整个下午,分局同事陪着吴星检查那些录像,孟阳坐在一旁反复查看工作手机。可一直没人来找他。

傍晚,安排吴星去吃晚饭后,孟阳打给市总局里的一位老朋友。电话那头的态度不急不慢:没错,车牌号码的确很重要,专案组已经了解了情况;但交管部门目前尚未在道路监控系统里截获这辆车。

"你是老警察,这里面可能会出什么纰漏,你全明白。说不定他们躲在哪里不再露头,也说不定直接开到外省市去了。车子也可能是盗抢车、牌照是套牌。还有一种可能,那就是一辆普通的过路车……老孟,这事不用着急,总队的樊队长已经在负责办了;再说了,也轮不上你急,你明白吧?咱们是老弟兄,我才这么说……"

对方把话说到这个份儿上,孟阳觉得心里堵得慌。他承认这些都很有道理。

吴星拍下的录像显示,当时面包车是向西离开,而西边正是主城区方向。但这也仅仅只是一种可能性。说不定一切都只是孟阳在一厢情愿。

可孟阳不会放弃。

他已经下定决心，绝不说出"算了吧"这三个字，对别人和对自己都不会说。

晚些时候，孟阳走进分局对面的小吃店时，吴星晚饭还没吃完。他坐过去，陪对方有一搭没一搭地聊过两句，然后说：

"小伙子，我问你个实话。今早在你家的时候，明明我没看到你的飞机，你干吗非要主动告诉我？"

吴星露出不解的神情。

"可是……我确实是拍下了证据啊。告诉警察是应该的嘛。"

"就没想过，说出来之后你那些小飞机会被没收？"

沉默片刻，吴星向孟阳承认："我想过。"

他低头盯住碗里的面看了一会儿，又说："但要真是犯罪分子干的话，那这个姑娘就实在太可怜了。"

"嗯。"

"我听说她是传销组织的受害者。这是真的吗？"

孟阳回答道："我不知道，也不能透露。不排除有这种可能性吧。"

"真希望你们能尽快抓住那伙骗子。"

吴星仰头看向头顶的日光灯管。

"我也希望如此。"孟阳大口吸着烟。

9

晚上七点刚过，分局内部网络通知孟阳，坠楼身亡的女子身份已被证实，确属外地失踪人员，失踪信息在社交网络上挂了有些时候了。网络上，网民们对坠楼案的猜测已经传开，大都指向传销组织的嫌疑，舆论风潮越发汹涌。

孟阳觉得这是好事：正好可以利用网友们提供的情报展开侦查。

他说服设备部的几个朋友义务加班，对吴星那套操作系统进行改造，以便开展自己的计划。

改造方案制订完毕后，他开车送吴星回住处取东西，途中有人给他来电。电话是用工作手机打来的，号码从没见过。

他接通手机。来电者是个女性。

"你是开发区分局的孟阳对吧。"

对方话音低沉，显得心情不佳。孟阳问她是谁。

"市局刑警总队的，我姓樊。"

孟阳马上想起，总局那边的熟人确实跟他提到过这位"樊队长"。

"您好，有什么可以效劳？"他用同样不爽的语气回复对方。

"少女坠楼案的现场车牌号是你那边查到的吧？信息来源是什么？"

他松开油门，靠边停车，点起香烟。对付这样的人物令他感到头痛。

"啊，那个啊。"思考片刻，孟阳决定不向对方交底，"我们是接到群众举报。"

标准的官方答案，对面的樊队长自然不会信。"哪边的群众，叫什么名字，住什么地方，你都记录在案了对吧。有空我会到你那边找你，还有你说的那个'群众'。"

"没问题，随时恭候您来视察指导工作。"

孟阳咬紧牙关，嘴里的烟屁股被他咬扁了。

对方立刻挂机。

得抓紧时间了。他深踩油门踏板，加速返回分局。

回到办公室，值班同事告诉孟阳，设备部的人已经在车房等他了。

几位哥们儿正坐在车房门口喝水休息。孟阳快步走过去,看见那里停着一辆乌黑的厢式车,车身擦得干净,侧门旁边的地上散落着工具和配件;车顶上方多了三根天线,固定式警灯也拆除了。这辆车在分局闲置了好几年,基本没人肯开,偶尔被拿来送送货,没想到只几个小时工夫就被改造一新。

哥们儿告诉他,包括特制电瓶和车载交换器在内的关键部件都已安装到位,等到小库房里那些设备搬进车里,一切就齐活了。

"实在是感谢,太感谢你们了。"

给他们分了几支烟后,孟阳走到车旁,反复抚摸和拍打车身。

他当即给吴星打去电话,问对方被褥和生活用品整理好没有,自己一会儿就过去接他回分局宿舍;来不及整理也不要紧,自己可以掏钱帮忙买。

往停车场走的路上,孟阳不时回头,望着这辆貌不惊人的厢式车。

多年来从没被人正眼瞧过的这辆老车,现在终于有了一展身手的机会。

——就像我自己一样。他深深叹了口气。

10

厢式车的改装方案非常直接:把车厢改造成吴星家的卧室。

利用库房里的闲置器材,设备部在车内安装了许多交流电插座,5G信号收发天线也植入车身,借由车顶的增幅天线进行发射和接收;操作无人机的同时,车辆自身也可以灵活移动,方便追踪目标。

吴星带着行李回分局后,大家忙了一个通宵,完成了全套设备的安装调试。凌晨时分,吴星坐在车内进行试飞,操纵"产品"围着分局大楼绕飞十几圈,拍摄下分局几乎每一扇窗户内的画面。

效果很好,改装非常成功。

其他人去宿舍里睡了一上午,但孟阳睡不着。他就着浓茶和香烟,不停刷新社交网络页面,等待热心网友提供的线索。

线索来得很快。

到了午后,有网友爆料,主城北部的某旧小区内发现一辆可疑的白色面包车,车牌号码也被拍摄下来。仅过了五分钟不到,爆料微博就被网络运营商删除了,表明警方已注意到这条线索。

孟阳发现那车牌号与自己手里掌握的信息不符,但考虑到有可能是套牌或假牌,因此绝没有放过的理由。

他换上便装,将厢式车开到宿舍楼下,打电话通知吴星上车。

"就我们俩去,你们负责看家。出任何问题让他们来找我,我负一切责任。"

向同事们扔下这句话后,他驾车驶出分局大院。

11

这是一座巨大的城市,今天恰逢周末,午后的主干道上车辆堵塞严重,厢式车行驶到横贯干道中部时就已走不动了。导航软件显示,此处距离可疑车辆所在地仍有将近十公里。

孟阳的耐心已经到了极限。他命令吴星立刻让"产品"起飞,从空中直扑目标。

"去那里的直线距离是七点五公里,已经超过它的飞行半径。"吴星表示,"再加上现场盘旋,电池估计不太够用。"

"我知道那个'飞行半径'是什么意思。我不要求你飞回来,到那里之后找个制高点降落,摄像头对准目标就行。这样的话电池够不够?"

"或许可以吧。"

旁边有辆车想过来加塞，孟阳挡住对方的去路，同时用力按喇叭。"别回答我'或许'、'也许'之类的话！"

"可以。可以飞的。但现在天还没黑，飞出去不要紧吧？"

"不用操心那个。我说过了，一切后果由我负责。"

用管理软件的GPS界面设定完导航点，吴星拉开厢式车侧门，将"产品"放在路面上。有条视频线从后车厢接到仪表盘上，透过显示屏，孟阳看到"产品"迅速起飞，朝西北方向飞去。

首次在车厢内执行操作，吴星起先很不适应：使用VR操作的同时，脚下的厢式车不停来回晃动，感官知觉的不协调让他有些晕眩和想吐。但当一分钟后，"产品"升高到巡航高度，朝向西北方平稳前进时，熟悉的安定感和惬意感已经全都回来了。

而且，今天这种感觉跟往常完全不同。

这是他一年多来，头一次在白天飞行。

橙红色的午后阳光照耀在视野范围内，浅蓝色的天空下方，规划整齐、绿化完善的新城区呈现出五颜六色的样貌。东北部那一小片旧城区有着灰暗的色泽，而背后的南部海滨一带，无数高楼像用玻璃做成的一圈围墙，构成这座城市的南方天际线。"产品"下方的视野里，一切建筑、道路、汽车、行人，变得既遥远又缓慢，在摄像机前缓慢流动，让吴星觉得心中平稳安定。耳机中除了风声外，隐约还可听见断续的鸟鸣。

这些感觉，是他在夜间飞行时从未体会过的。

取道空中直线飞行，"产品"的移动速度比汽车快很多，十分钟后它已经抵达目标空域。厢式车此时刚刚离开堵塞路段，正穿过新城区朝北方行驶。

透过画面，吴星很快在一处破旧的老小区内发现了网友举报的那辆面包车。

他将"产品"降落在路边低矮的门面房屋顶，将摄像头正对面包车。停在这里不易被人发现，万一"产品"电力耗尽，回收起来也不会太麻烦。

"不过那块地方倒有些不好办啊……"

孟阳看几眼显示屏上的摄像头画面，眉头皱紧。

这类老小区，人多眼杂，街道狭窄拥挤，且四通八达，大队人马不容易逮住人，人想要逃跑却很容易。他想，如果传销组织的人真的蜗居在此，那么这帮人也算是费尽心机了。

"继续盯着画面，我尽快开到那附近，然后找地方停车。能看到车牌吗？"

"能。"

吴星在软件里把监视画面放大。车牌确实与网友给出的一致。至于车型和车色，虽然和那晚案发时拍到的面包车一样，但也并不足以表明确属同一辆车，毕竟这种车的市面存量很大。

光凭这些肯定不行。孟阳知道自己必须更近一步。

傍晚，厢式车停进目标所在地附近的超市停车场。孟阳买了些便利食品放车上，跟吴星交代几句，给他一台对讲机，便独自朝目标方位走去。

他已经想出了揪出面包车驾驶员的办法。

这片老小区确实是易守难攻，路面拥堵，人员复杂。进小区前，孟阳看到几个身板强壮的男人站在街口，形迹可疑。双方互相看了几眼，孟阳不确定对方什么来头。

根据吴星在对讲机里的指引，孟阳在小区停车位上找到了那辆面包车。并没有什么异常，这只是辆普通的载货车，车内看不出什么名堂。他又去门卫室找到小区保安，拐弯抹角地问出，这辆车是前几天才停进来的。

他回到车旁拨打110，借口自己车位被占，让110打电话喊车主过来挪车。

假如这车真是盗抢车，那么只需等到110回复就能弄清情况；要是车主真来挪车，那就更好办了。他已经做好了一切准备。

不到五分钟，一个光头男子从旁边一栋楼里出来，走到车旁。

孟阳暗暗记下对方相貌特征，嘴上要求对方把车移开。

"有病啊，移什么移？"光头男子语气很冲。"这怎么是你的车位了？这小区根本就没有固定车位好不好！"

居然还挺精，是个不好糊弄的家伙。孟阳无事生非地陪对方吵了几句嘴，然后假装离开，暗地里观察光头男人返回的路线，锁定了对方的住处。

光头男子钻进楼道后，他快步跟踪过去，脱掉皮鞋，赤脚走上楼梯道，抬头倾听对方的步履声。

对方居住的楼层很快就确定下来。

他用耳麦将情况告诉吴星，让吴星将"产品"飞回车里充电，然后走出小区，在街对面找个小吃店坐下，准备等夜幕降临后展开下一步行动。

执行任务特有的紧张感已经很多年没体会过了。孟阳浑身微微颤抖，胸膛里一片发热。

吃完一碗馄饨的工夫，他看到白色面包车竟从小区里缓慢开了出来，霎时惊得烟头掉落进碗里。

他清楚地望见车窗里那光头男子的脸。

12

"快飞过来,快点儿,那人要跑了!"

孟阳冲出小吃店,边朝耳麦吼叫边跑向马路。

面包车已驶到街心,正在加速。

孟阳扑向副驾驶车门,扒住后视镜,掏出警官证敲打车窗。"警察!靠边停车!"

光头男子瞪大了眼睛。

面包车随即开始加速,车轮开始转向,打算将孟阳甩开。

"耳朵聋了?马上给我下来!"

对方完全不理睬孟阳的怒吼,持续踩下油门。

孟阳双脚绊上路边一辆电动车,摔倒在地。起身后他发现,从路旁迅速跳出几个先前见到过的健壮男子,吼叫着让车停下。

面包车继续朝前疾驰,看见前方有人也不减速,行人们惊叫着纷纷躲闪。孟阳忍住双膝的疼痛,爬起来追赶。他看到那些健壮男子全都转身避开车子,而在正前方十字路口中央,两辆警车已经拦住了道路。

一个短发女子站在道路中央,背靠警车,正站在面包车前进的方向上。

那女子高喊:"警察,停车!"

白色面包车对准那名女子,疯狂加速。

女子并不闪避,只是挺身站着。

孟阳边跑边想:糟了,危险,他想要撞出去!

一道模糊的黑色弧线从天而降,由远及近扑到面包车前。孟阳听见一记玻璃破碎的响声,面包车轮胎随即在路面摩擦,发出让人反胃的尖锐噪声。

车子停在短发女子身前。

所有人全都拥过来。

短发女子连同周围那几个健壮男人一起，将头破血流的光头男人揪出车外。

孟阳挤到车前，发现面包车挡风玻璃撞出一个大洞，驾驶座表面溅了些血。

吴星的"产品"掉落在副驾驶座的椅垫上，已经撞得散了架，黑色的碎片散落在驾驶室内各处。

13

一进刑警大队办公室，吴星马上被刑警们团团围住。他们对"产品"抱有浓厚的兴趣，不断地询问各种技术细节，总局器材科的人更拉住他不让走，对他那些器材百般分析研究。

总的来说，大家对吴星的态度很好。夜深后，刑警们为吴星买来夜宵，再次向他表示感谢。大家都说，倘若当时不是吴星操纵"产品"奋不顾身地撞向面包车，引得那个司机踩刹车，那位短发的女警官恐怕会有生命危险。

"你当时怎么想到要去撞那辆车子的？"一位身强体壮的男刑警问道。

吴星面露疑惑："不然还有什么别的办法？"

男刑警拍拍吴星的肩膀。

"我们这位樊队长，怎么说呢……脾气实在太暴。我了解她，她宁可被撞死也不会退让一步。多亏有你在，不然真是不敢想啊。"

确实是个暴脾气。吴星遥望办公室另一头的会议室，那里仍不时传出争执声。

孟阳和那个姓樊的女警官已经吵了快三个钟头了。

夜里十一点,孟阳总算走出来。吴星看到樊队长站在会议室门口,抱住胳膊冷眼正在瞪自己。

回厢式车里吃完夜宵,孟阳对吴星解释:那位樊队长从一开始就盯上了那辆面包车,打算今天展开行动,盘问那个光头男人。她认定孟阳今天的调查行动是违规行为,不过考虑到最终被吴星救了,所以很不情愿地表示不再追究。

孟阳让吴星不用担心:"我跟她说了,说你是分局的警员,你也不必怕。她这人脾气不好,但是恩怨分明,也算是条汉子——女汉子。"

"那个开车的司机,他到底是不是……嫌疑犯?"

"不是。"

孟阳从嘴里喷出许多烟雾,神情落寞。

14

光头男人与女子坠楼案无关,更不是什么传销组织的人。

他是个由外地流窜到本市的在网逃犯。樊队长他们此前突击提审,已经全部查清了。

"对了小吴,你那个'产品'确实修不好了对吗?"孟阳问道。

吴星缓缓点头。

以那样的高速撞击车玻璃,"产品"的结构框架当场就彻底碎裂,电池组和电机也全部损坏。机器彻底报废了。

眼下,还剩两台备用的无人机可用。

孟阳看着挂在车厢壁上充电的它们,自言自语道:"太可惜了。要是你不那么急躁地撞过去就好了……"

"当时没有别的办法呀。车子眼看就要把那个樊队长撞死了。没别的选择。"吴星虽然遗憾,却并不后悔。

孟阳看着眼前的年轻人,只得苦笑一下。这位善良的小伙子,其实说得没错。

"孟警官,接下来该怎么办,我们还继续吗?"

"当然继续了,为什么不继续?"孟阳拧动钥匙,发动汽车。

少女坠楼案的嫌犯还没有找到,调查必须继续下去,绝无理由放弃。

……

之后的每一天,孟阳都持续留心社交网络上的信息线索。吴星则每晚都坐进厢式车,陪孟阳来往穿梭于市区各条主干道上。网上出现线索时,他们会跟着线索在特定区域内执行侦查;倘若没有新线索,孟阳便根据自己对疑犯心理的揣测,在城市各处展开隐秘的飞行搜查。

伴随盛夏的热风,"产品二号"在城区的各个角落里飘飞游荡,每天的侦查时间都在四个小时以上。

中央新城,沿海CBD,东部老城,东北部的新建小区,北部的山间别墅,东边开发区与工业园区,城中村和港口区,以及与市区只靠隧道相连的南部离岛……厢式车的搜寻范围越来越大,吴星飞过的区域也越来越多。

他从未曾像现在这般了解这座特大规模的都市。

每个深夜,在他眼前出现的不再只有月光、蝙蝠和夜排档的炊烟,更有如树丛般林立的明亮高楼,多彩的亮化探照灯,比满月更耀眼的夜间运动场,以及装饰灯光绚烂如圣诞树般的无数高层住宅楼。

全都是他从未走过也从未见过的地方。

每一次出动侦查，对他来说都是了解崭新世界的机会；每一次窥视，都令他有更多机会近距离接触那些万家灯火，令他体会到这座城市里家家户户的夜生活。

初秋后，分局设备部的人给"产品二号"做了升级，加大了电池组的容量，还将云台上的双摄像头组件替换成单幅迷你夜视镜头，并增设微光放大组件，并在管理软件中加入了图像增强程序。VR立体视觉虽然消失了，但吴星可以在夜里看得更清晰。

灰白色的夜视镜头下，夜空中的这座城市不再有任何秘密。吴星多年来对这座城市的不解和畏惧，如今已经逐渐消失。

他尽情享受着每一次的飞行。

15

距离中秋只剩半个月的时候，侦查终于有了进展。

有市民向分局举报，称距离开发区不远的新城区内可能存在传销窝点，位置在某大型新建小区内。听到这信息，孟阳紧张起来。

直觉告诉他，这回可能是真的。

那座小区他去过，是个烂尾多年的"鬼城"，几年前建成后入住率一直很低；人烟稀少，套型面积普遍较大，治安摄影机安装尚不到位，很适合藏匿。

收到消息那天傍晚，孟阳他们驾车赶往当地。

车停在小区路边后，孟阳让"产品二号"升到高空，先用镜头进行全景观察。

侦查发现，这一带的道路四通八达，大多通向附近的建筑工地和城郊田野；周边的路灯较为缺失，光线昏暗，十分方便人员和车辆逃窜。

侦查工作必须慎之又慎。孟阳坐进后车厢盯着显示屏，指引吴星操纵无人机靠近市民举报的那几幢楼附近，首先观察是否存在可疑车辆。

在夜视镜头的帮助下，仅过了不到五分钟，他们就找到一辆停在隐蔽拐角位置的白色面包车。

"产品二号"降至地面高度，飞近观察，辨认出这辆车前后车牌均被卸下，从痕迹上看是刚拆掉不久。

经前期调查得知，这座小区的地下车位已经全部售出，地下车库需要刷卡才能进入，这就说明这辆面包车的驾驶者很可能并非小区的业主。

肾上腺素在孟阳身体里凶猛冲撞。他打电话向同事报告了这一消息，要求对方以最快速度前来增援，想办法把这辆车和车主堵在小区里。

"这可不得了啊。"同事疑虑地答复，"我想是不是应该朝总局那边汇报一下，万一分局长过问起来……"

"随便，你觉得该怎么办就怎么办吧。"

从业多年的孟阳知道其中的利害关系。刑警大队的樊队长插手进来是早晚的事，但他只把他们当作后备援军。出动大部队很花时间，他决心依靠自己的力量。

在面包车四周盘旋多次后，两人没发现附近楼内有任何灯光。

对方是已经睡了，还是说拉紧窗帘不开灯？又或者他们已经逃走，只留下一辆废弃面包车？诸多可能性令孟阳心焦，他连续抽掉近一整包香烟，嘴里牢骚声不断。

"孟警官，麻烦您安静一点儿。"吴星突然说道，"周围好像有车子过来。"

"在哪里？这上面什么都看不见！"孟阳把显示屏拉到眼前。

"没看见，是我听见的。越来越近了。"吴星手指自己的耳机。

孟阳拽下耳机自己戴上，听见从"产品二号"的麦克风中传来遥远的汽车轰鸣。声源正在接近。

"渣土车？"

"不，比渣土车要轻。"吴星要回耳机，操纵无人机顺着声音方向飞去。

很快两人发现，小区另一侧的道路上正有一辆轿车和一辆大巴车在一前一后行驶。

孟阳立即断定这两辆车有问题：夜已经深了，周围没有路灯，然而这两辆车却都没打开车灯。

"飞低，跟着那辆大巴。"他下令。

小轿车引领大巴接近小区正门，减速转弯准备开进去。"产品二号"跟在大巴侧后方低飞。通过夜视镜头可以清楚看到，大巴的车窗内侧全都拉上了窗帘。

"终于逮住你这王八蛋了。"孟阳握紧拳头。

——这回要是再抓不住你们，这身制服就算白穿了。

他叮嘱吴星继续跟踪，同时掏出手机打电话给分局长，请求立刻派人包围小区。

"小孟你说什么呢？慢点儿讲，我有点儿不明白。"对于孟阳这段时间的动向，分局长完全不知情，此刻他正在家里吃晚饭，听到孟阳的请求后很有些摸不着头脑。

"老大，别管我是怎么知道的，总之快喊人过来，求您了！"

孟阳没有再细讲，只是汇报了目前情况和所在方位，然后便挂了电话。

"产品二号"沿路跟踪可疑大巴，最后到达小区中心位置的某幢楼旁。

这里距离面包车停放位置不到三百米，更加印证了孟阳的猜想。

那幢楼看上去并无可疑之处，没有一户亮着灯，但已可以确定，传销组织的人就住在里面——画面显示，领头的小轿车闪了三下远光灯，马上就从单元门里走出一伙人围住大巴车。从无人机升高后俯拍的画面中可以清晰见到，从大巴车里走出几十个人，在那伙人的包围下排成一列，依次钻进单元门里。领头的轿车里也走下几人，夜视镜头甚至清晰拍下他们聚在一起抽烟的场面。

"下去拍他们的脸。"孟阳从耳机里隐约听到那伙人在说话，忙向吴星下达命令，"现在该取证了。"

吴星摇头。"不建议这么做，孟警官。这小区里没路灯，隔这么远看不清楚脸；周围又安静，飞太近了恐怕会被他们发现。"

"那就先飞低，从远处平拍，能看清多少是多少。"

"好的。"

镜头降低后，抽烟那几人的模糊身形被记录下来，但看不清长相。孟阳也不想打草惊蛇，只能再三向分局打电话催同事快点儿过来。

那伙人的警惕性也相当高，烟抽完后马上又钻回了车里。大巴车就近停在旁边后，那辆轿车重新发动，慢慢驶远。

孟阳心中浮起不祥的预感：这帮人要跑了？

他问吴星能不能看出轿车的颜色，吴星摇头。

夜视镜头只能拍下单色画面，仅能看出那是辆暗色的轿车，具体颜色无从得知。

"混账东西。"孟阳将香烟摔在车厢地板上，再次拨打同事电话。

同事回答说大队人马已经在路上了，现在正沿开发区北路向西驶过来，但尚未到达开发区西路。

他们现在距离此地还有十多公里路程。来不及了。

"全部给我加速冲过来！不要开警灯警笛，最好连车灯都别开！"孟阳对电话里吼道。

电话挂断时，"产品二号"已经拉高，跟着那辆轿车飞离了小区。孟阳看出那轿车正打算驶上机场东部干线。

机场东部干线绵延十几公里，向北可通往外地郊县，向南则可开进东北、东南两个老城区、中央新城区、沿海 CBD 商圈、沿海别墅区，甚至能走海底隧道直接开去离岛的海边码头……在拥有无尽岔路的主干道上，这辆车随便朝哪个路口一拐，便可瞬间消失在这座巨型城市里。可现在，自己居然连对方的车型、漆色、车牌号都报不出来。

孟阳只感觉有股滚烫的怒气在背后猛蹿。

在这里跟丢它就全完了。

"小吴，电量还有多少？"

"还剩一半。"

"给我贴住它飞，能飞多快就飞多快，不惜一切代价把车牌号拍下来。"

说罢，他发动汽车，不打开车灯，狠踩一脚油门。厢式车飞下路肩，巨大的惯性几乎将后面的吴星晃倒。

16

驶离新建小区一带前，只有机场东部干线一条大路可以走。孟阳接连加速，设法想要紧跟住那辆可疑轿车。

"产品二号"现在飞到了最大前进速度，吴星已将操作杆推到最底部，但距离那辆车仍有二十多米；对方没有开牌照灯，车牌号码仍旧是拍不清楚。从 GPS 地图上看，厢式车与对方尚有百米左右距离，且这个距离还在不断拉大。

看过手机导航，孟阳发现再开几分钟就将抵达前方第一条十字路口。那里是旧城区和新城商业街的交汇处。周围的车辆正在增多，追踪难度变得越来越大。

"牌照到底看见没有？"他朝身后大吼。

"还是看不见，光线太暗。发动机也快跟不上了。"吴星额前汗水直冒，眼罩不停地上下滑动。

孟阳将下半身力气全部汇聚到右脚，将油门踏板碾到底。

厢式车的速度已经接近极限。

借着路灯和其他车辆的车灯，他隐约能够望见那辆轿车的身影，车漆应当是黑色。

距离路口只剩不到五十米，直行方向的红灯数字七十多秒。他决定冒一次险。

"我要开灯了，你做好准备。"他向吴星说完，随即拧开大灯开关，点亮远光灯。

前方的黑色轿车在一瞬间被照亮。

"看到牌照了，不过还不够清楚！"吴星高叫。

——还得继续追下去。

孟阳拿起仪表盘上的小型警灯，探手将其吸到车顶。警灯光芒随着警笛声一同亮起。身旁几辆车的司机朝他这里张望。

对方也注意到了他。

那黑色轿车的排气管蹿出火光，发动机狂吼一声——非法改装车特有的轰鸣声。

这就对了。就是要让这家伙注意到。

"他要转弯了。你知道该怎么做吧。"孟阳回头说。

吴星无声地点头，表示自己完全明白。

抵达路口时，黑色轿车毫无减速地右转，驶进通往老城区的岔路。孟阳驾驶厢式车快速插入右转车道，但速度仍然跟不上。

不过已不要紧了。"产品二号"已经贴到了对方车身侧后不足五米的地方。

"报告警官，拍照拍清楚了。"

后车厢传来吴星轻松的话语声。

方才黑色轿车刚转弯时，"产品二号"已提前拉升，沿一道完美的弧线向右侧滑，斜着飞越路口的几幢平房，取近道提前飞至右侧岔路，从侧面包抄追上了对方。

现在，黑色改装车的车牌正映在显示屏中央，硕大分明，清晰可辨。

孟阳不由得大笑数声。

闯过红绿灯，他在下一个路口右拐，驶上一条同样向西的小路，隔着一片老小区，与黑色轿车平行前进。放慢车速后，他打电话给同事。

对方告诉他，分局长刚刚已经带领大队人马杀进了小区，躲在楼里的传销窝点现在已被端掉。

孟阳将方才拍到的车牌号告诉同事。同事记录下来，然后问他现在人在哪里。

"快到二环立交了，正追着呢。"

"你还打算继续跟下去？实话告诉你——"同事压低声音，捂住话筒说，"刚才老大跟总局的人通了电话，就为了你这事儿，我估计是打给那个樊队长了。"

并未出乎孟阳的意料。分局长一定会向上汇报,总局的人马肯定已经展开了动作,这是毫无疑问的。但他们很可能来不及追赶。目前咬住嫌犯最紧的,仍然只有他和吴星。

孟阳在车流中快速穿行,油门踏板不敢有丝毫放松。

"孟警官,他们慢下来了。"几分钟后,吴星汇报道。他身体左摇右晃,控制"产品二号"飞翔在老城和新城交界处的闹市街区上空,在无数灯光招牌和电线杆间熟练地穿梭,动作轻巧灵动。

黑色轿车速度有所减缓,但仍没有停车的迹象。

"可能是要停车了吧。也可能是觉得已经甩掉我们了。"

孟阳确认一下附近的导航地图,说:"——继续跟。今晚非找到他们的窝点不可。"

进入新城住宅区后,附近的车流和人流顿时变得拥挤,厢式车不得不放慢车速。

"产品二号"传来的实时图像表明,黑色轿车正在北面的平行道路上缓行。二十分钟后,黑色轿车拐入一条向南的直路。孟阳将车停在那条直路与自己所在道路的交汇处,很快就在南北向的车道中再次确认到了目标车辆。

对方夹在车流中央,正往南慢速行驶,而在它身后不远处的上空,隐隐可以望见天上有个小小的黑色物体在飘飞。

孟阳回忆着南部的地形:那里是繁华的商业区,以及位于沿海干道、高楼林立的CBD商务区,交通拥堵,即便改装的赛车也难以高速逃脱。

——越往那里走你就越难逃。去吧,快把我带到你们的家里去吧!

他从手套箱取出警棍和辣椒水喷雾器，塞进挎包，左右扭动颈椎，做好了大干一场的准备。

又一个左转绿灯后，厢式车拐上往南的车道。工作手机这时响起。

果不其然，是樊队长。

"孟阳，是我。你们现在到底在哪儿？"

樊队长今晚的语气相当暴躁，孟阳感觉她的说话声比之前更难听了。

"正在沿书城大道往南开，快到横贯干道了。那家伙刚过横贯干道的红绿灯。"

与身边人交谈两句后，樊队长说：

"那辆车子是我们的事，你现在马上给我掉头离开。——谁允许你擅自追踪的？我上回是怎么跟你说的？讲话呀？"

孟阳不想在眼下这种场合跟对方纠缠，刚好吴星又报告说目标车辆在转弯，他便不作回答，电话挂掉后扔到座位上。随后电话又响了几次，他也并不理会。

抵达沿海干道时，黑色改装轿车拐进一幢写字楼的地下车库。

看来终于到地方了。

吴星担心车库内遥控信号传不进去，便将"产品二号"移动至车库入口上方悬停观察，没有发现有人从车库出来。

"他们应该是从车库直接进到楼里去了。电量不多了吧。"孟阳问他。

"嗯，只剩不到百分之二十了。"

孟阳将车开进附近一处公用停车场，令吴星先将无人机撤回车内。

"产品二号"更换完电池后,孟阳背上挎包,大喝了几口茶水,然后下车。

"我过去看一下。"他对车厢里的吴星说,"你让无人机一路跟着我,等我进到楼里之后再听我指令。先测试一下麦克风。"

设备部的弟兄们先前从无人机控制软件里分出一路信号,可将"产品二号"的现场录音通过无线方式传输到孟阳的耳机里。两人在停车场测试了这项功能,发现效果正常。

随后,孟阳把车钥匙交给吴星。

"把车门锁死。不论出现任何情况,不管出现任何人,你都待在车里,千万别出来。"

年轻的无人机驾驶员脸上浮出紧张的神情。

"孟警官,一路小心啊。"

孟阳点点头,把烟头砸在地面踩扁,将"产品二号"放到车顶,拉上车门,转身朝那座写字楼快步走去。

17

前往写字楼的路,花了孟阳十分钟。在这十分钟里,吴星提前飞抵写字楼外侧上空,检视过了楼内的每一扇窗。

已是深夜十一点多,绝大部分窗户都黑着,仅剩靠近楼顶的几层还有灯光。"产品二号"近距离飞掠这些窗户,最终确认,三十七楼西侧拐角的两间办公室比较可疑。

那里的房间亮着灯,窗帘被拉起,里面有一些走动的人影,还能听到有人在说话。

通过对讲机的耳机,孟阳听取了吴星的汇报。他令对方操纵无人机凑近那扇窗户,设法听见房间里说话声的内容;他自己则从停车场的消防楼道爬上写字楼。

爬到三楼时,"产品二号"的麦克风信号被传送到他那里。

有两个男人在窗边交谈,声音较小,但可以听出都是外地口音:

"这不对头。狗子他们怎么还不接电话?该不会是出事了吧?要不然我再过去一趟得了。"

"莫慌。你那个车刚才不是被警察跟过嘛,所以不能用了。先别过去,我去问问那个人……"

那两人边说边走向房间深处,麦克风无法采集到进一步的信息,但情况已经很清楚了。

孟阳一路追踪的目标就在那间办公室里。

爬楼梯的过程中,孟阳翻动书包,没能找到工作手机,回想起手机被扔在副驾驶座上了,便让吴星用那部手机打电话通知樊队长。

到达三十楼时,吴星报告,听出房间里那几个人正在收拾东西,有可能想要逃跑。

估计是得到风声了。

孟阳握住包里的警棍,开始加速跑步上楼。

耳机里传出吴星担忧的话语声:

"孟警官当心啊,他们有好几个人——"

"守好你的岗位,不该问的别问。"

达到三十七层后,孟阳忍住气喘,走到拐角那间办公室门口。

现在几近零点,写字楼电梯已被大厦物业人员关闭,嫌犯想要逃跑的话便只能通过消防楼梯间。樊队长的大部队不知什么时候才会到。

唯一能阻止疑犯逃离的只剩他自己了。

孟阳看着门上印有"投资理财公司"字样的挂牌,心中完全没有一丝恐惧和退缩之意。

隔着门板,他听见房里有几个男人在说话走动。

"小吴,电梯口那边的窗户我帮你打开了,你马上飞进来跟在我后面。记得拍清楚他们的脸。"他朝耳麦里下令,然后伸手敲门。

房间里的动静瞬间消失。

半分钟后,房门打开。门口一共站着五个男人。

"你谁啊,干吗的?"开门的男人问。

孟阳注意到对方手里拿着棒球棍,其余几人则将手臂藏在身后,不知握着什么东西。

"物业维修队,来修冷气机的。你们这是3702房吧?"

"什么3702,3702在对面。"开门者说罢,看一眼门口贴着的号码牌。

"啊,房号不对?奇怪了。"孟阳装作回头望去,发现真正的3702房门大敞,里面空荡荡一片,遍地尘土和垃圾。

再明显不过,对面是个长期空置、无人使用的办公室。

"你到底是干什么的?"开门的男人变了眼神,身后那四个男人也开始朝前挤过来。

与此同时,对讲机耳机里爆发出吴星的喊叫:

"孟警官,小心后面!"

转回头来的一瞬,孟阳看见开门的男人举起球棒朝自己砸来。

条件反射抬起左臂抵挡的同时,他用右手在挎包里摸索辣椒水喷雾器。

指尖碰触到了喷雾器一角,可那玩意儿却朝挎包深处滑落。

左臂上立刻冒出一股剧痛,并伴随一记沉闷的声响。

孟阳朝后倒下。他感觉自己的左臂骨头断了。

那五个人举起手中拿着长短不一的黑色物体，朝他围过来。

"蹲下！我去撞他们。"吴星在耳机里喊道。

孟阳感到脑后有股气流声迅速靠近。他知道吴星打算救自己。

这绝对不行。

他咬牙怪叫："退回去！拍到了就赶紧走！"

那几个男人们的污言秽语在孟阳耳边响成一片，踢踹和踩踏施加在他胸腹一带，球棒在敲击他的肩背部。甚至有人拽住他的脚腕往房间里拖。

突然间他听到，人群中有人喊："那是什么鸟东西？把它打下来！"

"无人机？！"

"老子的脸被它拍到了，快废了它！"

"产品二号"被那些人发现了，但它敏捷的飞行轨迹令嫌犯们无法得逞。被打得头晕眼花的孟阳模糊地看到，"产品二号"在走廊里不断腾挪飘荡，连续躲过男人们的多次挥打。

拖拽他的男人放开手，举起一根乌黑的不祥凶器。那是一把自制枪械。

"都躲开。"那人跨过孟阳身体，走到门外。

孟阳朝那人的脚踝伸出手，顿时，几只穿着皮鞋的脚开始朝他后脑勺猛踹。

轰鸣和火光在眼前爆发，令孟阳瞬间耳鸣。

他不甚清晰地瞥见"产品二号"螺旋下降，坠落在地面上，黑色的塑料碎片下雨般四处散落。

同时，旁边的楼梯间入口处射来几束手电筒的光柱，一群人从那里冲出，不断在喊些什么，声音模糊，听不分明。

直到晕倒的前一刻,他才勉强听见有个女人在吼,似乎在说:我是警察,全部举起手来……

18

住院第八天上午,孟阳特意很早起床,开始整理东西。

左臂的骨折离痊愈还有很久,头胸腹一带遭到殴打的伤处也还没好全,医生不准他提前出院。但他对此不屑一顾。他认为,自己之所以到今天还有些不适,其中一半原因在于医院不允许他抽烟喝酒。

另一半原因则在孟阳自己心里。

很多事还没做,很多问题还等着去解决,还有很多人等着自己去找他们。他不允许自己继续躺在这里。

孟阳把换洗衣服团成一堆塞进旅行包时,外面有人敲门。

打开门,竟是樊队长。

只看一眼,她就猜出了这是怎么回事。她将慰问的水果放到床头柜上,拖一张椅子坐在门口,明显是不打算让孟阳现在就离开。

刚好,孟阳也有事想和对方交代。

"樊队长早上好啊。今天不用忙工作吗?"他单手倒杯开水递过去。

"有事路过,顺便就来看你一下。"樊队长接过水杯放到一边,"身体怎么样了,还有多久出院?"

"大夫跟我说过,忘了。我身体没问题。"孟阳晃动一下左臂。已经不需要绑吊带,可小臂还是被石膏裹了一层,表面看上去没事,但骨头还没好,一遇到大动作就会痛。

这些都骗不过樊队长。相互聊了些关于医院的客套话后,双方开始切入正题。

"老孟，领导对你的结论已经出来了。"樊队长凝视着他，开始喝水，"你很英勇。以一己之力抓获了对方几个主要分子，还捣毁了两处人员藏匿窝点，组织上打算对你进行表彰。"

关于这些，孟阳在住院的次日就已得到消息。

当晚的围捕行动相当成功。写字楼里现场抓获的那些人对组织传销的罪行供认不讳。小区窝点里共计救出了近三百名受害者，这几天正被陆续送回家乡。总体上看，这个非法传销集团已被基本破获。

"不是我的一己之力。再说了，案子还没完，总的头目还没抓住。那几个人都不是。"孟阳摇头说。

樊队长说："那几人已经供认，在下线的人身控制组织里他们就是领头的。上线指挥和管钱的人，现在线索也收集得差不多了，追查工作也在进行当中。老孟，这案子对你来说结束了。"

"你说这么多的意思，是要我继续躺在这里偷懒？装死？"孟阳摸摸裤子口袋，发现烟和打火机都已经被收进包里。

"我的意思是，你现在最该做的是回家休息。"

把空水杯扔进垃圾桶，樊队长起身整理衣服。"副局长和你们分局长明天会来慰问一下，记得提前把胡子刮刮干净。"然后拎起包就要出门。

话已经说死，这分明是不想再和自己谈什么，也不准自己乱说乱动。

孟阳可不吃这套。他追过去，抢到对方身前把门关上，走去旅行包那里翻出几张打印纸，塞到对方手里。

纸上用彩色油墨打印着几张人脸照片，看得出是用视频截图放大处理的，旁边用笔标注着文字。

樊队长对这些面孔再熟悉不过。相关的视频录像，她早就从吴星那里取来看过无数遍了。她知道孟阳在想什么。

"请允许我再重申一次,樊队长,"孟阳说道,"这案子还没完。一个多月前,城中村东部的小姑娘被殴打并坠楼的案件,录像里那个重大嫌疑人至今没有归案。坠楼身亡的姑娘所在的下线窝点,到现在也还没被查获。"

"这我知道。"

无人机拍下的录像资料显示,在农家小楼里残酷殴打被害女子的那个赤膊男性并不在当晚被捕的嫌疑人之中。经过对被解救人员的仔细询问,也证实了被害女子隶属于另一伙下线组织,而那个组织里至少还有一百多名受害者至今仍在被非法拘禁。尚未落网的嫌犯手中也很可能持有枪械。

"周边通往外地的设卡点,到现在也没发现这伙人出逃的踪迹。城市太大了,他们完全可以躲在哪个角落里,等风头过了再跑。我们是同行,你就实话实说吧,现在这种设卡盘查的态势,最多能维持几天?"

这番质问出口,樊队长听得满心是火,却又不好发泄,因为孟阳确实说到点子上了。

目前这种全市动员的查岗设卡力度,无论是从物力财力考虑,还是从警员们的休整需求考虑,都不可能长期维持下去。盘查势头一旦松懈,嫌犯出逃至外省市后,再想追查就很困难了。

她的语气变了。

"孟阳同志,你和吴星对此案的贡献,我们都看在眼里,也不会忘记。你说得对,这些也是我们接下来的工作重点,但请记住,这些都跟你们无关。你们两人没有必要,也没有资格再参与进来。就像你说的,我们是同行,我想你应当懂得其中的关系。到此为止了,明白没有?"

沉默片刻后，她接着说："我不是在劝你，而是在通知你。再说了，恐怕周围劝你的人也不少了吧。"

孟阳嘴里叼紧没点燃的香烟，盯住病房的花砖地面。

当然。自住院以来，无论领导同事，还是朋友家人，所有人都在劝他：传销破获了，坏人抓住了，功劳也立下了，接下来的事就让市局接手吧。他们不会让你插手，也轮不上你插手，再这么自作主张搞下去，他们对你就不会再像现在这般客气啦。适可而止听见没？一个劲儿地拼命向前冲，到时候怎么死的你都不知道！

"当然知道，我怎么可能不知道——"

他紧咬牙关喃喃自语，烟屁股已经被嚼烂。

"不用太担心了。吴星那边我已经安排妥当，按见义勇为进行嘉奖，奖金昨天已经发了。人家有自己的生活，虽然对你没什么埋怨，但他毕竟不是警察。你没有权力要求他跟你绑在一起干。你们的面包车在市局地库，你有空派个人去把它开走，这件事就算彻底结束。我不会再跟你说第二遍了。"

将包挎在肩上后，樊队长打开房门却没走。

她犹豫片刻，回头说道："其实，我能理解你。你以前那个事，老朱全都跟我说了。"

孟阳猛然抬头。

"你不需要自责。那件事……只能说命不好吧。没有必要责怪自己，更没必要为了想要补偿什么、证明什么，就把自己和别人的生活都赔进去。——你为什么不试着去原谅你自己呢？"

怒火终于再也按捺不住。

"——你懂什么东西？你知道那是怎么回事吗？"孟阳冲她大吼，"什么命不命的，根本就不存在！老子这辈子从来就不信什么'命'！"

19

距离国庆仅有不到一个礼拜，按说已快要入秋，但几日来城区却反常地闷热，久不下雨，仿佛重新回到了六月份。由于店面不再开门，外面空气吹不进来，吴星家里这几天彻底成了蒸笼，闷得人直发晕。

见义勇为奖励金发了不少，但吴星仍改不掉省电的老习惯，今天也是一样。他只穿一条沙滩裤，在卧室和店面间频繁走动，来回收纳各类器件材料。有很多东西需要擦灰，还有一些要塞进纸箱里准备扔掉。沙滩裤被浑身的汗水浸得透湿，颜色变深，黏附在他腿上。

吴星对此并不在意。毕竟在这里待不了多久了。等到明早把最后一批东西清理出去后，这里便什么都不剩了。

这座城市的炎热将成为他的回忆。

一点半左右，孟阳打来电话，问他有没有吃过午饭。

"还没吃？正好，我也一样。你打个车到分局来吧，我请你，顺便有事要你帮忙。"

有段时间没联系了，对方说话语气听上去还算正常，只是有些没精神。

吴星答应下来。

午饭还是在分局附近的小吃店里解决。孟阳看起来已基本康复，只是左臂还缠着石膏壳。两人各怀心事，吃饭过程中几乎没怎么交谈。

走回分局大院的路上，孟阳问："奖金拿到手了吧。"

"嗯。"

"打算怎么用？做点儿什么别的生意？"

"还在琢磨。"

吴星前两天已经把所有奖金全部寄回家去。他不打算告诉孟阳。

对方又问他今后有什么打算,他回答说没想好。这是实话,除了回老家之外,他实在想不出有什么别的打算。

回到熟悉的分局大院,看到黑色厢式车停在车库里,浑身擦得雪亮,吴星不由得产生一丝伤感。

孟阳把车钥匙递给他。

"我这手,你也看到了,暂时还不好开车。今天你当司机,先带我去附近的银行一趟。"

开车路上,吴星几次都想问对方:少女坠楼案的犯人究竟抓住没有?但没开口。

他没资格跟警方讨论案情。前些天,那位樊队长多次与他通过电话,除了表达谢意外,也向他暗示了这点:你不是警察,这桩案子已经与你无关。

一切都到此为止了。

孟阳从提款机里取了一叠现金,分装进三只信封,上车后打了几个电话,然后指挥吴星沿开发区西路一直向南,驶往老城区。

下午的这段路没什么车,速度开得很快,吴星回忆起不久前的那天夜里,自己操纵飞行器在这里急速飞掠时的感受。

那晚离现在似乎已经过了很久,仿佛成了一场再也不能重温的美梦。

到了地方,两人走进一家海鲜酒楼,脸上留着巨大伤疤的酒楼老板跑过来亲自接待。

从谈话中吴星听出,老板曾是警察,和孟阳是多年老友。听完吴星配合孟阳破案的事迹后,老板大笑好一阵,浑身肥肉乱颤,多次跟吴星握手，拉住两人要留下来喝酒。

孟阳拒绝了，交给老板一只装钱的信封，说是帮助对方周转用。

推托数次后，老板收下信封。临分别前，他大力握住吴星的手，话音低沉阴郁。

"小伙子，我替几个老弟兄衷心感谢你。好好帮老孟做事，千万看住他，别让他胡来。"

离开酒楼，顺着横贯干道，吴星开进中央新城区。

眼前繁华的街景，和之前很多次飞临此地时的观感完全一样，区别仅是夜晚变成了白天。

他们走进一间出租屋。

开门妇女见到是孟阳，脸马上黑下来，不说一个字，转身进书房摔上门。客厅里只剩一个老太太接待他们。孟阳没喝水，问候几句过后把装钱的信封交给老太太，提出想去卧室看看。

从书房里传出妇女的喊叫："不准他进去！让他走！"

老太太劝了妇女几句，将孟阳请进卧室。

吴星跟在后面，瞥见屋里躺着一个中年男人，一动不动，只有眼睛跟着孟阳的身影在转。

孟阳过去握住那人枯瘦的手，低头闷闷地说了几句话，便带着吴星离开了。

下一个目的地很远。车开上机场高速后一路朝北，直接进山，最后抵达一处公墓。

有个年轻女子抱着小男孩在墓园停车场等他们。在女子的带领下，几人走到一块墓碑前，吴星看到墓碑照片上的男人身穿警服。从碑刻的内容可以看出，对方多年前因公殉职。

在墓碑前放下几盒烟后，孟阳蹲在地上久久不说话。

吴星一直站在他身后,从机场方向不时传来遥远的飞机呼啸声。

上车前,孟阳把信封递给女子,然后对吴星说:"回分局。"

直至驶出主城区,孟阳才恢复了一些精神,问他:"知道刚才那几个人是谁吗?"

吴星猜那些应该都是他的同事。

"前任同事。那几年我们四人一组,开同一辆车,吃同一桌饭,抽同一盒烟。后来,你也看到了,成了现在这样。知道原因是什么吗?"

"出事了?"

"因为一个混账。因为我。"

起因只是一件不足为奇的小案子。旧工业区某厂有两帮工人因琐事而持械斗殴,接到报警赶到时,现场已经有人流血。但孟阳他们四人并没有介入,只是坐在车里守住厂门。这个决定的背后,有许多无法说清的缘由,过去许多类似事件也都是如此处理,没有人觉得不妥,包括传达指令的孟阳在内。

然而随后发生的事,纵使经验再老到的警官也永远无法预料得到。

警车停在厂门口的路边。天黑后,一辆重型载货车路过,疲劳驾驶的司机高速驶离道路中央,货车撞上警车,将其碾压并朝前推行。

当时孟阳在马路对面的大排档买晚饭。他眼看着警车被一路推挤到工厂门卫室的墙上。

警车内死亡一人,重伤两人,其中一名伤者后来高位截瘫。门卫室里的保安重伤昏迷,货车司机平安无事,厂内的械斗冲突则戛然停止。

"如果我们当时从一开始就下车,拿出手枪和棍子把那群人带走,事情马上就能解决；我们几个早早回局里交掉装备，吃完饭换衣服下班回家，什么事都不会发生。"

孟阳说完，一根接一根抽烟，看着车窗外接连朝后移动的开发区厂房。

快到城中村附近时，他转头朝吴星问："你的小飞机只剩下一台了吧。"

吴星点头。

仅存的"产品三号"正挂在后车厢里，因为有段时间没使用，电量已经枯竭。

"打算拿它怎么办？卖掉？"

"估计没什么人会买。"

包括VR组件在内的整套控制系统，拆散之后只能当作二手数码配件卖掉，考虑到它们当初本就是二手货，挂在网上卖出后几乎没什么损失。"产品三号"本身由于是定制产品，易用性和配件匹配性比市售的无人机差很多，不彻底改装根本卖不出去，而大规模改装又得花钱，很不划算。拆开卖也不行。吴星估计，"产品三号"拆掉后唯一有用的部件只剩那两颗摄像头，当手机配件卖的话大概值百来块钱。

"如果整机卖掉，它会去干些什么工作？"

"多半还是航拍。会拿它去拍影视剧镜头吧。"

"暴殄天物。"孟阳把烟头弹飞到窗外很远的地方。

他改变主意，要求去吴星家看看。

到城中村时已经是黄昏时分。走进空荡荡的数码店，孟阳只环视一眼便看出吴星有何打算。

他没有点破，而是拉吴星去路对面的烧烤档里喝酒吃烤串。

一个多钟头后，孟阳打电话叫分局同事过来开车。随后他捏紧吴星肩膀：

"小伙子，我这辈子都还没彻底玩完，所以也不准你玩完，你的小飞机更不能玩完。要做就得做到底，有能力就一定要使出来。听懂没听懂？"

"懂。"

"还想不想继续飞？"

吴星叹了口气，抬头望向深蓝色的夜空。

"放弃一次，以后什么都会想放弃。我不放弃，也不允许你放弃，听见没有？"

老警官挥拳打在吴星肩头。吴星忍住痛，伸手扶住对方。

20

九月二十九日清晨，分局同事向孟阳通报消息：今天有大行动。

专案组接到线报，传销组织残余嫌犯很可能藏匿于离岛西侧的别墅区。市刑警大队全员出动，赶往离岛进行围捕，但由于岛屿面积巨大，建筑物众多的别墅区又建在山边，树林茂密，地形复杂，隐蔽的海边港汊也多，因此抓捕行动的难度很大。

接到电话后，孟阳跳出被窝，边通话边穿衣服，顾不得左臂疼痛。

今天是最后的机会了。"十一"长假，许多警员都要被分配到市内各处执行巡逻任务，围捕警力根本无法保证。

那个犯下命案的嫌疑人很可能就藏在离岛。不能再拖了。

他叫醒睡在架子床上铺的吴星。两人放了些水和干粮进包里，跑出宿舍，钻进厢式车。

这回完全是独自作战,不会再有人帮他们了。一旦被樊队长等人逮住,万事皆休。

孟阳并不怕出事,他怕的是出事前自己什么都没有做。另外他多少有些不安,觉得自己这样做是在拖吴星下水。

似乎是看出对方的忧虑,坐在后车厢的吴星说:

"孟大哥,我觉得有点儿闷,放首歌怎么样?"

"车里没有CD碟。"

吴星将手机接上控制端电脑,打开音乐App的歌单。

外国摇滚乐从扬声器里放出,孟阳一句也不懂,但听起来觉得挺舒服。

这些歌可真是久违了。吴星微微抖着腿,大口喝下罐装咖啡,然后看一眼身边。

"产品三号"的电池灯放出健康的亮绿色,安静地蹲在自己脚边。

今天的港区干道车流量不少,等待了无数个红灯之后,他们终于得以驶上立交,向南拐进跨海隧道入口。

通往离岛方向的车道还算正常,但对面的北向车道几乎没什么车。孟阳意识到前面出了什么事。

"肯定是限流查车。注意看前面。"他说。

厢式车开到隧道南端入口处时,路口果然已经设了检查点,多辆警车挡在路口,很多警员正在盘查驶离岛屿的车。

进入岛屿的车道口也有查岗。孟阳让吴星不要发出声音,自己慢慢驾车前进,直至车被三名交警拦下。

领头交警走到车窗边敬礼,要求出示身份证和驾照。

交出证件的同时,孟阳依次观察对方几人面孔,确定他们与自己都不认识,心里稍微安定了点。

获准通行后,车子只走了不到两百米便被前面的交警指引上一条小路。孟阳很快发觉不对劲:前方是条通往一处建筑工地的死路。

他马上掉头,后面不知从哪里冒出两辆黑色轿车,挂着警灯,想必是高级警官的公车。

来车堵住了厢式车的去路。几个警官下车,快步走近,走在最前面的是樊队长。

"孟同志早啊。来岛上兜风?"

她在帽檐阴影下露出笑容。孟阳感到自己的心脏正在缩紧。

"不可以吗?"

樊队长不再搭理他,走到后面用手敲后车门。"小吴,快下来吧,车里怪热的。"

不知究竟是哪个环节出了问题。孟阳觉得可能刚才查驾照时自己就被发现了。

事已至此,孟阳和吴星不得不下车。

樊队长让手下人将厢式车开走,然后带两人上了自己的车。

警车开进别墅区入口附近的工地围挡。

工地里停着两辆墨黑色的警用大客,孟阳认出那是刑警总队的移动指挥车,自己的厢式车则停在一旁。看来行动指挥部就设在这里。

樊队长将两人请上其中一辆客车,递去两瓶矿泉水,开始发问:

"说说吧,你们俩今天原本打算怎么干?"

孟阳只好实话实说——

这座岛的别墅区共有三百零四栋别墅,可疑别墅数量至少大几十栋。别墅都建有地下室,百来号人挤进一幢楼里是完全可能的,以现有警力想要短时间内将所有别墅全部排查一遍而不惊动疑犯,困难太大。岛上共有十条河道直通入海,其中三处入海口都有游艇俱乐部,逃窜疑犯完全可以利用这些船只趁夜逃至境外。岛屿西南部的小山丘则更棘手。那里尚处于未开发的状态。疑犯一旦进山，很可能要动用武警搜山。

因此行动的上策应是隐蔽行事，不开警灯不派直升机，利用吴星的"产品三号"趁夜色逐个排查别墅，效率更高。

——以上便是孟阳原本的行动计划。

"策划得不错。"樊队长听完后说，"你考虑的那些点，我们其实也都考虑到了。"

她领两人走到另一辆客车的车尾，喊人掀开后车门。

车厢地板上，整齐排列着六台通身白色的无人机。吴星认出它们都是最新款式，虽然属于货架商品，但技术性能在市售产品里算得上顶级水平。

"哈，原来你们也在学小吴了。"孟阳苦笑。

"并不是这样。我们的无人机巡逻队已经成立一年多了。不过你们前段时间的表现给了我们很大的启发。"

吴星询问那六台无人机的性能情况，尤其是续航时间和遥控距离。无人机巡逻队的警官告诉他，它们的性能和市售产品差不多。"和你的自制无人机相比，我们这几台还差得很远。负责操作的同志必须近距离接近目标然后操作，而他们能够接近目标的前提是必须先查出目标在哪儿。"

"也就是说，问题最后又绕回来了。"孟阳抱住胳膊，"怎样在不出动警员和警车的前提下，迅速发现疑犯藏身的窝点？这个难题不解决，你们的无人机仍然派不上用场。我说的对不对，樊同志？"

樊队长只得承认。

"孟阳同志，小吴同志，我料到你们今天会来，我也不想找你们的麻烦。"

她脱下警帽，瞳孔在阳光下反射出淡棕色的闪光。

"现在我想要的，是你们二位的协助。"

两个男人互相对视一眼。

"我需要你们的帮助，前提是一切行动服从我指挥。你们不会不愿意吧？"

迟疑一阵后，两人一齐摇头。

"谢谢。那么先回车里吧，外面天热。我们得赶快制订出一个新计划。"

21

经过讨论，樊队长和孟阳得出结论：无人机数量太少，警员数量也不足，警力有限，分散搜查必然是死路一条。

同时，吴星已将厢式车里的器材全都搬进客车里。

他对警方的无人机产生了浓厚兴趣——它们机身下方统一配备有大孔径红外摄影机，不但能放大光照度，更能显示出热辐射信号。他用一套红外摄影机替换掉"产品三号"自带的摄像头。整体重量虽然增加，但基本不影响飞行性能。

明白了"产品三号"的改装意图后，樊队长令吴星将无人机升至三百米高度，拍摄下整个别墅区的俯瞰照片。她在这份航拍地图上标出多个盯梢点，其中包括游艇俱乐部，以及别墅区两个主要的道路口。全部警力被樊队长划分成十二个小组。三组埋伏于游艇俱乐部，两组埋伏在周边道路口，这五组人定点守备；六组警员乘轿车携带警用无人机蹲守在别墅区六个不同区域内，作为机动；人数最多的一组全副武装，坐进商务车作为抓捕组，负责攻入目标建筑。

"抓捕组行动后，一旦发现有嫌疑人逃窜，机动组就从各个方向沿道路追捕。所有人由我直接指挥，到时候让你们往哪儿开就往哪儿开，让你们拐弯就拐弯，让你们开多快就开多快，让你们下车你们就下车玩命地追，听见没有？"

"保证完成任务！"警员们回答。

有队员问樊队长，是否需要定时向指挥部报告方位和状况。她大摇其头。"这次行动，所有人必须安静迅速，别让我听见你们在电台里一通乱喊。没有我的命令，任何人不准使用对讲机。"

"可是队长，到时候您怎么确认我们的方位？"

女警官笑了。"放心。我们在天上还有一双眼睛。"

执行任务期间，她将利用"产品三号"对地面实施总体监控。

抓捕组和机动组的车顶上有黑色胶布上贴出的七个不同几何图案，即便车辆不开灯，"产品三号"透过红外镜头也能精确辨认各组的行踪。

剩下的唯一难题，是如何能在最快时间内锁定那间藏有传销人员的房子。

讨论持续了整整一中午，许多方案提出后又被驳回。物业公司保安们也过来出主意，满车人挤在一起，指挥车变得闷热难耐，冷气几乎完全不起作用。

午后最热的时刻，忍无可忍的孟阳走到车外抽烟，却没料到外面更热，许多热风吹到他的脚脖子上。

他叼着烟回头看，发现热风正从车身下方一排黑色凹槽中冒出。

顷刻间他恍然大悟。

"蠢货！我可真笨！"

他冲进车厢内大吼：

"空调！是空调！空调外机！"

"空调怎么了？车里不准抽烟。"樊队长皱眉道。

"这么热的天，一百多人挤在一间房子里，一定会开空调！而且是很多空调！"

恍然大悟的人，此时换成了樊队长。

经过与开发商和维修队的联系，指挥部确认，所有别墅的地下室和车库内均不设中央空调出风口。

警员们假扮保安，在别墅区内侦查统计出：在墙上单独安装空调外机的住户总计二十八户。

樊队长的思路很清晰：凌晨，正常人睡觉的时间，只要哪家的地下室或车库里还有空调在运转，便极有可能是传销人员的藏身处。这样的地方不会很多，估计最多不超过四五栋别墅，而确认的手段只有一种：红外摄影机。

"把无人机全都喷上黑漆，找几辆电动车提前放在埋伏点。行动开始后，你们背着机器，骑车直扑那二十八家，一看到可疑热源就立即汇报。"

朝无人机巡逻队下达过指令，樊队长拍拍吴星的肩。

"后面的事就全看你的了，年轻人。"

22

午夜两点整，十二辆未开车灯的汽车驶出指挥部所在的工地，快速驶向各个埋伏点。两点十分，五个定点守备组和六个机动组全部就位。

通过吴星面前的外接显示屏，樊队长能够清晰看见每辆车的位置。

她下令："无人机巡逻队上电动车，开始查空调。"

暗黑深邃的别墅区上空,"产品三号"无声悬停着。拥有广角视野的红外摄像机捕捉到实时图像:六名警员下车,骑上电动车开始驶往六个不同方向。

无人机巡逻队很快查出,共有三户人家的可疑空调外机仍在朝外散热。樊队长按照先近后远的原则进行调度:"箭头,你朝北开到第一个路口右拐,到第二个路口再左拐,过路口马路左边第三栋。"

抓捕组按指示路径行驶,数分钟后抵达目标处。技术警员协助吴星放大监控界面,显示屏清晰映出抓捕人员闯入目标建筑的画面。

一分钟后,指挥部的对讲机响了。

"这里是箭头,报告老家,目标不对。房里只有一对夫妻,他们忘了关车库的空调。"

吴星周围的警察们不约而同地呼出一口气。

"老家明白。下一个目标,调头回路口,右拐到第四个路口再左拐,马路左边第五栋。"

抓捕组朝西行驶,七分钟后抵达第二处可疑目标。

这次的汇报来得有些晚,抓捕组隔了好一阵才打开对讲机。

话筒中传出喧闹的人声,话音嘈杂,令指挥车内的气氛紧张起来。

"这里是箭头,呼叫老家,呃……"

"我是老家,快讲话,什么情况?"

"目标还是不对。"

原来是一群年轻人挤在地下室里开通宵 Party,全都喝得烂醉,有几人还在吸大麻。

"报告老家,是否要将吸食毒品的人带走?"

樊队长身后有两个警官发出笑声,孟阳则在一旁摇头。

"这么多废话！赶紧给我回去上车。"她怒不可遏，"最后一个地点，出门左拐开到第二个路口，右拐上坡的第一个红绿灯，马路拐角的河边房子。"

位于河边的那栋房子距离不远，抓捕组没两分钟就接近了那里。

"应该就是这里——"

莫名的直觉涌上樊队长心头，紧捏着话筒的掌心里满是汗水。她吩咐吴星将"产品三号"飞得再近一些，降到目标上空二十米的高度。

"有人出来了！"推动操纵杆不过几秒钟，吴星马上开始大叫。

抓捕组距离目标不到一百米时，那栋别墅里同时窜出三团发亮的白色光晕。

车厢内所有人全都惊呼起来，只有樊队长没发出任何声音。

"压低点儿，再压低点儿，把画面放大！"孟阳将警衔级别的概念抛诸脑后，绕开樊队长直接指挥吴星。

那三团热成像画面非常清晰：两名嫌犯骑着摩托车，分别向东边和北边高速逃跑；别墅靠河岸的后门口，有四名嫌犯跳进小码头上的一艘摩托艇，沿河道开始往南行驶，而那个方向直通大海。

预感成真了。

"各组注意，根据以下指示分别前往追击——"樊队长紧急下令。

十分钟后，几路人马精准追踪，成功拦截住了三路逃犯，抓捕组也从别墅内搜出了传销组织的全部人员。

振奋人心的画面被"产品三号"的摄影机记录下来，指挥车内的人们全都欢呼鼓掌起来。

"巡逻艇注意，我们看到摩托艇上有人手里有枪。——小心！快躲开！"

枪声从无线电里爆出，湿滑的话筒差点儿从樊队长手里被挤飞。

孟阳命令吴星飞向南边河道那里。

樊队长大喊："我是老家，到底怎么回事？方块快回答！"

"这里是方块，有一名疑犯跳船上岸跑了。他手里有枪。我们有人受伤！"

樊队长焦急地命令其他守备队用最快速度赶往现场救助。她又向"方块"组质问那名上岸的持枪疑犯究竟去了哪里。

回答声令她头脑轰然作响。

"报告队长，那人钻进树林里了！他跑进山里去了！"

最糟糕的状况终究还是出现了。

大脑短暂空白了数秒之后，她强迫自己振作起来。

现在仍有一支机动组在原地待命，地图显示，他们正守在别墅区最东北角。

"圆圈，你们马上用最快速度朝那座山开过去，走山坡北段那条弯曲的小路。……不会跟丢的，我们正在追他。对了，他手里有枪，你们几个都小心些。"

说话的同时，樊队长一直在俯身盯着吴星的显示屏。

黎明前最黑暗时刻的这座山林，在红外镜头中显得色泽昏黑。画面中心位置，一个白色的人形轮廓四肢并用，手忙脚乱地朝山顶方向攀爬。再凑近一些，甚至能辨认出那人左手握着的一杆颜色稍暗的枪状物体。

她感到头晕目眩，双手按在吴星的椅背上，努力稳住自己的身体。

"老孟，快拿根烟来给我。"

樊队长喃喃自语好几次，却没等来回应。她回头去找人，发现孟阳根本就没在车里。

指挥车的车门正大敞着。

"这家伙……不会是又……

她扶住车门框，探出头大喊孟阳的名字。

没有回应。孟阳不在车外。

那辆黑色厢式车也不在了。

23

樊队长将手头剩余的机动组警员重新编组，令他们驱车上山追捕那个持枪逃犯。她手指甲紧紧扣住吴星的椅背，严密注视着画面中那名疑犯的动向。

疑犯此时正沿山间小道朝山顶方向进发。

樊队长猜得到对方的目的地。山顶上有座荒废许多年的度假酒店，面积颇大，结构复杂，对方必定会逃进里面，据守不出。

问题是目前所有的追捕人员都离他太远，只剩吴星仍紧跟在他身后的空中。"产品三号"的电量还剩不到三分之一，很难撑到天亮，而飞回指挥部更换电池的路上同样还会耗电。

"继续跟着他，直到电池用完为止。"她下令。

吴星沉默地点头回应。

飞进山区后，耳机里的飞行噪声变大，山上的风力比市区更强，他几乎听不到目标逃跑的脚步声。"产品三号"的飞行轨迹被大风不断干扰。眼罩里的视野无规则地左右摆动，晃得他几乎想要呕吐。

他压低高度，贴近地面，跟在疑犯身后穿行在林间。躲藏在树木间飞行可以有效避免风力的干扰，但操作难度也大大提高了。

他的双臂酸胀难忍，两只脚早已麻木多时。"产品三号"以曲线轨迹不断躲避沿途树木，红外镜头下的树影昏暗难辨，很费眼睛；席卷而来的阵阵疲劳中，他多次出现短暂的错觉——仿佛自己又回到了熟悉的城中村。他正拖着一盒又一盒外卖烧烤，穿梭于无数平房、违建、招牌、电线杆之间。鼻子里甚至冒出了厨房的油烟味和羊肉串的香气……

——还想不想继续飞？

——我不放弃，也不允许你放弃，听见没有？

回忆中的嘱托令吴星惊醒。恰在此时，他的手机响了。

"我来接，你飞你的。"樊队长拿起手机，看到是孟阳来电，眼睛开始瞪大，"——孟阳，你现在在哪里？"

"刚过西北角的小区大门，马上就上山了。小吴呢？"

"他现在没空接电话。"

"……"

女警官深吸一口气。"老孟，只有你离目标最近。继续往前走，沿山上小道开，我来指挥你。"

她根据路程和速度判断出，孟阳可以赶在疑犯前面抵达废弃酒店。穿过山顶区域只有这一条路，如果疑犯继续沿山路走，就一定会被孟阳迎头逮住。

"如果他不走道路，进树林子呢？"

樊队长没有反驳这条假设的依据，但现在只能赌一把了。

"不会的。相信我。"

"我信你。"

"谢谢。电话别挂，注意安全，记得开车灯！"

……

孟阳放下电话时，车子已经驶上了登山的水泥坡道。

他只开了示宽灯，勉强能够照见路肩。

这是唯一的机会。

绝不能再让坏人逃脱！

一路上他刹车也不踩，只靠松油门来减速过弯。每隔两分钟，樊队长就会报告一次犯人的移动情况。

果然猜得不错，那人不敢在漆黑的凌晨走树林子，仍在朝山顶酒店逃窜。

孟阳一次次伸头仰视山顶方向。模糊的天光背景中，逐渐能够看见有座轮廓奇特的黑色建筑物，而山道的坡度也在变缓。

拐过一个水泥凉亭后，路面变宽，前方出现一根锈蚀严重的拦路杆。

孟阳下车推开杆子，关掉车灯低速前进，依次路过废弃酒店的水泥大门、喷水池、停车场收费亭，抵达对面下山方向的道路入口。

这里的风力非常大，下车后他感到周身颤抖。把手机音量调低后，他向樊队长通报自己的位置。

"明白。吴星已经拉高，现在我们能看到你了。"

此时，指挥车里的人全都注视着显示屏。樊队长看着屏幕上白光笼罩着的孟阳及厢式车，确认他还有几分钟就能碰见疑犯。

她突然大叫一声不好。

"老孟，你身上有没有枪？"

"我没有配枪。身上倒是有警棍和辣椒水。"

每个人都发出诧异的惊呼。樊队长回头呵斥他们闭嘴。

"樊队长，还有件事。"

孟阳躲到厢式车后方，语气陡然变得温和，令樊队长一时有些不适应。

"五年前我的那几个弟兄,他们家人现在的住址,你可以问小吴,他陪我去过。还有扫墓的地方,小吴也知道。以后你找他就好。"

吴星已经听出了话里的意思。"别这样啊,孟警官……"喃喃自语的他几乎快要握不住操纵手柄。

樊队长也醒悟过来。

"老孟,冷静点儿,别乱来,求你了。"她语气变得无力,"没必要这样。听见了吗?你没必要这么做!"

但电话从那头被挂断了。

24

当天凌晨四点零二分左右,疑犯逃窜至山顶酒店的入口处,发现饭店大门口停着一辆黑色厢式汽车。他企图上前试试运气,行至车头前方时,黑色汽车的远光灯突然打开。疑犯举枪挡住眼睛,略微后退。此时孟阳从车内跳出,试图勒住嫌犯的脖子。

他没成功。嫌犯挥动枪托将他击倒。他举起辣椒水喷雾器打算制服对方。"产品三号"的摄影机画面中这时冒出一团亮白的光斑,显示那里有巨量的热辐射出现。麦克风也记录下一声巨响。

疑犯使用携带的自制猎枪开火。子弹击中孟阳的右侧大腿。

孟阳没有后退,而是趴在地上拽倒疑犯,用喷雾器令疑犯丧失抵抗能力,自己随后倒地。红外摄影机发现在他右腿一侧有大片的白色光斑,面积不断扩大,显示他正在严重失血。与此同时,疑犯缓慢起身,开始更换猎枪的子弹。

随后的数分钟内,吴星操纵无人机多次朝疑犯俯冲,试图借此干扰疑犯的行凶举动。从"产品三号"摄影机近距离摄下的画面中可以辨认出,该名疑犯正是"少女坠楼死亡案"的重大嫌疑人。

连续高速俯冲十多次后,由于电力几近耗尽,"产品三号"的飞行速度下降,最终被疑犯的猎枪近距离击中。左侧的三副旋翼当场损坏,机体坠落在孟阳身边。

随后疑犯丢弃凶器,朝山下方向逃窜。事后证实,疑犯身上一共只携带了两发子弹。

逃窜的企图没有得逞。三十秒后,执行追捕任务的警方车辆赶到,在道路中央将疑犯制服。警方对孟阳实施了现场救治,随后赶来的警用直升机将其送往医院进行急救。

经现场警员们确认,"产品三号"完全损毁,已经没有任何修复的可能。

25

天气正式入秋后的一个中午,吴星走出刑警大队办公楼正门,刚好遇见几个熟悉的警员经过。年轻警员们认出他的面孔,朝他围过来,拉着他要去下馆子。吴星委婉地拒绝了这番好意,说自己马上有急事要走。领头的无人机巡逻队队长揪住他不肯放。

"吴老师您别再客气了。局长今早还交代我,一定要让您在局里多待几天,巡逻队没了您的培训,心里实在是没底。我还听说,下礼拜有外省市的兄弟过来,专程向您讨教设备问题和飞行要领,您想跑也没处跑,真的。"

换成平时,吴星一定不会拒绝,但是今天实在不行。他坦白了自己马上要去的地方。警员们不再强留,但也没让他走。几分钟后,巡逻队队长从门口跑回来,将怀里的果篮递到他手里,这才不舍地告别。

沿着已经无比熟悉的闹市街道行驶半个钟头后,吴星将轿车开进市中心医院的停车场，一手拎一只果篮走进住院部大楼。进了病房，他迎面遇见一个熟悉的面孔，吃惊地愣在原地。

对方一见他马上就笑了，非常真诚的笑。

"哟，买这么多干吗？打算也送我一份？"

"不是的樊队长……这篮是鲁队长他们买的，托我一并送过来。"

身着便装的樊队长替他把两只果篮放到柜子上，与已经摆在那里的一只特大果篮并排放置，然后走到病床边倒水。

孟阳平伸着腿靠在床头，朝吴星直摇头。"这下好了，三大篮！反正我今天刚出院，无论如何都拿不动的。你们俩想办法吧。"

"轮不着你操心，人家小伙子自己有豪车帮你带。"樊队长将一杯水递到孟阳手边，"下午就回分局去了？不回家看看？"

"不用。"孟阳接过水喝一口，"局里有一大堆事等着我去弄。"

庆祝孟阳出院的午餐就设在吴星公司楼下的餐馆里。席间，樊队长就无人机巡逻队改制、升级设备、制定战术规则、人员培训合作等方面，又问了吴星许多新问题，使这顿饭拖到两点多才结束。孟阳在席间并没有说太多话，直到三人走出餐馆，坐进旁边露天咖啡座里休息时，他才问道："那么吴总，你最近自己还飞不飞了？别跟其他那些老板似的，时间全浪费到开会作报告拉投资上。"

"还是叫我小吴吧孟大哥。最近这阵确实挺忙，没再像以前咱俩一起时飞得那么疯了。"

"人家现在也是 CEO 了，别老跟人家灌输你那种疯癫作风行不行？"樊队长不停地笑。

这时公司员工给吴星打来电话，说是设备刚刚调试完成，正等他亲自视察。他向两位警官告退，走出了病房。

26

吴星返回位于写字楼顶层的办公室后,秘书对他说大家已经在等他了。

十月下旬的空气清爽洁净,风力不强却很凉快。吴星站在天台中央,感觉浑身舒适。看完起降试飞后,他帮试飞员脱下设备,然后将成套装置全穿到自己身上,坐进椅子。

一体化的收发器背包在他身后呼呼散热,手腕和脚踝上的 VR 体感环发出淡蓝色的感应灯光,胸前的感应器状态良好,完美检测出他肢体上一切细微操作动作。感应手套的拇指部位轻轻翘动,前方那台蓝白相间的六轴无人机随即飘然起飞。发动机响声柔和,在风声中几乎难以察觉。

"动作不错。手套手感也进步了。很好,明天投资方来的时候,让他们所有人都亲自操作一把试试。"

"明白了吴总。"技术部门的下属回答他。"自动避障和防坠毁感应器也都调准到位了。"

"好的,辛苦。"

吴星将无人机升到高空,打开摄影机的红外探测模式。这是顶级水准的摄影机,即便是今天这般明媚的阳光下,头罩显示器里依然能够投射出清晰的红外影像。

"很好。真的是太棒了。"他感到有股暖意在胸中跃动。

庞大的飞行器急速飞出天台外,降到楼下咖啡座的上空。吴星拉动变焦镜头,放大影像。

画面里,一男一女两位警官正仰头看着自己,并挥手致意。

耳机里传来下属的呼叫:

"吴总，营销部的人说产品名称到现在还没有定。您觉得取什么名最好？"

吴星将发动机调至最大马力。飞行器一跃而起，朝太阳的方向加速冲刺。

"阳光一号。就叫这个。"

他觉得，这是自己能够想到的最好的名字。

症　候

1

又是一个下雨天，雨量不小，不过还是有不少围观市民顾不得撑伞，纷纷拿起手机朝楼顶拍去。小巷里的人越来越多，巡警绷着脖子大喊："都让一让！这热闹就这么好看？"但警车却再也不能往前半步了。贾迪黑着脸走下警车，使出吃奶的劲儿才挤到了巡警身旁。

"满世界都疯了。这是第几起了？"巡警问他。

"搞不清。"贾迪抹掉脸上的雨水，仰面朝上望去。

那个男的已经坐到了天台边缘，两条腿正在空中晃悠，神态却是悠闲得很。通往天台的门已经被反锁，只好等待消防队来拆门；可消防车这会儿还堵在主干道上。巡警问贾迪有没有撬门的工具，贾迪右手一摊："我哪有那玩意儿。"

"嘿，你手上的石膏够结实不？要不去试试？"

"滚。"贾迪拍拍左小臂上的石膏，"拿来揍你倒是够用。"

那人坐在23楼楼顶边缘，没有一丝慌乱，反而悠闲地晃着脚。贾迪心想，这位多半是有些不正常。晃着晃着，一只拖鞋掉了下来。有位市民伸手接住，周围的人立马欢呼起来。

"还是不是个男人哦,想跳就跳唉!"

"越下越大啦,赶紧跳吧,我还要回家收衣服哪!"

随着另一只拖鞋的落下,现场的气氛越来越热烈了。巡警大吼道:"都闭嘴!什么素质!"

消防队员们拉着气垫,好不容易才挤进了巷口,却被一辆卖瓜的卡车堵住,急得破口大骂。贾迪摇摇头,又朝上面看去。

那男的自言自语了一会儿,双手伸向空气,身子一低,头朝下就翻了下来。人群顿时鸦雀无声,大家眼睁睁看着他在空中打着滚,"咣当"一声巨响,砸在那辆卖瓜车上,溅出了一大团水花。

2

自从两个月前因办案摔下楼梯后,贾迪就一直觉得霉运缠身。

这个月,辖区内共发生十二起跳楼事件,有十二名跳楼者身亡;顺带砸死两人、砸伤五人、砸坏八辆汽车及十六辆电动车。出院之后贾迪发现,为了调查这一连串事件,分局已有五人申请调离、三人辞职、八人跟领导闹翻、一人离婚、连一年一度的掼蛋大奖赛都停办了。

所有的矛盾都集中在一点上:这些案件到底是自杀,还是另有内情?

一开始,贾迪对这份卷宗并不以为意,只管拿出岗位优秀标兵的能力素养来查案。很快,他就查到了疑点:最近跳楼的这名男子,在事发当天曾经给人发过短信,称那天与自己的前妻在一起。然而他的前妻却否认这点。

"我都跟你们说了几遍,那天我根本没见过他!"

"你跟他的短信,我们可都看见了。"

"是啊,只是短信啊。我烦他,后来都懒得回他。他这人心理太阴暗了。"他前妻脸上始终是一副厌烦至极的表情。

"那么,那天你人到底在哪里?"

"健身中心嘛,都说过了。"

"喏,是啊。"询问室里灯光很亮,贾迪隔着桌子也能瞅见她脸和脖子上的伤痕,"哪家健身中心,运动量这么大?"

"这……是我自己不小心嘛!"

验伤的结论是,这女人在最近几天跟别人打过架,身上到处是指甲痕。毫无悬念的重大嫌疑,完全可以直接申请提起公诉。但是,其他同事却像是在故意扫兴。他们找到了当天的治安监视器录像,录像中始终只有死者一个人:他独自离开居住的小区,独自走过街道,穿过商业街,又独自一人走上了那栋高层住宅楼。甚至在跳楼那一刻,有好事的市民在对面阳台上拍下了他坠楼的全过程,自始至终都是一个人。

当然,健身中心的录像中并没有他前妻的身影。有对夫妻可以作证,那天他前妻正在他们家打架,在当地居委会和派出所都留下了翔实可靠的记录。

倒霉的贾迪亲自去找大队长谈。队长摁摁太阳穴说:"别再烦我了,我都准备结案了。"

"瞎开什么玩笑。"贾迪拿起桌上的香烟,撕开盒子,"疑点多得跟苍蝇似的。再给我俩礼拜。"

队长一把夺过烟盒:"干什么?还敢不听命令了?报告我都给你了,局长都签字了嘛!那个死者摆明是精神分裂。"

"他从来没有精神病史,熟人证实他一向言行举止正常;不抽烟不喝酒不吸毒,也没有网瘾。"

"医生说了,他老婆把他甩了,这就是诱因!你小子之前失恋的时候，不也是疯疯癫癫的？"

贾迪眉毛倒竖："这扯不上关系吧。"

"行啦。"队长摘了眼镜，一屁股坐下来，"不管啥案子，你都觉得像谋杀，侦探动画片看多了吧？尽早结案，尽快给群众一个交代。整天被网民骂的滋味，你不懂。"

"是吗？嘿嘿。"贾迪终于逮着机会，举起那份挺厚的报告书晃晃，"十二名死者，个个都是精神病。你们写出这种报告公布出去，谁看了不骂？"

"怕什么，这都是权威医院的专家医师给鉴定的。"

"是啊。"贾迪翻动报告书，"可这十二个'病人'，全都在同一家医院看过心理医生。这还不算共同点？"

"废话！我们市里就数这家脑科医院最大，共同点个屁。"

"好，有道理。那么——"贾迪死盯着队长的眼睛，"这十二个人的主治医师，全是同一个人，这也算是个屁么？"

每个死者的挂号记录，贾迪都搞了过来，根据上面注明的挂号时间，结合脑科医院这几个月的专家门诊值班表，硬是查出了每个人的主治医师姓名。

"找这个专家看门诊的时间，和跳楼自杀的时间，中间相差都不超过一个月。十二个人都是这样。"他用左手的石膏敲敲桌面。

"人家可是拿国家津贴的专家，怎么可能……"队长勾着头，重新戴上眼镜，"你从哪儿搞来的医院内部资料？"

"这甭管。我就问一句：让查不让查？——不让查？没问题！反正挨骂的不是我。"贾迪又拿过烟盒，点火大抽起来。队长看着他吞云吐雾的得意样，叹了口气，什么话也没说。

3

面对贾迪开门见山的质问,徐大夫一句争辩也没有,只是反复地说:"我得承认,这确实是个不幸的巧合。"自始至终,他都是以一副和善的笑容来面对对方。贾迪的感觉是,一整套降龙十八掌全打在棉花堆上了。

"我是真想不通呀。——徐大夫,我们的局长跟你是不是有亲戚关系?怎么就能放你过关?"

徐大夫呵呵地笑着,让身旁的女医生又给倒了一杯热水,喝了两口,说道:"局长跟我倒也有过一面之交。……我并不是很了解警察如何办案,但确实不能说我有嫌疑呀。那十多名患者患有较为严重的幻觉症,我虽不才,也是省里面不多的幻觉症专门研究者。所以,省内患者大都会转交到我这里来。而我所采取的治疗法,当然也是通过审批,并且已经被国内外专业机构所共同承认的。"

"可是他们都死了!"

"嗯……我们每个月都要有一两百名患者前来治疗。我想这其中,也会有些不能完全治愈的不幸的人。"徐大夫慈祥地望着他,"这就好比,每天都有许多癌症病人去世,也不能就此怀疑癌症医师都是杀人犯吧。这种想法也太……"

坐在一旁的年轻女医生不禁笑了。贾迪狠狠瞪了她一眼。

"哦——那看来是我没文化了。原来世界上所有的幻觉症患者都会死于自杀。原来如此,看来应该改名叫'自杀症'。"

"从科学的角度,我确实也无法解释。也许闷热的夏天和连续的降雨令他们感到忧郁,也许是现场市民的阴暗心理造成的负面影响吧。"

皮糙肉厚的老狐狸，贾迪心想，必须得出点儿杀招了。"我是个粗人，对神经病人也没什么研究。不过我听说徐大夫你的治疗方法很特别，都是催眠疗法是吗？"

"……"

"可我死活也查不到，咱们国家对于催眠疗法有什么权威的官方认证。也有可能我是文盲，国家的规章制度我没看懂？"

徐大夫的笑容终于有些僵硬了。他转头看看女医生，又看看一脸得意的贾迪。

"催眠是有的，但只是一种辅助的手段，用来摸清患者的某些心理特征。我不可能光凭催眠就能治好病人的。"

"催眠能不能把人弄疯？能不能逼着一个人去跳楼？"

"不会，不会的。"徐大夫摇摇头，手捂住自己的额头，"整个过程就是做梦，就跟睡觉一样……醒了就没事了。"

很好！贾迪的心里甜滋滋的。牌局已经到了关键阶段，是时候把大小鬼一齐打出来了。他用右手在裤兜里费力地掏了半天，拽出一只U盘，高高举起来，对那女医生说："你帮我一下，把里面的东西给大夫看看。"

女医生不情愿地接过来插进电脑，里面显示出一份文档。

"上周末那名死者留下的日志。听说是你让患者养成写日志的习惯的吧？真是好习惯！"

日志内容不少，有大几千字，死者在徐大夫处接受治疗后的全部心路历程都在其中。

这人与妻子离婚后，时常在家中听到妻子的说话声，有时还能看见门口有妻子的高跟鞋，于是怀疑自己精神出了问题，找到了脑科医院的专家门诊寻求治疗。然而，自从徐大夫给他做过治疗后，其病情反而加重了：他会在各种场合见到妻子的身影出现，吃饭睡觉，上下班或者买菜的路上都能看到。他渐渐由恐惧变成习惯，接着开始尝试和"妻子"交谈。起先"妻子"并不理他，后来态度慢慢好转，开始同他"说话"；最后，根据日志的记载，两人居然和好了，无话不谈。于是他班也不去上了，整天坐在家中，同"妻子"卿卿我我。

"注意这一段，徐大夫。"贾迪手指着屏幕，读道，"'我不知道这些是真还是假，但是首先感觉到自己还是很开心的。徐大夫也跟我说过，说她会回来的。我也不知道这是不是治疗的一部分，最起码我又能天天看着她。真好。'"

"再看这一段。'她说她知道自己错了，自己很幼稚，说她再也不去找那个狗男人了。……她说她明天想陪我逛逛街，还想跟我一起回我们俩的母校看看，像当年一样，一起坐在运动场的高低杠上看夕阳。唉，我都有好些年没回母校了。'"

"看到这篇的日期了没，大夫？正好是他跳楼前一天。——你知道我怎么想吗？我觉得吧，那天他确实是坐在杠子上了。只不过不是什么高低杠，而是楼顶的护栏！"

漂亮的最后一击！两位医生的脸全都变得刷白，比他们俩身上的白大褂还要干净。

"我，我真不知道该说些什么，警察同志。"徐大夫的表情总算是丰富了，眉毛全都耷拉了下来，神态实在是无辜而又可怜，"我不知道他居然有这样的日志……让患者写日志，是让他们对自己有个客观的观察，我是从来不会去看的……"

"没事。最起码你的催眠效果很生猛。"

"不可能啊！催眠只是用来发泄心中的负面情感，绝不可能影响人类的感官和现实行为！"

"别跟我说这个啊,我没文化,听不懂。"贾迪笑着拍拍石膏绷带,"要么,你给我也催眠下?我不怕,真的。"

牌局打完了。贾迪拔掉 U 盘,看到徐大夫傻站在原地不动弹,心满意足,转身推开办公室的门,对那女医生说道:"这位姑娘,我想上厕所,麻烦你给带个路。"

4

女医生薛霖和贾迪冒着雨走进医院附近的湘菜馆,点了几道招牌菜,大吃起来。"这么些年过去了,这家菜的味道还是没变嘛。就是价格越来越贵。"薛霖说。

"是啊,而且服务态度越来越差,服务员手指全浸到汤里了。"贾迪从菜里拈出一根头发丝。他放下筷子,嘻皮笑脸道:"晚上有空不?我再请你吃寿司吧,没有地沟油,保证不让你发胖。"

"少来。"薛霖只是哼了一声,"你还想让我帮你什么忙啊?前几天帮你搞值班表,差点儿被人看出来。"

"那是小意思,别担心。后面可能会让你作证,证明是那个老头子搞出来的什么催眠治疗法。"

薛霖愣了一会儿,也放下筷子,瞪着贾迪。"你总是看谁都像坏人!知不知道他是我的老师啊?而且我都跟你说了,所有的催眠都是我和他一起操作的。"她应该是有些害怕了,"我哪知道会变成这样!……只能算是一起医疗事故,对吧?"

贾迪哈哈大笑:"不是一起,是十二起!说不定后面还会有更多!人命关天,这可是刑事案件哎,姑娘。"

薛霖没心思吃了,低着头拨弄起勺子来。

"那你还会帮我跟警察说清楚?"

"不会。你已经不是我女朋友了,我不需要避嫌。"贾迪捧起饭碗,遮住脸大吃着。

薛霖思考了一阵,抬头说道:"我想起来了。这事儿应该不是我们搞出来的。我记得有几例患者在来这里催眠之前,就已经有很严重的幻觉了。"

"那也是你们让病情加重。何况催眠治疗本身就是违规的。"贾迪琢磨一会儿,低声说,"你就说是那大夫弄的算了,弄个过失伤人。你自己也是实习医生,不算主谋。"

"那怎么可以!"

"要么,你就跟我结婚,领导就不会让我再查下去。这样就会以自杀来结案。"

"不行!你又在图谋不轨了,这可是人命关天啊。"

队里同事拨打了贾迪的警讯通,急匆匆地向他通报一个最新情况:有位市民跳下了高铁南站的铁轨意图自杀,幸而被及时救下。此人看上去像是精神有问题,胡言乱语,根本不知道自己做了什么事情。贾迪眉头紧皱,放下电话。这时他看到薛霖也正在通电话。

"有个在我这儿看病的患者,回家之后发病了,自己跳下了火车站月台。"她紧张地说,"难道又是……"

贾迪肯定地点点头,站起来喊服务员过来买单。

5

"我叫李响,今年 42 岁。今天早上我一起床,发现自己迟到了,我家的闹铃被我媳妇给关了,也不知道她为什么要关。我自从当了部门经理,还从来没迟到过呢!我就赶紧下楼准备开车去公司,结果一到停车场,车子居然也不见了!我媳妇自己有车,现在两辆车都没了,简直是莫名其妙!我就打电话给她,她又不接。我回家找车钥匙怎么也找不到,只在茶几上找到她给我的字条。她说她不想跟我过了!

"我早知道这娘们在外面有暧昧的关系,本来没工夫去理她,现在她就这么跑了,车也给我开走了。我一下子就慌啦,然后发现我的钱包、手机、电脑、抽屉里的现金,全都没了。银行卡里就剩下了两万多块钱,信用卡被刷光,还被银行给没收了!我恨不得找到她给她几巴掌。但是今天正巧又下了大雨,路上出租车一辆也拦不着,我只能把家里的破自行车翻出来,赶紧往她公司里面骑。等进到她公司里面,电梯居然在维修。我就这么倒霉!

"我爬楼梯上楼找她办公室的人,办公室的人说她来了又走了,去了地下停车场。我心想她这是要跑。那还了得!我又拼命下楼去追。进了停车场,我才走几步,地上居然有个大坑,我一头栽了进去。我爬起来,就看到前面有车子朝我开过来。我认出来就是我家媳妇那辆车,赶紧上去准备挡住她不让她走。

"突然,不知道哪里来的几只手,把我从坑里拉上来。我一看,是保安,就跟他喊:'快帮我拦住那辆汽车!'你知道他说什么?他说:'拦什么拦,那个是火车!'再一回头,我的个妈呀,居然一辆火车就从我鼻子前面开过去!我再看看,哎呀,这地方哪是什么车库,就是火车站站台嘛!也不知道今天是中了什么邪了!"

贾迪慢悠悠地说道:"你确实是中邪了。现在出了这么大的事,电视台都来采访了,你家老婆没来找你吗?"

"她来个屁!"那人愤怒地捶捶桌子,桌上的手机钱包和字条等证物都在抖,"前段时间我开车被人撞了,在医院躺了一个礼拜,她也一次没来看过我!"

"杨先生……哦不，李先生，我们现在先不提她的事。我问你，你那次车祸以后，有没有觉得头部有不舒服的情况？"

"有啊！本来我脑袋就磕了地，加上那个女人的事情，我这几个月来头一直疼，晚上睡不着觉，老是做恶梦。哎，就梦见我身无分文，什么都没了，就靠摆摊子修自行车过日子，气死我了。"

"所以你就去脑科医院看医生的是吧。"

"咦？你们也知道啊。我就是找了专家门诊的徐大夫看的。"那人拿过桌上的钱包，翻出一张名片，"水平真高！我就在他那边睡了两觉，马上头就不疼了。不过今天这个事情一闹，我头好像又疼了起来。"

贾迪拿过名片，确认名片是徐大夫的，用力点点头，交给身旁的同事们。他站起身，拍拍那人的肩说："你放心，我们会派最好的专家来帮你看病。放松。"便走出询问室，进入隔壁房间里。

薛霖站在单向玻璃前，一声不吭。贾迪对她说："你也看到了，证据确凿。——你去说还是我去说？"

她转过身，一脸的惨白。

"别发愣了。想想看嘛！从他接受催眠治疗开始，到今天正好是一个月。要不是保安和市民反应快，今天这就是第十三起命案。这个嫌疑已经是跑不掉的了。"

薛霖呆呆地望着他。

"别这么看着我。对，你说得没错！在治疗之前他就已经得了病。但是那姓徐的令他的病情恶化，差点儿出人命，这你总不会不承认吧。……算了，把资料给我，我来跟他说。"

"他真的好可怜……"薛霖抹了抹眼角，快步走出门去。

贾迪拿着一叠病人资料，回到询问室对那人说道："杨先生，有点儿情况要先让你了解清楚。"

"我姓李。什么情况?是不是找到她人了?"

"杨先生,我想要跟你解释一下。"

"这位警察同志,你怎么老是搞错啊,我说了好几遍了,我姓李嘛。"

于是贾迪不得不提高音量,冲他大声说道:"听好了,你不姓李,你姓杨!你的名字叫杨世立!"

那人也火了:"你这同志怎么胡说八道的!——我媳妇她人在哪里?"

"你没有老婆,你根本就没结过婚!"贾迪抽出钱包里的身份证,"啪"地往桌上一摔,"自己好好再看清楚,你到底姓什么?!"

6

杨世立,现年 42 岁,外省人。十五年前从农村来到市里,四处打工为生,五年前开始摆摊修理自行车至今。两个月前,他骑车时遭遇车祸,因脑震荡住院治疗;治愈出院回家后再未出门,修车摊也没有再摆过。医院的资料证实,一个月前他曾在徐大夫处接受过心理治疗。至今未婚,一个人在旧城区老房子里租住了七年,警察上门检查时,手机钱包等"遗失物品"都还放在桌上。

银行记录显示,他的全部资产仅有银行卡中的两万多元;且事发当日,他曾试图用一张公交 IC 卡提取现金,结果被取款机吞卡。高铁南站工作人员作证说,他曾向大厅售票员询问自己"妻子"的下落。那天没有任何人接到过他的电话,他当天的通话记录中唯一一个号码,是电话公司的服务热线。

至于那张他"妻子"留下的分手字条,经过专业技术分析,核实无误,清清楚楚、毫无疑问地可以认定:那是一张超市收银机打出的购物发票。

薛霖说得没错,杨世立在接受催眠之前,就已经得上了严重的幻觉症,对于自己的姓名身份、经历记忆,以及对周围环境的一切感官都混乱了。例如,他自称"李响",而真正的李响却是当时开车撞伤他的人。薛霖和贾迪花了一个多星期时间,收集到了以往十二起自杀案死者的各种信息,才知道他们每个人都属于这种情况,无一例外。

按照薛霖的想法,这些病人对于自己的日常生活都有强烈的不满和压抑,各种欲望(婚姻、财产、情感等方面)无法得到满足,导致患上此症。徐大夫的催眠正是令他们的本我更迫切地要求释放,最终诱发了自杀。

"依我看,纯粹是扯淡。"贾迪轻蔑地吐口气,右手指着她说,"你说他们有病就是有病?我就认为是你那骗子医生害死了他们。"

"你能不能别这么心理阴暗?"

贾迪不出意外地发火了:"我呸!我看你才阴暗!凭什么断定他们想自杀?你个心理医生就了不起吗?随便看看死者档案,你就说他们心理有病,我们公检法全都上街要饭算了。"

薛霖扔下汉堡包:"请你尊重下我的职业!——他们的生活经历和精神状态都有案可查,我不信你还能不讲证据!"

"全是废话。对现状不满,心里头有压力?这年头谁没压力?谁会对自己生活百分之百满意?"他越吵越来劲。

"……没压力,我会整天查案子,跟领导吵架,手都摔断了?对一切都满意的话,你怎么会一声不吭就跑去外地读博,说分手就分手?——我从小就疯疯癫癫,看来我精神病已经得了四分之一个世纪了,得赶紧把我抓回去电击。来吧,救救我吧,薛大夫!"

薛霖抓起包，头也不回地走了。贾迪狠狠嚼了一会儿薯条，又冲去前台，把服务员骂了个狗血喷头。没想到吃个薯条也能吃出头发丝来。

但领导们却另有考虑。贾迪的猜测虽然缺乏证据，但是薛霖的想法也没有足够的根据；何况，这种猜测也不能公开，造成恐慌的可能性先不提，民众们也不会去相信。现代社会，普通人和精神病患者的区别本就难以界定，而在这起案件中，除非自杀，否则很难看出谁是"真的有病"。

这其实与警察办案很相似，大家都处于被动地位：只有在事发之后，才能知道是谁出了什么问题，从而着手补救，但往往为时已晚。公安机关已经计划退出调查，只要不涉及刑事案件，所有的"精神疾病类自杀事件"都将交由医疗系统内部解决。

让领导们大失所望的是，最新一起案件恰恰涉及了刑事伤害。本来踌躇满志的贾迪在听过案情简报后，却再也兴奋不起来。

7

"医院的人良心都坏透了，全盖这么高的楼，分明是方便患者跳楼嘛。"贾迪检查了一下现场后，又开始骂街。队里同事拍拍他肩膀，告诉他监控录像已经调出来了。

当天下午三点钟左右，脑科医院领导和同事们再一次前往病房，对因心肌梗塞住院治疗的徐大夫进行慰问。但是徐大夫的情况并没有改善，依旧是一脸惊恐，对众人大吵大嚷，还拿起输液瓶朝他们砸过去。

"我当时拿着针筒，准备再去给他打点儿药，"当时在场的护士说，"可他非说我手上拿的是刀子，害怕得要死，不让我过去。你们说奇不奇怪，他是精神病医生，咋自己得上精神病了呢？"

队长笑道："治脱发的都是秃顶医生，我见惯了。"

在被贾迪盘问之后没多久，徐大夫就突发心肌梗塞进了心血管医院，然后就发病了。贾迪怀疑是这次病发，促使他的心理出了问题。

有意思的是，幻觉症发作的徐大夫坚持认为自己身处脑科医院，而那些医生和护士都是精神病人，并坚称他们正在医院里展开暴动，已经把所有医生都杀了，准备过来要自己的命。看来徐大夫身为医生，内心深处最恐惧的正是自己手里那些病人。"她说的挺有道理。"贾迪痛心疾首地后悔。

用玻璃花瓶打伤数人之后，徐大夫拿一块碎玻璃挟持了一名同事，上了医院天台。他把所有的警察和医生都看作自己的病人，威胁他们离开。他掏出一块肥皂，手指在上面按了按，凑到耳边喊着："小薛，你快跑！病人全都造反了！你快接电话呀！"却看不出，此刻薛霖正被他挟持在怀里。

现在后悔又有什么用呢？

"你们都是疯子，全世界的人都不正常了！现在就剩我一个正常人。士可杀不可辱！"此时的徐大夫还在大叫。

贾迪隔着阳台大骂不止，一次又一次试图冲进现场，但队长生怕他去了再造成什么刺激，让大伙儿拼死也要拉住他。

"狙击手马上就到位，你给我老实点儿，别冲动！"

薛霖就快要喘不上气了，密密的细雨将她浑身淋得透湿，洁白的脖子上到处都是玻璃划出的血痕。贾迪看见，徐大夫脸上生出绝望的神情。他拽着薛霖，进一步靠近天台边缘。

警察越凑越近，却仍然没有采取行动。

徐大夫朝身后瞄了一眼，拖着薛霖踩上了一台空调室外挂机。挂机就悬空安装在大楼外墙上,下面什么遮挡物都没有。

贾迪开始号叫,踹翻几名队友,拔出佩枪对着身边的人吼道:"都滚开!!"冲出房间,疯狂奔向天台。他冲进现场,推开众人,直奔薛霖而去。

步话机里传出开枪的命令。贾迪冲刺到距离薛霖不到两米远的地方,此时耳畔响起一声巨响。

"喀嚓!"空调挂机的支架断掉了。

那两人直直坠下,薛霖的白大褂在风中呼啦作响。贾迪一跃而起,左臂用劲扯断牵引带,两手竭力伸向薛霖。

只差了几厘米。

从背后伸出无数只手将贾迪拽住。贾迪什么都没有抓到。他发疯般地挣扎,哀号,却丝毫无法再向前半步。

"就差一点儿了!真险哪!"

"好了,一切都结束了,没事儿了!"身后传出众人的呼喝声。

一名护士挤进人群,用针管迅速在贾迪大腿上扎了一针。

"滚开!你们这些畜生,杀人犯!薛霖!薛霖啊!"

护士愣愣,随即赶紧又给了他一针。于是所有声音都沉寂下来,黑暗迅速降临,一切仿佛都在凝固,连漫天的雨水也都消失了。

8

刚醒过来时,贾迪感到浑身冰凉。雨水似乎淋在脑袋上,他努力睁眼看了又看,发现病房的天花板正在向下滴水。他全身使不上半点儿力气,费了老大的劲才能转动脑袋。窗外的阳光很刺眼,好像已经放晴了;梧桐树的树枝光秃秃的,上面还覆盖着一层薄薄的白雪。

都已经是冬天了?贾迪惊讶于自己居然住院这么长时间。

"醒啦？瞧你，被子都滑到地上了。"护士替他盖好了被子，"肚子饿不饿？"

贾迪摇摇头，看到自己的左臂挂在架子上，石膏绷带脏兮兮的。双腿也缠满了石膏。

"你要再观察两天，之后大夫会给你再检查检查。"护士查看过输液瓶后就走了。

这两天里，贾迪感到脑子像被掏空了一样，前段时间发生那么多事儿，居然绝大部分都回忆不出来，只剩下人质劫持现场的记忆，以及一些日常琐事。尤其令他郁闷的是，这家医院条件很糟糕，天花板的水漏个不停，饭菜里也经常出现头发丝。

到了观察鉴定的那天，护士推着轮椅送他进了康复科办公室。一个戴眼镜的老医生和蔼地问他："感觉怎么样了？"

"还行，就是好多事情想不起来。"

"噢？……呵呵，这是好事儿。"医生笑道，"住院部条件是不太好。如果说你的情况进一步好转，我会想法子把你留在康复中心。"

"太好了。天花板漏水，全滴在我脸上了。饭菜也不行。"

"是啊，这几个月你吃了不少苦呢。"医生喝了口热水，开始提问，"咱们再从头来一遍吧。第一个问题：你叫什么名字？什么职业？什么原因住院的？"

贾迪顿感无聊，心想自己记忆力再差，也不至于名字都忘了，很不耐烦地交代了名字和职业。关于人质事件，他不想谈太多，只是略微提了一句。

大夫却追问道："详细说说人质事件吧，是谁劫持了谁？谁死了？"

"抱歉大夫，详细案情是我们警察的机密。你干吗不找我的队长问呢？"

旁边的护士"扑哧"笑了。大夫回答："你说的'机密'大家都知道，我只是还想再确认一下。"

贾迪心想这医生好像在审问自己似的，太荒唐了。他觉得有点儿饿，生怕吃不到饭，只得向大夫陈述了一遍。大夫听完后，摇了摇头，敲了几下键盘后说："真没想到。本来看你的脑电波图已经正常了……看来还得等等啊。"

贾迪心想随你的便，但在一瞬间，他脑袋里"叮"的一声，顿时汗毛直竖。他竭力想站起身，但是双腿怎么也使不上劲。护士赶忙过来扶他。

"大夫，先别管我。坠楼那两人到底怎么样了？我女朋友她……"贾迪颤抖着嚷道。

"我要是说实话，你能挺得住吗？"大夫皱着眉说，"我倒是担心跟你说了也没用。"

贾迪瘫倒在轮椅上。

"你看到薛霖坠楼了是吗？我现在告诉你，她还活着。"

"真的啊！——怎么会？"

"不仅如此，那位徐大夫也还健在。"

贾迪顾不得擦掉冷汗，忙喊那护士推他出去看薛霖。

"你其实也不用这么着急。"大夫指指他身后，"你看看。"

那女护士捂着肚子笑着，一边摘掉了口罩。她不正是薛霖吗？

"再把头转回来，看我这边。"大夫也摘了口罩，还特意指指胸口的挂牌。这就是徐大夫本人。

"好吧……小薛，送他回病房，别耽误了吃中饭。"徐大夫叹口气，挥挥右手。

一路上，贾迪直愣愣地盯着薛霖，张着嘴不知该说什么。送菜工正在病房里发午餐,没戴帽子,动作粗暴,手指全伸进了汤里。薛霖签过字,又替他拈出两根头发。

"你怎么……"贾迪好容易开口要说话,只见一个高个子男人冲进来,朝薛霖嚷道:"你怎么不接我电话啊?打了有一百多遍!"

"开震动的没听到。刚刚有事儿。"

"你要手机有啥用嘛。"那男的看看他,问薛霖:"怎么他还没出院啊?迟早得把你忙死。"

"人家还没恢复好呢。"

"我看他是舍不得你喽,听说他经常在嘴上占你便宜。"

贾迪眨眨眼睛,心想这人是谁?

薛霖把那人推出门外,回头解释道:"不好意思,是我男朋友啦。你应该见过他几次,也忘了?他就是贾迪。——你先吃饭吧,我很快就回来。"

这在开什么玩笑?她难道在故意气我?他是贾迪,那我又是谁?

也不知道愣了有多久,他直到饭盒掉在地上才回过神来。他低下头想把饭盒捡起来,眼睛瞄见床头的病房卡,发现自己的照片旁标注着一行字:"神经科 12 床 李响"。

9

一开始,不管徐大夫和薛霖说什么,他一概听不进去。徐大夫对他解释,他经历的一切都是对周围环境的幻觉,并混进了潜意识欲望:薛霖每天对他进行护理,他便认为她是自己的女朋友;由于薛霖真正的男友是当警察的贾迪,因此他便认为自己名叫贾迪,还当上了警察,连性格都跟贾迪一样。他走到哪里都会吃到头发丝,是因为每天的病号饭质量太差;病房的暖气,令他的思维一直停留在夏天;天花板一直在漏水，他就会觉得下了许多天的雨。

"你的感官都没有问题，只是大脑的诠释方法比较戏剧化。"徐大夫说，"关于你的幻觉症病情，我对你作的解释你全都记得，只不过是把它幻化成了一桩桩自杀案件。"

"我是办案受的伤。我是个老警察了。"他虚弱地争辩道。

"不，你是个白领，部门经理，开车回家时被一个骑车的人撞上，慌乱之下把油门当刹车才出的事。关于这点我也解释过。你还记得那个骑车的人叫什么名字吗？"

"杨世立？"

"瞧，你都记得，不过是全都弄混乱了而已。你的主观欲望太强了，你厌恶我的治疗，便把我想象成杀人嫌犯，最后还安排我挟持人质并坠楼。"

"不可能的。事情都是真的，是假的我还看不出来？"

"你所处的那个世界里，每件事都符合逻辑，每件事都可以解释清楚，可惜只有你自己看得见。"

徐大夫把笔记本电脑拿过来，给他播放"人质案"当天的医院监控录像。他看到自己跳下轮椅推开薛霖，不顾双脚的疼痛跑上空无一人的天台，伸手就要扑出天台的边缘。

"注意，仔细看！哪里有什么空调挂机？我们这么大的医院，用的当然都是中央空调！"

一切都清清楚楚了。他觉得头脑被人锯开一个大洞般，凉飕飕的。

10

傍晚的时候，薛霖又照例推他出门，到医院附近呼吸新鲜空气。

一切都是老样子，跟头脑中的那个世界没有区别，只是季节变了。没有连绵的雨水，橘红色的阳光很是温暖。

李响在马路边张望了许久，突然产生一个想法，便对薛霖说："走那边。我还想验证一下。"

他指挥着薛霖，推他来到湘菜馆所在的位置，却发现是一家汉堡王。周围一切都是老样子，就连旁边烟酒店老板的脸都能认得出。李响回忆起在那个世界，他曾经不止一次地在吃饭途中跑出门，到隔壁买香烟，没少遭到"女友"的抱怨。

李响看着玻璃店门上自己的模样，抹抹眼角，对薛霖说："麻烦你照顾很久了。真是对不起。"

"别这么说。"

"我得说。不管是从前还是现在，在脑子里还是现实里，我都得向你道歉。"

两人走进医院对面的小公园，金色的夕阳正映照在湖面上，灿烂而有些朦胧。

"那我的人生全都是假的？全是错的？"李响看着湖里的鱼群，问薛霖。

"起码你这个人不是假的吧。"

"我只记得贾迪的生活，真正的自己已经找不着了。"

薛霖蹲下身，握住他的右手说道："千万别这么想。我觉得你比他要好。我那个男朋友，心胸狭隘又好忌妒，阴暗多疑，有时候我真是烦他。"

"我也是这样啊。——以前的我。"

薛霖笑笑。"现在的你不是挺好的吗？跟以前的生活说拜拜，无牵无挂没有烦恼。你是很幸福的。"

李响沉默了好久，艰难地点点头。

"走吧，我该回去吃病号饭了。"

薛霖起身，走到他身后准备推轮椅。

李响对她笑了一下，转回头用尽全身的气力站起来，脑袋往下一沉，扑向前方正闪闪发光的湖水。

入水的那一刹那，他听到湖边的人们在尖叫。有人在喊："贾迪，别！"

"喊错了吧？"他心里琢磨，身体却已经沉入漫无边际的冰冷和黑暗之中去了。

11

最近城里逝去的人似乎越来越多，殡仪馆每天都爆满，所以追悼会被安排在新殡仪馆举行。新馆刚建成一个礼拜，贾迪算是头一批顾客了。追悼会当天也是个雨天，刑警队队长特地开车送薛霖前去参加。

会场上，贾迪的战友们非常沉痛，不断地谈论着他的事。

"……从此以后，分局扑克牌第一高手就成为传说了。"

"应该搞一次大赛来纪念他，再捐个'贾迪基金'，作为冠军的奖金。"

"群雄争霸的时代又开始啦。"

薛霖皱起了眉头，觉得这些人简直太不懂得尊重别人了。

慰问完贾迪的家人后，队长回到薛霖身边对她说："太难受了。想当年我看着他入队，多好的一个小伙子啊。"

薛霖抽泣起来。

"我总是教育他凡事要冷静，可惜他还是年轻了点儿。世界上有些事情是不该去多管的,这案子就不该让他查下去。仝都怪我。哎。"

薛霖心里何尝不是这么想?她后悔当初就不该帮贾迪去调查这该死的病症。现在看来,自杀幻觉症颇具传染性——或者说,在接触症候群的过程中,不知何时就可能会被潜移默化。

这种病实在太危险了,连精神病大夫自己都不能幸免。它究竟是如何传播的呢?

目前唯一能确认的是,病症是在人质事件那天显露出来的。薛霖和队长他们一起仔细检查过监控录像,当天徐大夫刚走上天台便被警察制服了;可贾迪却冲向另一个方向,直直扑向天台边沿。他兀自倒在地砖上,对着空气挣扎,号叫,然后一下子昏了过去。

令人恐惧的是贾迪清醒之后的表现:要么一直不说话,要么整日整夜地自言自语。天花板从没有漏过一滴水,他却每天要为此投诉十几遍。

让薛霖感到难过的是,贾迪对她的存在视而不见,只是自顾自地对着空气讲话。她带来亲手做的饭菜改善伙食,贾迪却总是用手在饭里挑拣着什么,然后指着她抱怨道:"你们这些送菜工为啥总这么不讲卫生?"

更要命的是,患病之后的贾迪简直变了个人,对谁都客客气气,说话随和,完全不像从前。可薛霖要的只是从前那个爱吵架、爱忌妒、心理阴暗的他。

五天之后,他跳湖自杀了。

当时薛霖就在他身后不远处,却再也无能为力,只能不断地哭喊着他的名字。

徐大夫和贾迪已被病魔夺去了生命,可是这病的真实面目却依然神秘。病因,传播途径,检测手段,治疗方法,统统都是谜。

有时候，看着日益增多的幻觉症患者名单，薛霖会想，或许它就是恶魔的化身，灭绝人类的最强手段，是世界末日的开端。

"说不定哪天就会轮到我呢。"

回到医院的薛霖趴在办公桌上，没有参与同事们的聊天，只是对着梳妆镜打量自己的脸。手机在桌面上"嗡嗡"震动，她木然地将它移过来，用手指在屏幕上碰两下。

"啊！"她大叫一声，把手机举到眼前，对着新收到的短信看了又看。

"难道是……"薛霖指尖一松，手机掉落在地板上。

这短信是什么意思？也许最糟糕的情况终于来了，也许最好的情况出现了。她没法判断这究竟意味着什么，她不知道自己的眼睛还会不会对自己诚实。她很快便做出了决定。

无论如何，她要亲自去好好看看清楚。

信息是贾迪发过来的，里面每一个字都明明白白，清晰可辨："我已查到真相，马上来1803病房。不要相信自己的眼睛。"

12

"停！不要过来！"贾迪大吼。他俩之间隔着一张挂有蚊帐的病床。薛霖哆嗦着停在原地，脑子里一团糨糊，不知该如何是好。

"你……你不是说知道真相吗？到底是……"

贾迪垂下脑袋，语音有些模糊："也只是猜测。现在我只知道我自己还没有死，但是，我不能确定眼前的你是不是幻觉。同样的，你也不能确定眼前的我是真是假。也许我，或者你，现在正站在某个天台边上，往前走上一步就会中了它的套儿。"

确实如此，双方如今都不能相互证实或证伪了。

"那让我摸摸你看看?"

"不行!不要相信自己的感官,视觉和触觉都可能是假象。"

薛霖泪如雨下。她现在唯一想知道的是,眼前这个她最在乎的人,究竟是死还是活?

"就这样站着吧,我说给你听。幻觉症并不是不可治愈的。"贾迪蹲下身,右手扶着病房的地面,想要稳住自己的身体,"它会沿着你的思维向前迈进,但凡你所想要的东西,它就会变化出来给你看,因为它只想让你上钩。"

"那么说,那天你跳湖自杀,是因为它在诱惑你?当时你都见到了什么?"

"错!我当时就是自杀!"贾迪咬牙切齿,一字一顿地说,"选择摧毁自己,才能得救。我知道自己永远不会去自杀,所以那天我跳湖了。你明白不?它一定会用别的方法杀死我,那个长得跟你一样的'护士'肯定有猫腻,不能跟着她走。我必须摧毁自己的欲望!"

"啊,我明白了……你故意违背自己的性格和欲望,摧毁自己的意志,趁它还没来得及制造出新幻觉的时候,自己先'死'过去了!"薛霖恍然大悟,脚下忽然有些不稳。

"稳住,别摔倒了。唉,当时就好像是一场大梦醒来一样。湖里的水臭的不行!"

"呵!"薛霖捂住嘴,"可是,我明明见到你已经……"

"你都见到了些什么东西?周围的人把我拽上来的时候,我看到你昏昏沉沉的,一个劲地转身走了!嘿嘿,我不是经常教导你:对生活客客气气的人,全是死路一条。你得去跟生活战斗!"

贾迪得意地微笑起来,表情跟以往完全一样。

"可你的追悼会——"

"狗屁的追悼会！"贾迪拿出一叠《服务晚报》扔给她，"新殡仪馆的施工队拖欠工人工资，一直闹到现在都没有盖好。你自己看看！"

白纸黑字印着一条新闻，确实如他所说。可是随即，她手里的手机一震，刑警队长的短信来了，让她马上赶去局里，把贾迪的遗物送去检测。

"我真的受不了了！"薛霖双膝跪地，晕眩不止，只想呕吐。

"我完全能了解你的感受。眼前的我到底是不是你的想象？嘿嘿。"贾迪坏笑一下，像是想出了办法。他小心地挪到墙边，挥动左手的石膏绷带敲碎了一块窗玻璃，然后拾起碎片，猛戳自己的胸口。

"你在干什么啊？快停下！"薛霖眼看着他的血流淌出来。

"好好看清楚。你的内心深处会舍得让我受伤吗？"贾迪边喊边戳，戳完胸口又戳脖子，血滴四处飞溅。

"不会！我不会舍得的！"薛霖流着泪大喊，再也顾不上什么，扑上前想要挪开那张病床。不知为何，那张床好像钉在地上似的，很难推动。

耳边像是发出一阵巨响，又像是什么声音都没有似的。薛霖一屁股摔倒在地上，只感觉四周围冷风飕飕地吹着，自己正浑身颤抖。在她身旁围满了医生护士，还有大批的警察。有个男人走出人群，将她拉进怀里。薛霖感到他浑身都是热乎乎的鲜血。

13

"都结束了。"贾迪扔掉手术刀，用嘶哑的嗓音对她说，"回头看看吧，冷冰冰的现实。"

薛霖独自待在太平间冷藏室里已经快两个钟头了。若不是真正的贾迪出现，隔着门上的窗户自残的话，薛霖一定会认为他是幻觉，也就不会为了救他而自己推开冷藏室的铁门。

"一听说你跑进太平间，我就知道出事了。我猜它肯定会安排我的形象出现，所以拼死拼活赶过来，把你的幻觉给顶替掉了。"

"其实刚才真的差点儿，差点儿就觉得你是假的了。"薛霖搂着他的脖子，抚摸着他的胡楂子。

"幻觉也不是密不透风的，真相时不时会冒出头，但就怕你瞧不出来。"贾迪点燃香烟，伸手轻抚她那头挂满冰碴的长发。

"一群小屁孩，害得我这双老腿也差点儿废了。"队长扶着墙，边笑边喘着粗气，"护士啊，快扶她出去吹吹暖气，当心把她冻出毛病来。"

薛霖摇晃着两腿，在众人搀扶下走出冷藏室的门口。脸上一层白霜被血融化，令她觉得痒痒的，于是她掏出梳妆镜，想将其抹掉。她对着镜子左看右看，嘟哝道："好像又胖了点儿。"

"别瞎扯，哪有啊。"贾迪捂着伤口，催她赶紧去治疗室检查。

"真的，你看。"她拽下胸前的身份牌，对照上面的大头照。好奇怪，照片上确实也很胖，跟镜子里的一样。

可这照片是一年前拍的啊！

薛霖脑子里顿时像炸开了一样。照片上的自己和镜子里的面孔居然不是一个人！

她马上掏出手机自拍了一张，与前两者相比又有些细微的不同。同时，镜子里和证件上的自己，又变成了另一副容貌。

"先等一下……"

没人理睬她的"自恋"。护士们拉着她就往楼梯上走去。

一个很久以前就知道却又微不足道的心理常识，此刻浮现在她的脑海里。她发疯般地推开身边的护士，伸手夺过贾迪嘴里的烟头，用嘴吹两下，迅速点燃手里那叠晚报。

14

"你想干什么？"所有人都惊呆了，贾迪也一动不动地瞪着她看。

薛霖恶狠狠地对他说："你说过的，不要相信自己的眼睛！"她脱下白大褂将其引燃，然后扔到贾迪的身上。鲜红的火焰在他身上熊熊腾起。

"哎哟，哎哟……烫死了啊！"已经变成火人的贾迪倒在地上直打滚，"你他妈的是神经病啊？我不是你的幻觉啊！"

"如果追悼会真的只是我的幻觉，你又怎么会知道我'去'的是新殡仪馆？！"

薛霖看着地上飘落的那些报纸，此时已经变成了一张张白色复印纸。

"是队长，队长他——"贾迪身上被烧的噼啪作响。

队长跟其他人直直地僵立着，低头默不作声。

"是真是假都无所谓！"薛霖号叫道，"反正我就是想让你死！贾迪，你去死吧！"

整栋大楼都烧起来了，墙壁和地板就像纸做的一样，腾腾地燃烧。薛霖任由团团火焰扑向自己的身体。到处都红得发亮，焦煳味越来越大。她感觉不到疼痛，只觉得大脑像陀螺一样疯狂旋转。

贾迪一直反对我追求自己的事业。他好几次跑去我的学校，揍过我的师兄，我的男同学。他不喜欢我有自己的想法，自己的生活。他只想占有我。他就是个混蛋，就是个没有半点儿文化和素质的畜生。

他早该去死了。我真恨不得亲手弄死他。

同学和同事，都是一群白痴。病人救不了几个，整天就想着出成果，想着混经费，想着骗钱。徐大夫是个不学无术的江湖骗子，害死了那么多人，居然每天都笑得出来。他或许还想要占我的便宜。

至于我自己，不过是个一事无成的废物。

"我不爱你了，贾迪。我恨你们。我想让你们死。大家全都去死吧。"

无穷无尽的黑烟涌过来，把眼前一切都笼罩成一片漆黑。

15

不知道过了多长时间，她只记得自己一直在号啕大哭，哭了很久很久。

四周渐渐重新恢复了平静，只留下灼热的气流吹拂着她的脸庞。薛霖挣扎许久，终于壮着胆子睁开眼睛，发现自己正直直站在1803病房的阳台护栏上，脚下是医院的停车场。她颤颤巍巍地攀下护栏，回头看看病房里，空无一人。

手机里没有贾迪发来的短信，只有一条新收到的电话公司广告信息。手表显示，她刚才在房间里只停留了大概两分钟。

"你骗不了我的。"她喃喃自语，"我学过心理学，而你却没有。"

心理学上，存在着个简单易懂的小常识：人对其自身形象的感觉，从来都模糊不清。觉得自己胖，自己瘦，觉得自己漂亮或者丑陋，永远只是主观想象，并且每一次的想象都不尽相同。

薛霖取下自己的身份牌，找出钱包里的身份证、驾照、市民卡，在地上排成一排，又掏出梳妆镜对照，证实了眼前这些自身形象都不曾变化。这不是想象力能够做到的事。

这一刻，才是真正的结束。

远离病魔的唯一办法就是摧毁自己。摧毁自己的情感和信仰，摧毁自己的生活，杀死贾迪，杀死徐大夫，杀死自己。

她已经尽最大努力去恨贾迪了。有那么一阵，她似乎真的变成了另一个人：想要把自己的亲人、爱人、同事、朋友统统杀光，只有这样才能解决掉人生一切的烦恼。

她选择了对生活充满憎恨，于是病魔决定离她而去。

阳台外，金黄色的夕阳穿过层叠的云，播撒出一道道金光。不知持续了多少天的降雨终于结束了，阵阵湿热的暖风吹在薛霖脸上，令她的眼角又一次湿润。

"贾迪，你说，我这样做真的是对的吗？"

薛霖觉得人生已经被破坏了。积极乐观的情感正在减少，仇恨和愤怒出现过一次，以后就将会越来越多。她不知道今后面对同事和同学的时候，还会不会像以前那么亲切，因为自己曾经那么殷切地想要杀掉他们！

也许无论是死是活，她都输给了这个瘟疫。

"你就安息吧。"她拍了两下额头。贾迪已经死了，这未尝不是一件好事。人生不过是个笑话，死亡才是一场妙手回春的手术。

"我会一直想着你的，所以我会活下去。总有一天我会见到真正的你，那时候就该我受到惩罚了。"

热风围绕在四周，身上又热又痒，好不舒服。薛霖斜靠在病床上，面颊挂着几道泪痕，平静地睡了。

16

"对，对的。我知道，每样事情都很复杂。周五之前报告肯定能搞好，保证您看得懂。——有的有的，一定会有个交代的。死活也要把那坑爹的玩意儿给查清楚。整个分局都拼了老命了！您尽管放心！"

挂了电话，队长一屁股摊在沙发椅上，却是再也提不起精神来。军令状好下，这折腾死人的案子却还是令他毫无信心。队里的小伙子们倒真是憋着一鼓劲儿，一心想为贾迪讨个公道。

"人民警察不可能自杀！必须把真凶揪出来，否则老贾死不瞑目！"

"居然淹死在膝盖深的公园池塘里，这里面绝对有问题！"

然而他已经不想再查下去了。这一系列邪得让人直做恶梦的事件，总让队长觉得浑身长满鸡皮疙瘩。

"当事人全都已经死光了，你们还能查出个屁啊！不怕把自己给搭进去吗？"他也曾经这样吓唬过小伙子们，但是一点用没有；他们甚至想把脑科医院所有医生都隔离起来，一个个地审查。简直无法无天。

隔离审查又能查出什么来呢？队长翻看着新收到的短信，有队员报告说徐大夫已经恢复正常，急着要向队长报告案情。

"鬼知道丫是不是还在发病。"

队长叹口气，心想这段时间自己变得越来越喜欢骂娘，真是没疯也给逼成疯子了。他拿出小镜子照照，发现最近自己好像都老了些，白头发也多了，仿佛变了个人似的，简直不像自己的脸。

抽过两根烟，队长拎起包起身走出门。他先是去了趟鉴证科，把一些新的遗物取回来，准备日后送还给死者亲属。这次的遗物是钱包和手机，钱包发现于死者办公桌抽屉里，证件全都完好地夹在里面；手机则是在其办公室地板上被发现的，里面毫无线索，只剩一条团购网站发来的广告短信。

随后,他带着两名队员,来到了市刑侦总局的法医大楼。一位法医走出大厅与他们握了手,将他们带往地下二楼的解剖中心。

"最近你们还真挺忙的啊。这次又是怎么个死法?"法医边按电梯边问。

"是个自焚的。"

"这可不多见。叫啥名儿?"

"叫薛霖,是个医生。"

"喔,想起来了。把自己锁在房间里,点着了报纸自杀的那位是吧。"法医挠挠头,"B232房间。跟我来。"

队长应付着点了点头,却听到"呜呜"几声。一股夹杂着湿气的冷风吹进大厅,直往自己身上袭来。看来今天又该会是个下雨天。

球　　体

1

　　尽管早已明白自己的人生注定无聊，但当发现十几年来难得一次的高中聚会居然能无聊到这种地步时，卢慎着实深感震惊。

　　高中时打得火热的各位同学，在毕业之后各奔东西走上不同道路，如今全都是不同社会阶层的人物了，互相之间已经很难有广泛的共同话题，最后，只能演变成做生意的跟做生意的聊、白领跟白领聊、妈妈们跟妈妈们聊，找不到人聊的只好提前回家。作为一个年近三十岁还在读书、单身多年的男人，卢慎感觉自己也应该找借口回家。

　　早点儿离开这尴尬的聚会也好。他觉得所有人讨论的所有事情，一概跟自己没有关系。

　　独自一人走出酒店大堂后，卢慎站在门口一边抽烟一边等出租车。这时候，身后传来一个男人的呼唤。

　　"老卢，你怎么出来了？"

　　他回头看，发现有个男同学朝自己走来。

　　"贾滨？你也出来了啊。"

　　姓贾的同学朝他挥手，穿过转门走到他身边，给他递过去一根烟。

"最近在忙什么呢，老卢？"

卢慎平时最烦别人问这句话，因为一旦如实回答，就必然听到令人烦躁的回应；何况数小时前大家坐在茶社里寒暄时，他就已经介绍过自己目前的状况，而当时贾滨明明也在场。

"之前不是说过了吗？在茶座。"

"真不好意思，那会儿我被工作上的事缠住了，在接几个从上海来的电话，所以没太记牢。"

这位名叫贾滨的男同学，当年在班上是排名靠前的优等生，毕业后一直在国内顶尖名校深造，如今已经是某研究所的高级研究员。这样的贵人，琐事缠身也很正常吧，卢慎心想。

至于他自己……高中时成绩不好才选择了文科，而后虽然也一直在大学里，如今却只能勉强读到博士，成果也一直平平。研究方向是一个冷门至极的专业，说出来也无法给自己增光添彩，更不会有人感兴趣。

"我留校读博士。"

"哦，对，我想起来了，你是语言符号学的高才生。"贾滨露出笑容。

"哪里。你过奖了。"

"嗯，说起符号学，我倒是有个问题想请教你。"

"什么问题？不会又是问我《×××密码》里说的是真是假吧？"卢慎冷笑一声。

最近，这部由惊悚小说改编的电影火爆全球，"符号学专家"在大众心里成了侦探和冒险家的同义词，类似的蠢问题他已被询问多遍。他已经不想跟任何人在这件事上多费口舌了。

"不是不是，我最近忙得根本没有工夫看电影。其实我想请教你的问题，跟我的工作倒真有点儿关系，之前我接到的电话里，问的就是关于符号学方面的内容。你也知道，我和我的同事都是理科生，对这类文化艺术领域根本一窍不通，今天一整天我这头都被弄疼了。"

贾滨边说边掏出手机，翻出微信上的一张图片，然后把手机递到卢慎面前。

屏幕里的那张图顿时引起卢慎的兴趣。

他放大图片，从各个方向查看，眉眼也皱起来——他努力思考着这幅奇妙的画面，良久之后才放下手机还给贾滨。

"老贾，你是在哪个研究所来着？"直到这时他才意识到，自己其实并不太了解贾滨的近况。

"地质勘探，搞野外科考的。"

"噢。你好像在同学会上没这么介绍过啊。"

"对，因为我特意不说。"

贾滨拿回手机，深吸一口香烟。

"跟他们那帮小市民有什么好说的？他们懂什么，无非是问我'你盗过墓吗''你们是不是挖化石的'之类的蠢问题。所有一切玄妙神奇的科学理论，一到他们嘴里，全得掉到跟他们一样低俗无聊的层次里去了，并且最终一切都只能划归到那个唯一的衡量标准，那就是——。"

"——'你干这行每个月能挣多少钱'？"

两人对视一眼，不约而同地冷笑起来。

那一刻，卢慎发现自己似乎与贾滨变得亲近了。

他拿出手机，调出微信二维码递给贾滨，说："咱们加个微信吧。你把刚才那张图发给我。"

"可以。谢谢你啦，老卢。"

"没什么。不过,你们这勘探专业也会接触到古代文物吗?"

贾滨一边操作手机,一边露出微笑。

"好吧,那我就向卢老师汇报一下。这张照片,是我同单位的科考队昨晚从现场发给上海指挥部,指挥部再转交给我的。他们说,他们的队员在野外好几百米深的地下发现了照片上的这个东西,但他们辨认不出是什么。"

"在哪里发现的?河南?四川?"卢慎问。

对方的回答令他起了一身寒战。

"南极。"贾滨回答道,"南极冰面下508米处。"

"什么?"

"他们是在沿着一条冰缝进行影像测绘的时候拍到这个东西的。当时用的是机器人,我估计现在他们已经在派人下去了。队里没人搞得清楚这是个啥,上海指挥部也没人知道,所以大家决定发动自己的朋友圈,群策群力地展开研究。我也是刚刚看到你出门,才突然想到你是研究这方面的专家。语言符号嘛,我想都应该是相通的吧。"

"我称不上专家,只是一般的学生罢了。可是……这怎么可能?这分明是——"

捧着手机,紧紧盯着屏幕,卢慎越发为对方发来的那个图案而着迷。

他隐隐觉得相片上的那个图案,就好像是特意等待着自己来解读一般。

又简单聊了几句之后,同学会的大队人马已从包间里走出来了,看来是已经散席。聚会的组织者提议,有兴趣者去烧烤摊和KTV进行下一轮,卢慎和贾滨都婉拒了。两人在临分别前商定,一旦有最新发现,互相都要及时联络。

"昆仑站那边的卫星通讯每天会联络指挥部两次,一有最新进展,我会第一时间告诉你。到时候如果你这边出了成果,你可就是我们的大救星了啊。"贾滨临上出租车时,拍拍卢慎的肩膀,笑容满面,像是为自己找到了一个盟友而感到高兴。

卢慎当然也很兴奋。他没料到,自己那一点儿微不足道的小小学问,居然有一天会被全国顶级水准的科研队伍所赏识。这事还真是有些奇妙。

当然,更多的是出自于那张奇妙的图片。

回到学生公寓,卢慎草草洗完澡,给咖啡机灌进一大堆咖啡粉煮上,然后端坐在只有他一人的房间里,打开电脑,开始仔细琢磨那张图片。

2

图片的主体,是一个圆形,呈淡灰色,表面规则排列着共计65个黑色记号,它们互相之间按近似横平竖直的规律排列,组成网格形状;每个记号都呈正方形。乍一眼看上去,整个图案就好像是一张截成圆形的汉字书法作品。那些正方形符号自身,则由一群长短不一的线条组成,同样令人很容易联想到汉字的形状。

卢慎心想,难怪贾滨会想到与自己谈论这张照片:图里这些符号看起来与汉字确有一些相似之处。

但他肯定,它们与汉字一点儿关系都没有。

这些记号本身,的确应当是某种文明的产物,它们是具有文化和社会意义的符号,是人工制成品,而绝非自然形成。

它们既非汉字,同时也不是任何一种卢慎接触过的字母或符号。那天晚上,卢慎在校园学术网络数据库里搜查了一夜,也没有找到与图中类似的符号——学术数据库中找不到对应对象,这就表示,目前地球上已知的任何一种语言、文字、图画、符号,都无法与贾滨发来的这些图案挂上钩。

出于一个语言学专业博士的直觉,卢慎能觉察得出来,这些奇怪的图形必然包含某种信息。

而信息,总是来源于书写者想要传递出的某种"意念"。

凌晨五点,疲惫不堪的卢慎钻进被窝,翻来覆去难以入睡。他想知道,究竟是什么人留下的这些符号,以及这些符号究竟想要表达什么样的一种"意志"?

3

之后的一个多月,卢慎在业余时间总会顺带着端详那幅图,但一直没能想到什么线索。临近圣诞节的某一天晚上,天降大雪,卢慎一个人躺在宿舍床上吹空调看电视,突然收到贾滨的来电,这才意识到已经和这位高中同学有段时间没联络过了。

短暂寒暄后,二人的话题自然而然转向了那件事。

"'打野战'的那帮人——我指的是挖掘现场的工作人员,几个小时前已经把那个东西的真身清理出来了。现在我正在等卫星传来的现场影像。"

"嗯。你现在在上海?"

"对,我在指挥部。"

"你太辛苦了。"

"没什么,现场那些家伙才辛苦,本来根据时差,这会儿他们应该休息了,但是几分钟前'野战队'队长给我们打了十万火急的电话,现在他们在熬夜全力进行分析。听起来,他们好像发现了不得了的东西。"

"怎么说?"卢慎觉察到对方话语里的兴奋和紧张,自己也不禁期待起来,咽下一口吐沫。

"他们不肯细讲,电话里反复就说着'总之简直是了不得了,电话里说不清,很快让你们大开眼界!'之类的话。整个所里的胃口都给吊起来了,简直急死我。"

"那么大概多久能得到具体信息?"

"不知道,可能过几分钟,也可能个把小时,我们这里都在等。一有消息我即刻通知你。"贾滨在电话里说道,"看来今晚我们这里要通宵奋战了。"

"好的,祝你们取得好成果。"

五个小时后,睡得正沉的卢慎被贾滨的电话惊醒。

"完了,老卢,这回真的完了!"

听筒里近乎癫狂的喊叫令原本昏沉沉的卢慎被彻底惊醒。

"老贾,怎么了?究竟是什么大发现?"

"你不知道,这玩意儿简直——算了,电话里说不清楚,你必须亲自来一趟!"

"去你那儿?上海?"

"对啊!你必须来!车票和住宿费我这里全包,听到了吗?"

卢慎想了想,说:"好啊,反正也不远,我买中午的车票,晚饭时候就可以到。"

"什么?晚饭时候?不不,你必须现在,即刻,马上!"

对方在电话里直接用命令口吻,勒令卢慎必须马上乘坐最近一趟高铁前往上海与自己会面,如此急切的要求令卢慎心中惴惴不安。他隐约意识到,某种重大的事变正在自己面前发生,于是草草洗漱换衣之后小跑去了校门口，预约出租车前往火车站。

凌晨的道路通畅，他很快赶到车站，买了清晨一班高铁票。坐进高铁座位后，尽管身体仍很疲劳，但莫名的兴奋和紧张令卢慎毫无倦意。

他回想起之前贾滨在电话中对自己说的一席话：

"老卢，这项工程缺了你可不行，我已经连夜给北京打电话申请让你加入研究小组，他们立马同意了。要是最后出了重大成果，你我两人就都要发达了，你可千万别当这是儿戏啊。"

重大成果？我的研究范围与这帮理工科研人员可一点儿关系也够不着。难不成，那些方块记号真的是某种文化符号或文字？

浮想联翩中，伴着天色的变亮，火车抵达了上海站。

贾滨已在火车站门口的快餐店等待。当卢慎推门进去时，他正趴在桌上沉睡。

"你来了。"醒来之后，贾滨猛揉脸部皮肤，点了两份套餐，特地加大了咖啡分量。

两人迅速吃完饭，贾滨从包里掏出一册装订好的印刷材料，谈话开始进入正题。"下面要看的全部都是科研机密，我们都签过保密协议了，你今天看当然没问题，不过回头得去补签一份。"

"明白。这个黑色圆球是什么？"

卢慎问道。他注意到第二张打印件上的照片，看似极地户外的场景里，有几个人围站在一个巨大灰色球体旁边，摆出合影姿势。仔细看那个球体，好似浅埋在地面上，底部边缘是平的，身后则有一台黄色的挖掘机械。

"它就是这次的研究对象。"

"那与我手里那张图有什么关系？"

"你注意到那球体底部是平的吗?再看下一张。"贾滨给印刷材料翻页。

下一页印出了球体另一个角度的照片,原来它并非完整的球体,而是被"削"去了一块,有一个平底。

卢慎看着图片,脱口而出:"这简直就是'死星'嘛。"

一听此话,贾滨笑出声来。

"你知道吗,刚发现它时,在场的一个美国研究人员也直喊'这是死星'。不过实际上与死星还是不太一样,死星的圆形切面是有往内的弧度的,而这件东西的切面平整光滑。"

"你们对它勘测过了?"

"基本的测量和测绘正在做,能做的分析也都做了。"

"结果如何?比如年代,材料之类的。"

"卢老兄,这你在难为我们。"

贾滨合起双掌,沉吟着说:

"现在我们知道它在冰盖下的埋藏深度,但这一带的冰层不太稳定,冰川作用较强,冰川的挤压可能令它在冰面下到处乱走;不过周围冰层中的空气同位素测定结果已经出来了,估算是距今大约两万年。"

"两万年前……应该是旧石器时代。雕刻和岩画倒是都有,但我不觉得会有像照片上那样层次的艺术创作,或者符号创制。没有对那个物体进行碳-14测定吗?"卢慎问对方。

听到此话,贾滨面带愁容,目光投向快餐店窗外那些早起上班的人潮。

"首先我要向你解释一下,碳-14测年并非什么材料都可以做,材料本身必须包含碳的成分。当然了,我们考虑那个灰色球体有可能是土壤烧制物，那样的话确实是可以做碳-14测年的。"

"结果是？"

"没有结果。我们无法取样。没有任何设备可以对那球体产生任何程度的破坏。连一点碎屑都无法弄下来。"

"什么？"卢慎瞪大眼睛。

"同样道理，我们至今不能判断出那球体的制作材料。"

"竟有这种事？"

"当然，有别的测年法。如果材料中蕴含放射性元素，那可以使用放射测年，可惜它并没有；若它是由某些矿物材料制成，那么可以运用光释光测年，很可惜，它也并不是。而且，这些测年法都需要切割取样，可我们无法对它进行丝毫的破坏。"

"不可思议。"卢慎口干舌燥，将杯中的可乐一饮而尽，"那你们现在知道些什么？"

"现在我们只知道，它表面充斥着大量的记号，就是我发给你的那张图里的记号。"

"那张图，就是这球体的圆形切面吧。"

"没错。在切面以外的球面上也有记号，间距和布局，还有风格都几乎相同。切面边缘处，有一些符号恰被从中间切开，可以看出那些球体表面的符号是用某种工具从外部深深戳进球体而形成的。制作者采用这种雕刻方式的原因尚不清楚。你看一下照片。"

贾滨从文件里翻出几张复印的大照片，摆在桌上。

卢慎看到照片上的画面确如对方所说，心中霎时冒出一个念头来。

"我大概知道原因了。"他对贾滨回答。

"卢老师，请说。"

"在我心中,已经默认这个物体是某种文明留下的遗迹了。故意把符号刻深,我猜恐怕是为了防止磨损。"

"磨损?"

"这件物体恐怕并非铸造成型。你们没有在上面发现细长的、贯穿整个表面的凸起线条吧?铸造成型的东西,往往表面会有这种分模痕迹。"

"我想是没有。"贾滨快速来回翻阅照片,然后肯定地点头,"确实没有。"

"按你刚才所说,这球体的材料过于坚固,可能较难熔炼和铸造。既然不是铸造出来的东西,那就没有模具,因此就不太容易在它表面留下'阳文',也就是凸起的图案,而像照片上这样凹进去的'阴文'则相对容易刻制。阴文是一种不算先进的雕刻手法,因为它相对阳文有个缺陷,就是不太耐得住磨损。"

"但是假如把阴文刻得很深,那么就可以把磨损造成的信息丢失减少到最小了?我明白了!"贾滨恍然大悟。

"对,所以——"卢慎掏出手机,翻出里面那张圆形图片,再对照眼前那些照片复印件,说道,"所以我们可以假设,这个物体原本并不是这个样子,而应该是一个完整的球形,因为某种力量而被削掉了一块。"

"有道理,因为那些记号刻进去的很深,所以即便被削掉一块,那些记号也能在断面上保留下来。这么说来,球体制作者们的目的终究还是实现了。"贾滨激动起来,猛拍他的肩膀,"老卢,找你来真是找对了!"

"但是这样有些矛盾啊。刚才你说过,这物体非常坚固,无论用什么器械都无法损伤它。"

"没错，但是有一种例外。有一种力量，比我们的器械要厉害无数倍。"

"是什么？"

"地质力学，冰川侵蚀力。是冰川的活动把它削掉了一部分，一定是这样！考虑到它存在的年代非常久远，这种可能性极大！"

之后，贾滨按耐不住兴奋，简单向卢慎介绍了一些冰川运动的原理之后，便坐在原地给上级单位拨去电话，朝他们转述了卢慎的意见。显然电话那头的人也十分感兴趣，与贾滨聊了很久。

挂电话后，贾滨拖着卢慎出了店门，叫辆出租车就直奔科考队指挥部所在地：某处研究所。

"领导说马上就给南极那边打卫星电话，让他们根据你的猜测算出完整球形的形状，重新进行外观测绘。他们还想找到被削掉的那一块，虽然难度很大，不过也已经在做了。"

"嗯，那就好。"

坐在出租车后座，卢慎望着窗外明媚阳光下的街景，脑袋却被另一种思考占据了空间。

不管留下那些符号的人是谁，他们一定非常重视那些信息。作为社会思想的一种延伸和投影，文字或符号从来只有两种存在目的：娱乐目的，以及社会沟通目的。而与那些以娱乐性质或生活实用性质为主的远古壁画、陶器花纹不同，那球形上的符号显然出自一种更严肃的创作理由，创作者不允许那些信息轻易地磨损和丢失，甚至于考虑到了成千上万年之后的地质腐蚀力因素。

符号创造者传递信息的"意志"异常坚定和顽强。

那些信息究竟有什么重要的意义想表达出来？

4

研究所里,几位贾滨的同事热情接待了卢慎,对他的意见表达了感谢之情,并表示球体完整形状的测量工作会很快结束,当天就可以出结果。

"测量完球体的直径、重量之类基本数据后,科考队会搭乘下一班科考船把它运回上海,到时可就热闹了,全国的大师们都会来!"贾滨的一个同事笑着宣布。

一听此话,几人来了精神,纷纷谈论起只有他们圈内人才认识的一些著名人物的名字,卢慎全都不认识,所以只能静静地坐着听。

之后的谈话中,大家再次提到卢慎有关"磨损"的猜测,其中一个研究员说:"卢老师,我觉得你的猜想确有道理,因为这也正好解释了这物体为何呈球形。"

"因为球形是最耐磨的形状。"贾滨抢答道。卢慎点点头,表示的确如此。

"总之,等他们挖出来的那个真家伙运过来的那天,一切就会真相大白了。为了这件事,科考队错过了上一回的返航,在科考站多待了一个月,某些人恐怕要抱怨得厉害呢。"

"辛苦你们了,还有你们的队员,这么冷的天气还要在南极忙活这些事。"这时卢慎说道。

包括贾滨在内的几个人先是一愣,随即笑起来。

贾滨拍拍他的肩膀:"老同学,你搞错啦,南极现在正是盛夏季节!"

根据计划,不明球体的数据测量结果在当天夜里的卫星通讯时段就能传过来,时间很紧张,但贾滨还是抽空陪卢慎参观了研究所一些地方，中午一起吃了个饭。饭后，贾滨钻进研究室忙活，无所事事的卢慎在研究所图书室看了一下午书，找个饭馆吃了点儿东西，然后在贾滨的休息室里睡起了觉。

等到他自然醒来时，发现已是第二天早上六点多了。

"他们应该已经得到了南极的最新消息吧。为什么不告诉我？"

在卫生间用冷水洗脸时，卢慎想到，可能数据涉嫌机密，所以他们不方便透露给自己。

洗完脸，他给贾滨打去电话，对方的回答却是他没能料到的。

"对不起，我也等了半夜，但是到现在也没有消息传来。"

十几分钟后，一脸倦意的贾滨赶来找卢慎，两人在附近的早点摊简单吃了点东西。贾滨说，他们在会议室等了整整一夜，却一直没接收到科考站传来的数据。

"他们与你们失联了？"

"那倒不是，我们后来还通了一次电话。但他们一直拖着不给数据，说不能确定是否正确，要反复核算。真想不通啊！简简单单的外形尺寸测绘，用皮尺算算都出来了，球体积公式连小学生都会，为什么要拖到现在？"

下一次卫星通讯定在这天中午。吃完早饭，贾滨赶回休息室睡觉去了，卢慎继续去了阅读室。

中午十二点半，几人刚刚在研究所食堂吃完饭，与南极联系上了。

电话里，南极科考队的人也不愿多说，只讲了句："目前的测量结果都在这里，建议实物运返后再做进一步精确测量。"然后便不肯接电话了。

而在接收到测量结果后，包括贾滨在内的所有研究员先是吃惊，随后全都开始面露奇怪的表情。

以卢慎看来，他们仿佛都见了鬼一般。

5

卢慎的猜测被现场测量人员证实了。那个物体原本应该是一个完整球体，因受到巨大外力而被削去一块，理由是：圆形断面表面的65个黑色凹槽符号，互相组成的矩阵整体呈放射性扩散结构，以最中间符号为中心，往各个方向直线散去的符号之间的间距呈等比例增加。由此反推，可以得出结论，这应该是由于原本完整排列在球体表面的、各个间距相等的、深度极大的凹陷符号因平整切割而造成。而那个圆面，则极有可能是冰层运动产生的巨力所切割出的断面。

以此发现为基础，测量人员复原出该球体的原本外观模型，并结合实物测量，得出了一个无比惊人的结果：

忽略那些凹陷符号后，球面表面的每一处与球心的距离都完全相等！

"当然，说'完全'并不准确，不过基本也差不离了。"看着电脑屏幕，贾滨微颤着向卢慎解说道，"具体精确度是10的负17次方。老天啊。"

"这有多精确？"卢慎对于科学计数法已经忘得差不多了。

"就是说，精确到小数点后十七位。这种精度的球体，绝不可能是石器时代的人类能做出来的。"

"简直是'完美球体'！"另一个研究员激动地补充道。

"可这东西确实被造出来了。有什么特殊工艺可以如此加工吗？"

贾滨想了想，回答卢慎："我只能想到一个办法，但这必须上太空。"

在失重环境下，液体可以不受重力影响而自行构成极其接近"完美球形"的液滴。听了他的解释，卢慎点点头，随即大惊：

"怎么,难道你们觉得它是外星人做的?"

在场研究员们鸦雀无声,没人赞同,但也没人表示反对。

良久之后,另一个研究员开口说:

"要是真的,那就不得了了。它在经历了大气层高温烧蚀之后落地,外形还可以如此完美无瑕,从材料学上讲也是不可思议的。"

"这个先不提。你再往下看。"贾滨手指着屏幕,继续对卢慎说,"测量完球体基本尺寸后,他们数过了球面上所有符号的总数。"

数据显示,球体上的符号,连同圆截面上的符号全部加起来,总数是 314159 个。

这串数字,即便是文科生卢慎都会觉得眼熟了。

"这……这该不会是圆周率吧?"他失声问道。

在场所有人都在默默点头。

"太怪异了,我都开始怀疑这是不是现代人的恶作剧,伪造的文物,好像'皮尔唐人'那样。"有位年纪稍大的研究员点燃香烟,摇头说,"总不能外星人也用十进制数字吧?"

"为什么不可能?或许它们也有五个手指呢?"另一位年轻研究员表示反对,卢慎发现他似乎对"外星人论"非常支持。

年轻研究员指着另一个屏幕上的一大块不规则图片,那是用多张照片拼合成的球体表面全图。"你们看,在球体表面一些地方,符号之间有空白,说明它们是特意在设计那些符号的总数,就是为了凑齐圆周率近似值的数字。"

"年轻人,别主观臆断。"

"可是——"

"都别争了,报告还没完!"贾滨喊了一嗓子,然后滑动屏幕继续翻阅。

测绘报告中强调指出，在球体表面某一点上，方块符号被一个极小的凹洞代替，凹洞周围旋转围绕着一圈共计八个不规则形状符号，每个符号由成群的小凹洞组成。经过观察，构成符号的凹洞数量各有不同，依次是：2个，3个，5个，7个，11个，13个，17个，19个。

这下，整个研究室沸腾了。所有人嘴里都在嚷嚷着"地外文明"、"外星人"之类的词汇，令卢慎大惑不解。

贾滨见状，便对他解释，这八个数字是最小的八个素数。

"只有对数学、尤其是数论有所研究的文明，才会特意留下这样的符号。毫无疑问，这是智慧的结晶。"

"噢，明白了。那么，这一圈素数符号是不是与别的符号不同？"

卢慎反复翻阅屏幕上的照片，然后询问贾滨："难道说，这个小点，和围绕它旋转的八个素数，代表着球体的顶端？因为不管什么文字，总要有一个开头才好阅读啊。"

"有道理，它们可能在提示我们该用什么顺序来阅读这个球体。"身边几个研究员也围过来，认真检查屏幕并开始热烈讨论。

"不如暂时设这里为球形的顶点吧。"

"是上顶点还是下顶点？或者表示别的方向？"

"都试一试。说不定表示底部顶点，因为它本身是在南极点附近发现的。"

"有道理！我马上去打几个电话喊人过来支援。"

"太惊人了。这让我想到了阿雷西博信息。必须尽快解开球体上的密码。"

"这下北京那边要有的忙了。我们也得抓紧，免得被人抢先！"

……

热闹的场面在研究所里持续了好些天。卢慎借住在贾滨的休息室里，每天都看到有全国各地甚至世界各地的专家学者来这里拜会。在这种场合下，他显然不适合出面，于是每天都特意避开人群，在图书室或研究室外闲逛，或者在休息室里用电脑做着自己专业的课题。

每天晚上，他都与贾滨一起吃饭，贾滨会向他透露一些最新研究进展。两个礼拜之后，研究所里不少人都去了北京，因为计划有了变动，那颗球体返回国内后将直接被运往北京。贾滨自然也要跟着过去。

在临近春运开始的一天上午，贾滨收拾好行装，请卢慎在某个西餐厅吃了最后一顿饭。这顿饭吃完，他就要坐飞机去北京加入专项小组了。

"非常抱歉，尽管我多次申请，可他们还是不肯批准你一起去。对不起。"他很诚挚地向卢慎表达歉意。

"真的没关系，你已经道歉太多次了。我压根帮不上忙啊。只希望最后结果出来以后，你能告诉我一声就好了。"

"这没问题。到时候我们微信联络。这违反保密规则，按道理在调查期间，我们是不可以与外界联络的。但我想你是靠得住的。"

卢慎百无聊赖地挑动盘子里的意大利面，说道：

"今晚我也回学校去了。讲实话，我宁愿自己不知道这么多。我这等碌碌无为的人，手里做的这些庸常琐事，跟发现外星遗迹这种事情比起来，简直低微无聊得要死。现在我真觉得自己的人生实在是无聊透顶。"

"别这么说。谁的一生不是这样度过的？"

"你，还有你那些同僚，就不一样……"

两人聊了很久，之后终究还是分别了。

当夜，卢慎坐高铁回到了自己的城市，等待贾滨发来关于那个球体的更多秘密。

这一等,就是大半年。

6

九月里湿润多雨的一天,卢慎在食堂吃午饭时,突然接到贾滨发来的一段简短微信语音。

"马上进你的邮箱,看我给你发的邮件,看完就删掉!"

好几个月下来,当卢慎几乎都要忘了这回事的时候,没想到高中同学还是遵守了约定。他快速返回宿舍打开邮箱,看到里面有贾滨发来的一份文档,中间只有文字没有图片,内容是一些对球体的简单分析结论。

看完文档后,卢慎不禁感叹:若不是这些顶尖科研工作者,光凭他自己恐怕到死也想不到球体上那些符号究竟有什么含义。

文档提到,北京的研究小组使用显微镜观察了每一个字符,发现字符都是由用纳米级别尺寸的针状工具戳出来的、极其微小的凹陷图案组成。凹陷的种类共有四种,每一种与另一种之间有固定的对应关系,如 A 对应 B、B 对应 A、C 对应 D、D 对应 C,共计四种对应关系。而 A 对应 C、B 对应 D 的组合从未出现过。这四种对应关系组成了球体上几乎所有的"字符"。经过数个月的测算,最终统计结果显示,这些组合共计有 30 亿个左右,庞大的信息以不平均的方式被分配进共计 314159 个字符内。

看到这里时,卢慎仍不得要领,直至他看见贾滨在后面写下的一句话:

"这很难不让人联想起人类 DNA 碱基对的构成模式和数量尺度。"

文档中还提到:虽然球体缺损,但由于表面符号保留完整,因此研究小组已成功将所有符号录入计算机，并将符号中四种不同的凹陷图案以 DNA 碱基对的四种成分，即两种嘌呤和两种嘧啶依次代替，很快就换算出它们各自对应的是哪一种成分。现在，相关数据已经传给了中山大学、无锡超级计算中心等国内单位，正在运用超级计算机进行数据换算，部分数据已经得出结果，但由于保密程度极高，贾滨根本无法接触得到。

文档结尾处，贾滨写下这样一段话：

"球体的来源仍不清楚，它所记载的遗传信息究竟来自哪种生命形式也暂时未知，但相信不久之后，科研人员就将彻底复原球体记载下的生命形态。这其中究竟是福是祸，究竟该不该复原，虽然存疑，但研究工作会继续前进，不可能停止。希望前方有好运。"

看完文档，卢慎犹豫良久，还是将其删除，然后瘫坐在椅子上感慨不已。

他由衷羡慕贾滨可以投身于如此伟大的科研工作之中。

三天后，贾滨又发来微信，说自己即刻就要出发前往南极。昆仑站的科考人员在挖掘球体的位置附近有了新的重大发现，据信与球体有关。微信很简短，他也没说具体发现了什么。

卢慎猜测，这次科考的保密程度一定也是极高，问也问不出什么来，于是便没有回应对方。

这一决定令他后悔终生。

因为半个多月以后，他接到了一个来自北京的长途电话。

贾滨参加的科考队出事了。

"我们知道贾滨在临走时给你发过邮件。你现在哪里都别去，我们的人今天会来找你。"对方语气冷硬，说完就挂了电话。

惴惴不安地等待了几个小时后，当天夜里，几辆轿车停在学校宿舍楼下。几个身穿西装的人走进宿舍,向卢慎亮明了安全部门的证件。

"跟我们走吧。关于贾滨的事情,需要你配合我们调查。"

卢慎点点头,站起身来,开始收拾东西。

心里有个声音告诉他,这个故事并没结束,而是才刚刚开始。

7

为了贾滨的事,卢慎在有关部门的一个招待宾馆里被询问了整整一天,到后来,不仅他自己感到厌倦,连那些警察和安全机关的工作人员都不耐烦了,因为卢慎所知的情报相当有限,除了有关发现那个球体的过程之外,有关部门无法获得任何新的信息。最终,在对卢慎进行了例行公事的道歉并请吃了一顿便饭后,公安机关允许他回去了。

一天一宿没睡觉的卢慎回到宿舍,丝毫没有困意。躺在宿舍床上,一闭上眼睛,那些令人困惑的情报便总会在他脑中反复不停地放映。

惊慌和担忧自然不假,另一方面,他对贾滨及其同事的遭遇,也感到极度强烈的愧疚。他一直在试图劝解自己,可是一直没能做到。最后,只能任由负罪感在心中蔓延开来。

贾滨和他的考察队,在进驻昆仑站一周后,彻底与总部失联。

此次前往南极,贾滨团队的行动计划比刚开始大大提前,几乎是在南半球刚刚准备进入夏季时他们就已出发。他们希望利用尽可能多的时间,在昆仑站内展开对那个奇特球体的近距离调查。

任务团队阵容强大,除了大批物资和科研器材外,团队内拥有共计 22 名队员,他们从上海港出发后直奔南极。在澳大利亚西海岸的佩斯补充完物资后,他们以最快速度到达南极中山站,再利用当地装备的三架固定翼飞机直飞处于南极大陆腹地的昆仑站。一路上，他们持续与上海总部保持着卫星通讯。抵达昆仑站后，贾滨团队利用当地的通讯设备与总部进行了简短的联络，报告自己平安抵达。

自此之后，联络就断了。

总部再没有收到过来自他们的任何消息。

人们自然非常疑惑。因为算上原先在昆仑站执勤的5人留守团队，当时在那里总共有27人。即使遇到暴风雪，或者遭遇通讯系统故障，也不可能出现长达一个月之久的失联。何况气象卫星早已观测，那段时间内昆仑站一带天气状况良好，并没有十分漫长而猛烈的暴风雪天气出现。

距离实在太遥远了。倘若昆仑站从内部拒绝与总部的联络，那么当地发生的任何事件，总部都无法得知。昆仑站对总部那些人来说，已经彻底成为一个"黑箱"。

应急预案当然是有的。从安全部门那些人口中，卢慎了解到，昆仑站内装有一套完善的监控系统——站内共设有一百多个监控摄影机，每隔一周，一套自动运行的系统就会通过量子保密通讯卫星往上海指挥部传送录影记录；即使通讯中断，通过该系统，总部也可以通过监控录像探明事实真相。

然而令人诧异和忧心的是，自贾滨团队到达昆仑站后，这些记录就再没有被传送回来。

8

"这帮科学家一点儿安全意识都没有，真蠢。"

在招待宾馆的客房中，侦查人员毫不掩饰焦虑和暴躁之情，叼着香烟当卢慎的面大骂科考团队。"这么重要的系统，居然可以让他们自己关闭？"

"你是说，如果昆仑站里的人想要关掉监控系统的话，也没人阻止得了他们？"

"对，他们自己想关就可以关掉，他们自己就有权限。一点儿安全敏感性都没有，还搞科学呢。"相关部门的人员朝卢慎抱怨道。

抵达昆仑站的当天，贾滨他们就将那套监控系统切断了。失联发生后，总部曾经尝试向昆仑站发送检测信号。返回信号证明，整套系统都已从昆仑站内部被关闭，监控系统的硬盘也被破坏了，无法读取。

"如果有人想在那地方乱搞什么，指挥部也一点儿办法没有，找我们又有什么用？我们又去不了南极。"

主管调查的安全部门负责人坐在宾馆沙发上，一根根抽着烟，朝卢慎发牢骚。

失联发生后不久，总部正式认定了贾滨团队遭遇到紧急情况，很自然地想到要派人前往当地展开搜救。但是，从组建团队到规划路线，都需要经过一系列复杂程序，即便搜救计划迅速做好，如果资金和设备批不下来，那还是无法成行；另一方面，光是等待上级主管部门的批准就需要花费大量的时间。

何况这一回，情况还尤其特殊，除了人员和经费的问题外，搜救团队的指挥权分配问题和行动的保密问题也进一步耽误了时间表的安排——究竟这次搜救是由科考领导小组负责指挥，还是由安全部门指挥？又或者，让驻扎在南半球某港口内的海军前去支援？另外，科学界中一些可疑的国外情报搜集分子恐怕也在**蠢蠢欲动**，说不定他们已经察觉到了什么风声。切不可轻举妄动。

凡此种种，复杂的问题引发出更多更复杂的情况，千头万绪，让人头痛欲裂，也就使搜救计划至今未获批复。

与此同时，在遥远的地球另一端的寒冷大陆上，某种神秘的事件仍在持续发生，无人可以阻止。

"我们也是走个程序，本来也没指望在你身上得到什么。"临走前的那顿饭局上，安全部门负责人对卢慎诉苦，"搜救计划也不知猴年马月才能批下来。"

"你们就真的一点儿办法都没有了？这可是南极，人命关天啊。"卢慎问。

"非常状况，只能使用非常手段了。明天就会有部队的人过来跟我们谈，他们打算直接派军舰过去。但这也需要时间。还有一个稍微靠谱点儿的办法。"

"是什么？"

"让别的科研站的人先去调查一遍。中山站的人早就跟他们总部发了几百遍的搜救请求了，上面一直没有回音，所以他们也不敢擅自过去。"

后面的事，谁都无法预料。究竟怎么去搜救，派谁去救，中山站的人过去后又会出现什么状况，无人能知。

卢慎现在所能想到的，就是这件事极有可能与那个球体相关。

神秘球体的发现，是整个事件中最"异常"的部分。异常事件必然有一个异常的原因，卢慎唯一能想到的"异常"部分，便只有那个球体了。

按照贾滨那封电子邮件的说法，那球体的表面雕刻记载有某种人类遗传学信息，遗传信息的来源和雕刻的目的均不明。或许现在，国内那几台超级计算机已经完成了对那些信息的测算，相信在测算结果中，一定包含有球体制作者的情报。可即便有什么结果出来，卢慎也绝没有可能了解到相关的事实。

卢慎只是一个普通的文科博士，与此次科研任务本身没有任何关系，大部分人都不曾知道贾滨团队是受到他的启发才有了进展的。安全部门的人倒是知道，可他们在卢慎面前从未提及贾滨临走前发来的那封邮件。

遥远的南极大陆上，发生了某种真相不明的事件，事件的核心人物，与卢慎之间有一个隐秘不可告人的联系。

卢慎在宿舍里躺了整整一上午，心中反复不断涌出的想法是：如果不是自己那些所谓"建议"的话，或许贾滨他们不会遭遇到这次不测。

"要是没有同学聚会那天的偶遇，说不定一切都不会发生。至少，失联的很可能只有那些当时在南极的人。要是他们没去南极就好了……"

那个不祥的球体，此时应该被存放在北京的某个研究机构里，常人根本无法得见。远在南极，遭遇到未知事件的贾滨他们，也尚无人可以接近。这桩事件的真相，很可能卢慎一辈子也无从得知了。

从一开始，这次科研调查就与卢慎没有关系。他只能继续做一个"局外人"。不过，一些本不该知道的事情又确实被他所了解，这令他感觉非常荒诞。

惴惴不安的心态使他头脑晕眩，在午后阳光开始照射进宿舍的时候，他终于支撑不住，昏睡过去。

9

十一长假，卢慎没有回家，而是独自一人待在学校，完成自己手上的一些科研任务和论文的写作。

不知为何，这个长假里，他发现自己工作效率极高，每天除了睡觉与吃饭，剩余时间里他几乎全都扑在电脑前，奋力进行工作，仿佛这样就可以让自己更加安心。似乎繁重的任务填满他大脑一切思维后，他便不会再对某些别的事情感到不安和担惊受怕。他知道自己这个状态不正常，却无法抑制地连续七天繁重劳动，直至身体疲惫不堪。

长假结束前，卢慎以前所未有的快速，完成了手头的全部工作。假期最后一天，他一直沉睡到快吃午饭时才醒来。那一天，全城大雨。

在食堂糊弄完午饭之后，卢慎接到一通电话。

这号码他认识，手机里有存留，是那位安全部门负责人打来的。对方让他在宿舍楼门口去寻找一辆黑色轿车。

撑伞抵达宿舍楼，卢慎远远就认出那辆车来——就是上个月，将他带走问询的那辆车。

卢慎心中明白：该发生的总会发生。

不但是同样的车，甚至连目的地都一样。他被带往之前就居住过的那家招待宾馆。接待他的仍是那位安全部门负责人。

"不好意思卢先生，又要麻烦你了。我们掌握到一些新情况，是关于贾滨的。"

看这语气和脸色，卢慎心中暗想，肯定是邮件的事情暴露了。

进了客房后，负责人拿出几张打印纸给他，上面的内容证实了他的猜测：贾滨临行前不久发给卢慎的那封秘密电邮的内容，全都印刷在纸上。

"多亏我们后来把调查重心转移到他身上，事情一下子变顺利多了。他给你的这封邮件，你看过的吧。"

卢慎点头回应。

"那你当初为什么不告诉我们?"安全部门负责人面无表情地问他。

卢慎解释,当初这封邮件是对方主动给自己发来的,虽然看过,但大部分内容很专业,很深奥,自己也看不明白;同时自己也很清楚,这已经涉嫌泄密,因此当场看完就删了。

"你觉得我们会找不到一封删掉的邮件吗?"

卢慎摇头,无言以对。

负责人叹口气,从客房电水壶里倒出两杯刚烧开的热水,拿了一杯给卢慎,同时递给他一根烟。

"说实话,我们并没有责怪你的意思。这事情你确实没有责任,只不过你知道了很多原本不该知道的事,错不在你。请谅解一下——我们也很头痛啊。这封信里说的这什么'DNA'那什么'纳米'的,我们这些人根本是一窍不通。"

"其实我也一样。"卢慎心想。

虽然大体知道DNA碱基对是个什么东西,但再往上的专业范畴,他就和负责人一样,属于一问三不知了。

"这封邮件其实没多大用,因为相关的结果,北京那边的科学院研究小组早就搞出来了,连论文报告都写了好几篇,也不算什么太机密的东西。不过要说有用嘛,也是有用的……"

负责人用烟头对准卢慎的脸,指了指。"这说明贾滨和你的关系非常密切。他的很多事情都愿意向你谈。这就对我们办案子有利了,希望你能理解。"

"案子?"

疑虑的表情出现在卢慎脸上。他怀疑自己听错了,或者多心了。按对方这种语气,难道他们把贾滨视为"犯罪嫌疑人"一类的人了?

"贾滨怎么了？你们在查他？"

"没错，小伙子，我们确实在查他。这件事已经不单纯是失联事故，已经是案件了。"负责人边说边从拎包里往外掏什么东西。

一直坐在旁边的另一位安全部门年轻人忍不住说道："梁队长，这不合适吧？他能看吗？"

被称作梁队长的那个负责人朝对方白了一眼。"怎么不能？人家协助调查，不给看还调查个屁？你别管，这件事我做主。"说罢，递给卢慎一封厚厚的文件袋。

"前两天，中山站的科考队员总算抵达昆仑站了。你看看他们都在那里发现了什么东西。"

极为不祥的预感笼罩在卢慎的脑顶，令他感到头皮一阵酥麻。

不会是什么好事。

他想到大半年前也发生过类似的一幕：狭小的快餐店里，贾滨就是这么递给自己一包厚厚的材料，里面全都是些原本自己不该看到的东西。

这次也是一样。与自己无关的东西，不应该由自己见到的东西，又一次出现了。

文件袋里是几十张彩色打印的照片。来回浏览一多半后，卢慎猜测出来，这些照片都是在昆仑站室内拍摄的。

根据一旁的梁队长的解说，这些照片前几天由中山站的搜救人员拍摄，他们一到现场就展开搜救和调查，同时拍下大量的数码记录照片，并经由安装有卫星通信天线的极地科考飞机，从现场直接发送给总部。

但在卢慎眼前的这些照片，与其说是记录照片，倒不如说是刑侦现场照片更合适。

强忍惊骇和恐惧看完所有照片后，卢慎发现这位梁队长说得没错,这桩事件已经成为一起案件。

包括贾滨团队和原本驻守的队员,共计27名科考人员,经照片显示,在搜救队员抵达昆仑站时,已经全部死亡。他们的尸体在站内被尽数发现。

每一名死者都配有数张尸体照片,照片边缘都贴有不干胶标签纸,上面写着死者的一些相关信息。

随这堆充斥血腥画面的照片附上的,还有几张钉在一起的纸,像是附件文档。

卢慎颤抖着拿起它,朝梁队长看去。他并未反对,冲卢慎点点头,示意可尽数阅读。同时,另一位年轻调查人员此时已将头扭过去,望着一片漆黑的客房电视机屏一动不动,大口地吸着烟。

10

附件文档的纸张上印有成排的文字,内容与照片上那些标签纸几乎差不多,归纳打印出来后更加便于阅读;阅读者可不必为了统计信息而再次重温那些惨不忍睹的画面,几乎可称得上是一种"体贴"。

附件上的文字内容摘要如下:

死者姓名	年龄	身份	性别	尸体发现地点	死亡原因
王佳翔	42	队长	男	站长办公室	头部碎裂
陈试鸣	37	副队长	男	公共浴室	颈部受压迫导致窒息(尸体损毁)
王国防	54	工程组长	男	宿舍3号房	颈部大动脉损伤导致大出血
杨蓬	29	工程助理	女	食堂	头部遭到重击致死

……

成堆充满浓重血腥味和死亡气息的印刷字，令卢慎头昏脑涨。看到后来，他眼前的景象几乎已经模糊成一团，视线只是机械性地在纸上来回扫视。当然这并不能怪他，如果不是专职办案的警察，相信绝大部分人都无法忍受这份长长的名单。

不过尽管已经头晕目眩，但有一个事实已在卢慎心中牢牢扎根。

绝对是出了什么重大事变。这二十几名精英科考队员，在昆仑站内集体被害，这绝对是某种力量有预谋地制造出来的。

"对了，老贾的名字在哪儿？"

刚刚放下那几张纸，突然间，卢慎意识到自己仿佛没注意到贾滨的死因。

他赶忙重新从桌上拿回纸张，快速浏览纸页左侧的姓名一栏，最后在第二页纸上发现了贾滨的字样。

"尸体发现于站长办公室，头部遭一发手枪弹近距离击中死亡……"

自杀？

他面露疑惑，将第二页递给梁队长。

"这括号里的'自杀'是什么意思？"

"意思是他自己用手枪自尽。"梁队长回答他，"搜救队发现他的尸体时，他手里拿着科考队专用的野外求生手枪，和他们勘探组另外三个同事躺在一起。——这么说来，你也发现贾滨的情况和其他人都不一样了吧？"

如果能够以理智冷静的心态重新仔细阅读一遍名单，那么就可以清楚地发现，只有贾滨一人被认定为自杀。纵观全表，相当多的科考人员死因怪异而惨烈，其中很多人尸体都被严重损毁，相比之下，贾滨的自杀就显得格外奇怪了。

卢慎马上意识到眼前这些调查人员在想什么。

"你们怀疑，人都是贾滨杀的，他把所有人都杀光，最后自己开枪自尽？"

"这个确实是一种可能性。但我们并不能光凭这些照片就确定。中山站的那些搜救人员是科学专家，但不懂刑侦，现场勘察不出什么结果来，而我们短时间之内又去不了南极。不过，那确实是可能性最高的一种假设。"

"我不相信。"

"没人会想要相信这种事情。不过至少搜救队在现场已经基本确定，有两个死在他身边的队员，叫什么来着的……我看看……"梁队长拿过名单看了一眼，"米守建，和方蒙蒙，都是他杀的。他照头开枪打死这两人，然后自杀。虽然我们不在现场，但是光看照片也足以确认，不信，你也来看看？"

他把那两名死者的尸体照片从照片堆里翻出来递给卢慎。

卢慎转过脸，挥手拒绝。实在无法忍受再看一次那些照片的体验。

梁队长将所有的资料塞回文件袋，慢慢将袋子封口的棉线缠好，然后掏出一根香烟递给卢慎。

"小卢同志，我们没有别的意思，也不是非要怀疑你的朋友，但是现在的大体情况就是这样。我们需要你给我们说实话，否则这桩案子很难收场，你的朋友也很难死得清白。"

他给自己点上烟，走到客房床头，一屁股斜躺到床上，头靠在墙上。

"——老要我们限期破案，结果案发现场距离十万八千里，又不让我们去，怎么破案？那帮搞科研的也老不给我们说实话，什么都遮遮掩掩。我告诉你小卢，这次他们搞的这个科考行动本身，就全是疑点。"

梁队长说得激动起来，重又跳下床，背着手在卢慎面前踱来踱去，大声说道：

"都说是去研究那个大球，可明明那玩意儿早就运回国内了，这边贾滨他们出动二十几个人、三架飞机，又跑过去，研究个'球'啊？——小卢，你还记得贾滨临走前给你发的那些微信吧？"

卢慎记得。当初头几次被梁队长他们询问时，这些微信就已经被他翻出来看了很多遍。

当时贾滨曾说，昆仑站那里又有了新的重大发现，所以他必须赶过去。

什么是"新的重大发现"呢？除了那个球状物体之外，昆仑站的人在那里究竟还发现了些什么？

"他们发现的东西到底是什么？到底在哪儿？没有一个人说得出来。跟着那个石头球一起回国的那些队员也说不知道，说是那五个驻守执勤的人后来发现的。现在好了，那五个人死光了，贾滨他们过去之后也死光了，监控也坏了，死无对证。"

"中山站过去的那些搜救队员没发现什么吗？监控系统他们也调不出来？"

"我问过总部，都说调不出来，还煞有介事地给我开了一份说明文件，满纸科学名词，我们根本看不懂。现在搜救队还在昆仑站待着，一天只能跟我们通讯两次，上一次通讯的成果就是你刚才看的那些东西。我让他们找找有没有什么别的异常，至今还没回答我。——现在几点了？"

梁队长问同行的小伙子。小伙子看过手表，确认距离下一次与当地搜救队的通讯约定时间还有八个多小时。

"你们真的就没办法去现场调查吗？"卢慎问梁队长。

对方用一脸愁苦的表情回应他。

"我们要能去，搞不好现在案子就已经破了，问题是去不了，领导不批。"

说到累处，梁队长咳嗽好几声，喝下几大口热水。随后他对卢慎低声说：

"我们现在真是彻底被动，走投无路了。所有人都在跟我们打哈哈，敷衍了事，隐瞒情况。小卢同学，我看现在也只有你能帮上我们的忙。"

"我帮你们？我不太明白。"

"我们想请你在后面几天里，陪我们一起与昆仑站进行联系。相关的程序你不用担心，有我在，那些搞科学的人不敢阻挠你。论科学原理，我们这边只有你最厉害了，你是什么学历，我们什么学历？这事儿没你可不成。"

卢慎感到愕然，同时对梁队长的无知也感到可笑：自己是博士不假，可研究方向与南极科考是风马牛不相及，又不是说学历高了就什么都知道。但他也能理解对方的苦衷。

与此同时，此刻的他已经深深感到，自己已被彻底卷入这桩事件中，想要脱身已没有可能。

一段时间以来，被他视作身边唯一能理解自己的人，那个让他羡慕不已的科学家，唯一说得上话的朋友，贾滨，已经在南极死于非命。他必须知道为什么会发生这样的事。

"可以。你们打算在哪儿通讯？我们要去上海？"

"不用。就在市中心的省安全厅办公大楼里,我们已经跟上海和南极那边建起一条三方通信线路,这几天的联系都是这么实现的。"

"好吧,不过我手头还有些工作要做完。"

"这个好说,小卢同志,你有什么东西需要搬,我们马上出发去你宿舍,全部搬到安全厅。那里有我们自己的宾馆,一切安全,四星级标准,我安排你住最高级的商务套房,一切生活起居都不用你烦心,全部替你搞好。我们只需要麻烦你每天在与他们通讯的时候到场,事后再和我们内部讨论就行。对你正当的生活工作造成的一切损失,只要在我职权之内,全都会给予你相应补偿,都是一句话的事儿。"

事已至此,卢慎感到,自己已经没有任何退路了。

他点头同意了。

11

两个小时后,卢慎已经住进了宽敞明亮的省安全厅宾馆套房。稍晚些时候,梁队长带着手下来到卢慎房间,同时带来成箱的有关调查资料。

这些资料令卢慎头痛不已:全都是些极其专业的科考勘探资料和物理、化学、生物方面的分析报告及相关论文。他估计,这些资料即使让专业学生来研读,至少也要花三四天,更别说他这个门外汉要从中搜罗到什么"破案线索"了。

"不用慌,你先随便翻翻再说。"房间里,梁队长让他尽管宽心,"别想太多,了解了解即可。让那帮人知道我们这边也不是好糊弄的就行。何况以我的经验,有些事情还是旁观者清,说不定你还真能从里面找到什么突破口。干了半辈子警察,我这方面直觉灵着呢。"

卢慎也希望如此。但一开始并不顺利。

当晚十点半，与昆仑站的卫星通讯开始了，卢慎在大批安全部门人员的陪同下，于安全厅办公楼内某间会议室参与了视频连线。

整个连线期间，卢慎没能说得上话。安全部门、指挥部、现场搜救队、上级主管部门多方人员，光就如何处理那些遇害者遗体就争执了许久：搜救队希望能尽早将遗体集中到仓库或车库中，利用当地零下40到零下50摄氏度的极低气温，遗体可以相对完好地得到保存，同时也能空出一些站内空间供搜救队员休息；指挥部方面也倾向于同意他们的意见。

以梁队长为首的安全部门则表示抗议，要求"案发现场"不可移动一丝一毫，以便查明真相。搜救队员对此表示严重不满，称如果连站内宿舍都空不出来，队员们根本无法休息，只能睡在狭小寒冷的飞机机舱中，甚至威胁说要提前撤离昆仑站，结束搜救。

几方争执不下，上级部门一时也拿不定主意，最后只能说"再开会讨论看看"。

关于那个所谓的"重大发现"，搜救队称也没有任何进展。他们一到现场，就将每一处实验室和仓库都检查过一遍。除了被害者的遗体之外，站内并没有发现任何类似矿物标本、文物遗迹乃至生物标本之类的东西。

这种说辞令梁队长大为光火。

"照你们这么说，当时那五个人什么也没发现，就让你们带着22个人，开三架飞机，转五趟轮船，浪费几百万国家公款从上海跑去南极旅游了一趟？你们糊弄小孩子呢？他们肯定是发现了什么才对。"

"可是当时值班组并没有说具体是什么东西，仅仅只说找到了'有关不明球体的另一项文物'，这你们大家早就已经获悉了才对。再说，即便当时什么都没发现,第二批科考队也早有计划要前去增援,这方案是上级部门早就制订了的,也不算浪费公款。"科考指挥部方面反驳道。

此事只好暂且搁置争议。

至于安全部门一直在督促搜救队的、有关恢复案发时站内监控资料的问题,从搜救队那里得到的回答依然是:做不到。

迄今为止,所有监控影像资料全部结束在贾滨他们抵达昆仑站后的当晚聚餐中途,此后监控系统不知被谁从站内关闭了。事后,卢慎从安全部门那里了解到了关于这问题的一些调查结果:根据搜救队的初步调查,有人在户外将监控系统的主控电缆用切割锯给砍断了,而当时在站内的27名科考人员,每个人都有嫌疑;视频画面中断前的最后时刻,出现在画面中的有23人,剩下4人破坏系统的可能性最大,但这也不能说明她们嫌疑更大,因为她们都是女性队员,且都有正当理由不参加聚餐。

"会不会是外来者?"连线会议上,有调查人员再次提出这种可能性。

梁队长重申,当时户外气温极低,除了那些队员外,不会有别人出现在现场附近。观测卫星也没有发现附近一带户外有异常情况。

散会后,卢慎问梁队长,是否能从杀人动机上着手。梁队长回答他:"我们查过,没有任何证据显示谁会有什么作案动机。查不出来的地方,各种猜测都有,但全都只是猜测,找不到证据,也不作数的。"

看来,能够调查的一切方方面面都已被调查过了。卢慎不知道自己能起到什么作用。

12

在第二天的连线中，各方讨论依旧没有摆脱僵持局面。众人争执不休的同时，一直没说话的卢慎坐在梁队长身边，反复翻看一本昆仑站的设施配备手册。

前一晚，卢慎在客房内又对那箱材料翻阅了很久，最后发现这本设施手册最厚，内容也最丰富。与其他那些专业论文不同，这本报告几乎可说是一本关于昆仑站的"说明书"。

根据卢慎多年来对文字的理解，所谓的"说明书"，即是对一个事物的纯文字描述，假如内容足够翔实可靠的话，即使不在昆仑站现场，通过这本手册，也可以做到"身临其境"。现在，搜救队和安全部门仍在就监控录像的问题不断扯皮，卢慎捧着手册，再次从目录页开始翻阅，希望从中搜出相关的一些信息，哪怕一些可疑的片段也可以。

"监控昆仑站的手段，难道就只有监视探头一种选项吗？"

他抱着疑问，重新一句一句阅读手册目录。

很快，在"检测系统总目"一栏中，他感到自己似乎真的发现了什么。

有一则奇特的系统条目，卢慎之前一直没有细看，也没听人说起过——一个名叫"站内环境数据采集"的条目。

根据手册中的记载内容，这套系统由数十个环境传感器构成一套数据网络，可以实时将监控数据传入主服务器，用以收集站内基本环境数据情况，以便日后分析。系统架构比较简单，不占用什么资源，昆仑站的机房中有一台服务器，硬盘被专门划拨出500GB的空间用来存储这些数据，并且定期循环覆盖旧数据。

"说不定那里还留着之前的数据。"卢慎如此想着。

趁大家都暂停休息的空当,卢慎对搜救队提出,想要查看这个系统是否仍在持续运作。

搜救队方面一开始觉得有些奇怪,但很快就从通讯室旁的机房传来消息,称该系统运作良好,往前推大半年的数据都保存完好。卢慎马上请求对方将所有数据保存下来,并传送给国内。

"你要这些做什么?"梁队长对他耳语。

"我现在也不清楚,只能说可能有用吧。"

"那行,既然你这博士生都这么说,那我信你。"

卢慎不想骗谁,他的确不知道那些数据能有什么用,他自己只是个文科生,知道自己肯定是看不懂那些数据资料。

但是数据自身也是一种"语言"。这是一种信息。如果把昆仑站看做一个人,那么这些数据就是"它"说出的话。

也只能死马当活马医了。

连线结束后大约两个小时,站内环境数据被打印出厚厚一沓纸,由安全部门的人送进卢慎的房间。

梁队长与卢慎一起检视了这堆印刷纸,很快两个人都陷入颓丧之中——不出意料之外,满纸都是成堆的表格和数据,虽然根据日期做了分隔,但每种条目和条目下方的数据,它们所包含的意义都不可能由两个外行人解读出来。卢慎估计,即使让看得懂的专家来分析,也得花一两天。

看到深夜,梁队长实在撑不住,先回自己办公室睡觉去了。卢慎看到凌晨两点多,直看得眼睛胀痛,也完全理不清头绪。

他甚至都不明白每一列最顶端用中文显示出的那些条目名称是什么意思。这令他万分沮丧。

昆仑站的监控系统确实说话了,但是卢慎发现自己听不懂。

13

天亮之后，又一次连线开始了。与前几次不同，今天的连线里，搜救队和指挥部方面一改颓丧姿态，显得十分积极——他们对安全部门表现出了非常坚定的态度，要求立即结束搜救，搜救队必须马上返回中山站。

他们的理由是：搜救队携带的物资接近告罄，而昆仑站内的物资出于"破案要求"又不能动用，所以为了队员们的生命安全，必须尽快返回。

指挥部方面同意现场的意见。"中山站那里人手早就不够用了，上一班回国的船带走了好几人，下一班船四天后抵达，到时候又得走掉一拨。搜救队队员不回家不行了。这几天，中山站的补给全靠附近俄罗斯和澳大利亚基地的支援，但现在人家自己的物资也快用光了，有钱也买不到东西。必须尽快结束这一切。"

梁队长对他们这番态度极为不满："什么？那些老外不是说好再帮我们撑两天吗？"

"前段时间澳大利亚和俄罗斯的船都来过一趟，接了好些老外回国，现在他们自己都快忙不过来了。"

搜救队长这时在连线中也坦承道："各位领导，恕我直言，我们现在留在昆仑站里也起不到任何建设性的作用。我们什么都干不了。而且实话实说，这段时间队员们的心理状态多少都有些问题，有几个年轻的好像受到刺激了，成天喊着要回家，什么工作都不肯干。这些难处确实明摆着。"

安全部门的人很头疼，但也明白他们说的都是事实。交头接耳商量了半天，领导们最终商量出的结果是：必须再开会讨论。最迟到今晚的连线时就可以正式做出搜救队撤离的决议。

指挥部和搜救队也只能接受这个结果。

"线索又断了。"午餐时，一脸颓唐的梁队长一口都吃不下去，"他们人一离开，那里发生的一切就彻底看不见摸不着了，连案发时间都不能确定了。"

"后面怎么办？"卢慎问，"这案子就不管了？"

"肯定要管，只能我们这边拼命朝上面打报告，让上面组队派人去把那些遗体运回国内，解剖，分析。可是能有多大用处？……他们凭什么不让我们的人过去调查？不能亲眼看到犯罪现场，案子破起来感觉就不对。小卢你知道不，我以前就是刑警出身，我信这个。"

"您是信这个，就像科学家信科学一样。我看那些材料里说，现在对去南极的人都有严格要求，不能有某些疾病，不能携带违禁品，不能破坏当地环境，不能从事科考以外的其他行为，诸如此类。"

"是啊，他们科学家多厉害啊！"梁队长嚷嚷起来，"他们连远古时代外星人扔下来的石头蛋子上的密码都能破译，他们那么神，有本事把杀人凶手也找出来啊！有本事别出人命啊！有本事平平安安回国与家人团聚啊！"

卢慎觉得梁队长说得有理。但也诚如之前指挥部方面说的一样，现场搜救已经再没什么意义了。

他只恨自己没用。

毕竟是个外行书生，尽管当初协助贾滨他们破译出了球体的密码，可如今面对人命关天的案件，自己却什么忙都帮不上。

午睡时，迷迷糊糊躺在床上的卢慎，脑中有股莫名的思绪在来回旋转。

当初与贾滨重逢时的记忆止在浮现。

那个球体，球体上的那些记号，那个断面上的符号，那些像密码一样的文字……

"我也是刚刚看到你出门，才突然想到你是研究这方面的专家。语言符号嘛，都是相通的。"

贾滨曾对自己这么说过。

语言就是符号，符号就是信息。

而信息，总是来源于书写者想要传递出的某种"意念"。

符号创造者传递信息的"意志"……

卢慎睁开眼，拧开床头柜的阅读灯，从被窝里坐起身子，披上外套，然后下床直扑到写字桌前，重新拿起那沓"站内环境数据采集系统"的数据报告。

这一回，他先从那些监控项目的条目名称看起，告诉自己不要去管那些自己不理解之处，首先从可以理解的某个点开始。

以一个能够破解的点开始着手，进而推出整体含义。一切语言的翻译，本质就是"密码破译"！

多个条目在数据报告的顶头位置单独成一行：

| 气流波动幅频 | 静压变速 | 电辐射波动记录 | 华氏气温值 | Ψ粒子浓度响应值 | COFE 调幅 | 空气振幅 |

这一堆术语之中，卢慎感觉自己唯一能看懂的就是那个"华氏气温值"。该条目下方，列出了每日不同监控时段内，各个不同监控地点的温度变化。经过简单换算，他看出那些气温应该都指的是室内温度。

接下来要做的，就是在这些温度数据中，找到"异常"的部分。

卢慎从资料箱中找出两张没用的纸，一左一右遮挡住数据报告纸页的两侧，留下一条缝隙，只露出气温那一列，然后上下浏览。

从今年年初到现在为止的所有温度数据都需要看完，这将花费大量的时间，卢慎心想，如果在电脑中有个类似的数据库软件帮助统计，那么效率一定会很高。但是他目前只能靠自己，不会像在学校时一样，能找到研究生或者本科生帮自己输入数据进行分析；现在，只有靠自己一个人去寻找线索了。

他去套房的客厅柜子里找来烧水壶和速溶咖啡，打算今天晚上彻夜进行这项工作。

然而，出乎他意料的是，仅仅只花费了不到两个小时，"异常数据"就现身了。

14

距离晚间的连线会议开始还有不到五分钟时，卢慎拿着一沓纸出现在会议室内。梁队长与他打过招呼，让他坐到自己身边。

"跟你透露一下，今晚这次可能是最后一次连线了。他们打定主意要撤，我们实在没办法。"他小声对卢慎说。

会议开始后，搜救队长向多方领导汇报了搜救人员的撤离情况，表示返回的准备工作已经基本结束，在一些没有发现尸体的地方，他们收集了一些物资，准备一同带回中山站以供今后使用。

随后，指挥部方面宣布，正在展开下一批调查团队的组建工作，第二批调查团将尽快前往昆仑站，将遇难者遗体全部带回国内，组织人力进行解剖，然后安葬。

安全部门则汇报了一些安全保密方面的事项，诸如澳大利亚考察船已经归国，俄罗斯破冰科考船正在返回母港海参崴的途中，以及这些外国人均对昆仑站内发生的事件毫不知情等等细节。这些细节没什么实际价值，说出来只是为了让一些领导同志安心。

卢慎看得出来，所有人都在准备收场，打算尽早结束这一切。

从未在会议上发过言的他，决定在此时开口。

"昆仑站内其他物资都再次检查过了吗？确定没有丢失什么东西？"

他询问的对象是搜救队长。这问题引起了在座各方的注意。

"你就是那个卢博士对吧，贾滨的朋友，帮他解开符号密码的那位？"搜救队长认出卢慎来。

"对，是我。有些冒昧，请你见谅。"

"没关系。要不是你，我们的研究进展也不会那么快。你说'丢失东西'是什么意思？"

卢慎不想与对方绕弯子，便拿起自己手上的那沓纸。

"昆仑站里统计出的这份数据报告，下午的时候我看了一遍。目前我怀疑，贾滨他们出事那天以后，车库里有一辆雪地车不见了。"

"等等小卢，你先等等，什么叫'出事那天'？你已经知道他们出事是哪天？"梁队长露出惊异的表情，冲卢慎问道。

卢慎解释说，根据那份站内环境监测数据，在今年9月26日之后，站内几乎每个检测区域内的环境数据都出现了不正常的变化：一直都在变动着的那些数据，突然变动幅度大大减小，之前的数据里从未出现过类似现象。

"我没有专业知识，可能理解有误，但是所谓'气流波动'、'华氏温度'、'空气振幅'，我猜是否指的是站内某些区域的空气流动、气温、空气振动？在26日之前，这三样数值每天都在以某种大体规律变化。"

卢慎扬起手里的表格，说道：

"比如在'队员宿舍'区域内，每天晚间时段的空气流动和气温都会比白昼时段变化更多，空气振动也越密集，变化时段与昆仑站手册里'夏季作息时间表'的时间划分几乎一致。而'食堂'和'厨房'区域，每天三餐时段里，三者的变化也很集中。"

"我不是负责环境检测这块的，但意思我大概能明白。"搜救队长回应他道，"你的意思是说，人员的活动会造成空气流动和气温变化？从原理上说，理当如此。"

"我也是这么想的。至于空气振动，可能就是声音。"

"对啊，声音不就来自于空气的振动吗？"一直在线听着的指挥部代表，这时也恍然大悟，"真是怪哉，这套数据之前我们怎么没想到要去检查？"

卢慎看看梁队长，对方似懂非懂地也在点着头。

看来自己的猜测确实不错。

他产生出一些自信，继续说：

"9月26日之后，站内所有区域的这几类数据全都开始趋于平静，数据变动缓和下来，气温变化幅度很低，空气的流动和振动也趋于稳定。也就是说，从那天之后起，站内很可能就已经没有人员活动的迹象了。"

"没有人员活动"这个字所指代的含义，在场的每个人都心照不宣。

所有人都沉默下来，直到梁队长在笔记簿上写完一些字后开口问他：

"那么小卢，你知不知道最后一次发现人员活动迹象是在什么地点？"

这个问题，在会议之前卢慎就想到了。他把纸页往后翻了翻，回答："应该是在车库。"

"什么？"梁队长惊叫道，"难道不是在贾滨自杀的地点？难道不是站长办公室?"

"不是。不过站长办公室内人员活动迹象的停止时间,紧临着车库那里的迹象停止时间,两者之间的间隔只有不到一个小时。站长办公室内没有人员活动之后不久,车库里的活动迹象就消失了。"

在梁队长脸上,卢慎看出了惊讶的神情。他明白,梁队长此时终于发现自己想错了。

并非是贾滨杀光了所有人之后再自尽,而是凶手另有其人。

"很好。你这个发现非常重要,非常有价值。"

梁队长说完,点上香烟大吸几口,随即命令手下的人去调查全部的环境检测数据,集中力量进行研究。

搜救队和指挥部方面也同意卢慎的这套假设,并没有提出任何异议。但紧接着,搜救队长又问他道:"你刚刚问到雪地车的事,雪地车怎么了?"

"存放雪地车的车库,通常每隔几天就会有一次气流和气温的强烈变化,我猜可能是因为打开车库、驾驶雪地车造成的。而最后一次数据规律变动后,车库内的温度数据一直在快速降低,最后变成了接近零下50摄氏度。空气流动和振动数字也异常高。"

"对,这我明白。我们刚到现场时就发现了,车库的门没有关闭。"搜救队长说完,沉默一会儿,自言自语起来,"难道有人驾驶雪地车离开了?有人逃出去了?"

"这应该不太可能。"梁队长说道,"从一开始你们就统计过车库里雪地车的数量,当时也没发现少了一辆啊?而且所有人都已经死亡,能有谁逃出去?"

"是的,我知道。原本昆仑站内有三辆车,我们过来的时候清点过,也还留有三辆,没少。其中一辆车停在车库门口位置,车前部有撞击受损的痕迹和血迹，死者当中有两人就是被它撞击的，这也没问题。只是，车库门如果没关，那就只有一种可能：有人离开了车库，再也没回来。可这不可能。——不行，我得先去车库那边再看看。"

搜救队长迅速离开连线电脑，前往车库那里。

十分钟后他返回摄像头前，一脸莫名的疑惑表情。

"怎么样？发现什么没有？"梁队长问他。其他人也屏气凝神，等待他回答。

"与我印象中的一样。"他回答，"车库门只能从车库内部开闭，从外面打不开，也关不上。"

卢慎马上翻阅自己带来的昆仑站手册，迅速找到车库管理规章那几页。手册中的文字正如搜救队长所说。

"但是这讲不通。"他摇摇头。

"没什么讲不通的，这很简单吧！"梁队长对大家说，"所有人员死亡之后，有个人从车库出去，从此没有再回来，那个人极有可能就是犯罪嫌疑人。这个人开一辆雪地车撞死两个人，然后下车跑了！"

搜救队长苦笑着说：

"梁队长，请您听我解释，不管那个嫌犯是外面来的，还是科考队内部的人，只要那人稍微有一点儿极地生活常识，都不会这么做。南极户外的天气极端恶劣，任何一个人如果没有交通工具，在户外徒步走不到一天都会必死无疑，要么冻死要么饿死，冻死的可能性更大。昆仑站身处南极腹地，想要徒步抵达任何其他的科考极地都是绝对不可能的。况且在事件发生后，直到现在，这一带的风雪也没有停止过，就算当初有脚印，如今也看不见了，想追踪那个人的下落也做不到。"

"说不定，这个嫌疑人潜逃到外面之后自杀了？或者是失踪？"一位在场的安全部门领导问道。

"又或者，这人还躲在昆仑站里？"科考指挥部有人提出疑问。

这个可能性立即引来其他人一阵不安的议论。

"这也不可能。"搜救队长摇头说，"抵达这里的头一天，我们就依照安全部门的指示，持枪把站里站外都搜了一遍，所有边边角角都搜查过了，并没有发现任何活人健在。来这里之后，我们立刻恢复了监控系统，你们在后方日夜监视，不也什么可疑都没发现吗？"

在场的人纷纷点头，方才的不安情绪稍有平息。但是如今，在卢慎的推论启发下，几乎所有人都对这桩事件有了共识——某人在死者全部死亡后，自己打开车库大门，离开了科考站。

这个身份不明的人极有可能就是凶手。

在连线即将结束之际，梁队长代表上级领导，向搜救队方面下达了最后的指示：将昆仑站内所有监控设备的数据硬盘全部带走，全员返回中山站，然后尽快跟随船队回到国内接受进一步询问。

"后续的调查团最早也要在二十天之后才能再次抵达昆仑站，新的调查到那时才能再次开始，在此之前，大家都好好休息吧。辛苦各位了。"

然后他拍拍卢慎的肩，说："小卢，太感谢你了。找你来真算是找对了人。"

搜救队开始正式撤离之后，连线会议也就暂告一段落了，各方都开始顺着卢慎启发出的思路向前调查。这意味着卢慎的任务也完成了，已不再需要他出什么力。

梁队长在安全厅附近的小饭店请卢慎吃了顿饭，说很快会给他发些奖金，并且向他保证，一旦发现有关贾滨的任何新消息，一定第一时间通知他。

卢慎如今唯有相信梁队长。除此以外，他依然是什么都做不了。

15

连线会议结束后不久，第二批搜救队很快抵达昆仑站，用最快速度将所有遇难者遗体都装运回国。

与此同时，案件的调查工作却陷于停顿。

安全部门人员查清了案发那三天里，站内所有一切环境数据，可惜由于线索实在有限，根据遇难人员的不同陈尸地点，关于他们的死因、死亡时间、死亡顺序、案发现场等一切线索都只能依靠猜测。最终，他们得出了共计四种可能性较高的猜测，但各自之间皆有矛盾，且每一种也都自有疑点，并不完美。

两周后，第一批搜救团返回国内，他们带回的监控系统硬盘毁坏得实在太彻底，已经无从恢复。

大家唯一能够指望的，就是等到全部27具遗体被运回国内后进行的解剖了。

于是日子又重新继续平静地向前度过。

十月底，梁队长又给卢慎发过一回微信，告诉他那些遗体已经运回国内，正在进行解剖分析，争取尽快完成后给所有死难者开一次集体追悼会。

"死因上没什么可说的，几乎全是外伤，而且都是人为的。我们有一点想错了，你也错了。"他在微信里对卢慎说。

"难道没有人逃出去？"

"不，确实有人逃出去。但作案者是从外面来的，不是那些队员中的一个人。过几天我会具体跟你说。"

一周后，梁队长约卢慎出来吃饭，席间向他透露：根据对所有遗体的伤口分析，几乎可以断定，杀害全部27名队员的凶手皆是同一个人。

一个女人。

"邪门的是,这个嫌疑人根本不是他们 27 个人中的任何一个,就好像是原地凭空冒出来的一样。"

"DNA 调查你们做过吗?"

"你说的是遗传鉴定程序?当然!我们也检出了那个人的 DNA。她的遗传信息在我们全国库里没有匹配。现在上面还在犹豫,考虑要不要去国外查,但我看可能性基本为零。你知道,有一艘回国的俄罗斯南极科考船,前两天路过东海的时候沉船了,澳大利亚那艘船也出了各种问题。"

卢慎模糊地记得看过那则沉船新闻,但没往心里去。

他有更为关心的事情。

"那些队员……具体都是怎么死的?"

梁队长沉默老半天,大口吃了许多菜,最后才擦擦嘴巴说:"再等等。过几天,我给你发个报告,也算是对你和你的朋友有个交代。"

"好吧,谢谢梁队长。"

"千万保密啊,绝对不可以泄露出去,我可是顶着大雷在给你弄这东西。"

"死因也不能对外发布?那怎么跟死者家属和媒体说?"

"这个我们做过讨论,你听了也别有什么想法。我们打算用'冰面出现异常地质变动、科考站损毁、全员坠入冰缝身亡'的理由拿去发布。希望你理解。"

梁队长在饭桌上不断诉苦,而卢慎却已经沉浸在自己的思考中。

杀人者另有其人。

监控系统被彻底损毁。

杀人者事后从户外徒步离开。

凶手的 DNA 查不出来源。

……

"他们在南极究竟发现了什么？"

结合贾滨出发前给卢慎发来的电子邮件里的内容，一个妄想般的猜测在卢慎心中形成了。但在此后相当长一段时间里，卢慎完全不愿相信这种可能性，因为它太过于荒诞，太可笑，也太简单粗暴了。

但，当十一月初的寒风开始席卷满街黄叶的时候，梁队长还是寄来了一包印刷品。

邮包中的内容，是关于昆仑站大规模人员死亡事件的一份"猜测报告"。报告的内容正如同卢慎先前心中的某种妄测那样，简单，粗暴，异想天开，无法证实，却也无法被证伪。

并且，其中的内容极其耸人听闻。卢慎读完之后，一整夜都无法入睡——

——他深怕自己陷入无止境的噩梦中。

16

"猜测报告"的内容，与不久前刚刚在媒体上公布过的所谓"事件真相"完全不符。

猜测报告的核心前提是：案发当日，在昆仑站内出现了一个来历不明的人，性别为女性，年龄不详（应在 18 至 30 岁之间），身份不明。她体格强壮，力量和运动能力惊人。

此人即是凶手，她依次杀害了当时站内全部 27 名科考队员，随后从车库离开，逃出昆仑站，行踪不明。

凶手的暴行有一个先后顺序，每次犯案时的杀人手段几乎都不尽相同。结合尸体解剖结果及对站内环境监测数据的分析，报告编纂者

以猜测的口吻,描述出一条案件推测时间表,将每名队员的死亡顺序和死因都列入其中:

第一名死者是站内当值值班长周枫涛,在宿舍7号房与嫌疑人发生关系后,大腿动脉遭嫌疑人咬断,失血过多身亡。死亡后,尸体被嫌疑人啃食。

随后嫌疑人前往宿舍9号房,与第二名死者、当值设备组长佟欢发生关系后,使用死者放在床头的螺丝刀戳伤死者脑组织,致其死亡后啃食了死者尸体。

命案发生后,第三名死者、当值通讯组长蔡帆进入案发现场,与嫌疑人搏斗后头部被嫌疑人大力撞击在墙壁上致死。

随后,嫌疑人有可能前往科考站负一层的机房,破坏了部分生活设施,并关闭了门锁系统。第四名死者、工程助理林光前往机房维修间查看,遭遇嫌疑人后与嫌疑人发生关系,并在之后被嫌疑人咬断颈部动脉身亡。死亡后,他的尸体遭到嫌疑人啃食,啃食过程中头部与颈部被强行分离。

嫌疑人随后由通气窗逃离案发现场,潜藏于科考站外部超过五个小时,超出了站内环境检测系统的检测范围。

由于嫌疑人从开始就破坏了通讯系统,因此从站内无法向外界联系。站内人员之后修复了门锁系统,并出现了集体离开科考站的意向,但他们并没有离开,很快全部返回站内。根据推测,撤离用的交通工具在此之前应当都被嫌疑人破坏了,这也是他们无法离开科考站的主要原因。

队内飞行员,第五名死者丁霓、第六名死者白虹芳当时有可能被留在飞机里维修,并遭到嫌疑人攻击;丁霓在机舱内被嫌疑人用金属维修工具袭击死亡，白虹芳逃至停机坪时被嫌疑人追上，并令其头部大力撞击地面导致死亡。(此处附有极地飞机、雪地车遭到破坏的现场照片，以及两名死者的尸体照片)

杀害两名驾驶员后，嫌疑人返回站内，先是在食堂杀害工程助理杨蓬，随后由外部潜至 1 号仓库，用相同手法杀害了后勤组长程梦。

程梦死后，化学助理孙姬、后勤助理刘留共同前往女厕所内，推测可能是在躲避嫌疑人。嫌疑人追至厕所，破坏女厕所大门后进入案发现场，先使用拳头袭击孙姬，随后将刘留的头部浸入厕所马桶中使其溺水身亡；之后，又使用同样手法，令已经昏迷的孙姬溺水死亡。

嫌疑人破坏厕所逃至户外，不久之后在储存化学制剂的 3 号仓库内与化学组长费小缇发生搏斗，并将仓库内存放的氢氟酸倾倒于对方全身，导致对方最终因氢氟酸中毒而死在仓库门外。

以上死者分别为第七名至第十一名死者。

关于嫌疑人集中杀害女性的原因，目前已有几种推测，详见附件。(报告中并未附上附件)

此后站内人员活动显著减少，幸存人员全部集中在站长办公室内。站长办公室内存放的科考专用手枪及猎枪被取出，据估计被幸存人员用作自卫武器使用。

费小缇遇袭后大约六个小时，有部分人员离开站长办公室前往生活区(据估算应有 8 至 9 人)，第十二名死者、勘探助理黄东方在此期间遭到嫌疑人袭击，推下楼梯坠亡。剩余人员以分散方向逃往站内不同地点，逃跑过程中有人开了枪(此处附有现场掉落的弹壳照片)。

第十三名死者是生物助理董希琼。她在逃进生物实验室后，遭尾随而来的嫌疑人枪击身亡，所用凶器即是站内配备的猎枪，有可能是在先前的袭击中抢夺而来。

董希琼遇害后，生物组长崔贺之跟随来到案发现场，与嫌疑人搏斗后被嫌疑人开枪杀害，成为第十四名死者。

此时，剩余的幸存者们都躲藏于各宿舍房中。

一同躲进宿舍6号房的化学助理姚森理、勘探助理朱楚文，在见到嫌疑人闯入房间后开枪射击，随即被嫌疑人射杀身亡。

科考队副队长陈试鸣、飞行员刘锋及李英杰均藏于1号房中，在嫌疑人闯入后并未抵抗，并遭到嫌疑人的捆绑。

嫌疑人先将刘锋胁迫带入男厕所内，强行与其发生关系后咬断其下体令其死亡；后又将陈试鸣胁迫带入浴室，与其发生关系后又扼住其咽喉，令其窒息身亡。二人身亡后，嫌疑人对他们的尸体进行了啃食。

之后嫌疑人又将李英杰胁迫带入浴室内，在发生关系时李英杰因心肌梗死身亡，尸体未遭嫌疑人啃食（随附一份李英杰的健康检查报告）。

以上为第十五名至第十九名死者。

第二十名死者，生物助理林玄武，在宿舍2号房内遭到嫌疑人胁迫，与其发生关系后被嫌疑人扼住咽喉，窒息身亡，尸体遭啃食。

第二十一名死者，工程组长王国防，在3号房中嫌疑人使用指甲抓破颈部大动脉而死亡，死前未与嫌疑人发生关系。

至此，站长办公室以外场所再未出现人员活动迹象。

剩余六名幸存者继续躲藏在办公室内，而嫌疑人则一直身处2号仓库内食用站内存储的食物（附上2号仓库现场照片）。

四个小时后，嫌疑人由外侧气窗闯入站长办公室内，并与科考队长王佳翔展开搏斗，最终用双手严重破坏对方头骨致其死亡。

搏斗过程中，勘探助理贾滨持手枪多次向嫌疑人射击。王佳翔死亡后，贾滨持枪先后射杀了勘探组长米守建、勘探助理方蒙蒙，随后开枪自杀身亡。贾滨做出此举动,或许是由于心理状态已经崩溃,但这仅是报告撰写的猜测,实际情况未明。

在上述队员与嫌疑人展开搏斗的同时,站内交通组长孔岸伟与后勤组长徐茜由气窗逃出站长办公室,跳至站外雪地上(附上现场脚印照片),逃至车库内并关闭所有门窗。

十分钟后,孔岸伟修复了三辆雪地车中的一辆,发动了数秒钟后,因不明原因而与徐茜一同离开车厢(在此可以估计,此时二人遭到了嫌疑人的袭击)。嫌疑人随后开动雪地车撞向二人,第二十六名死者徐茜当场死亡。

由于遭到撞击,孔岸伟严重受伤并昏迷。嫌疑人随后打开了车库大门。因长时间暴露在低温环境,孔岸伟最终因体温过低死亡。他也是最后一名死者。

报告正文结束后,下面还附上了一些注释说明与推测论证的文字,语气不甚相同,大概出自其他编纂者。

推测论证的核心问题,集中在女性嫌疑人的几个疑点上:她从哪里出现,她为何倾向于优先杀害科考队女队员,为何多起案件的模式都是"发生关系后杀害对方",以及为什么会有啃食尸体的奇怪举动。

17

对于上述疑点,其中有一份推测报告给出了较为翔实的推测,在末尾也有好些安全部门领导的批复字样,引起了卢慎的注意。

该报告认为,排除一切主观犯罪动机的猜测后,单纯以客观事实为依据,可以对嫌疑人的犯罪模式作出描绘——

她对女性受害人相当凶残,一旦发现,会以最快速最暴力的手段迅速进行杀害；但当遇到男性受害人时，她的行为模式改变，第一目的并非"杀害"，而是与对方发生关系。报告指出，啃食受害人的举动仅发生于男性受害人身上，且都是在顺利发生完关系之后，据此可以推测，她的啃食行为与性行为有着直接关系；此外，她只会选择健康的男性作为对象，对已死、受伤、有疾病、年龄过大的男性没有兴趣。

"亦有反例可以列出。"报告编纂者如此写道，"不符合上述推测模式的男性死者有黄东方、姚森理、朱楚文、李英杰、王国防、王佳翔、米守建、贾滨、孔岸伟。其中，黄东方的坠亡发生于混乱之中，嫌疑人无法制止意外的发生；姚森理与朱楚文持枪进行了激烈反抗，嫌疑人出于自保而优先选择杀害二人，所以无法顺利与之发生关系；李英杰在发生关系途中突发心血管疾病死亡，亦不符合推测模式；王国防年龄较大，根据相关健康报告资料，显示其长期患有勃起功能障碍，无法满足嫌疑人的行为模式；王佳翔的情形与姚森理、朱楚文相同，嫌疑人选择了自保优先行为；贾滨为自杀，米守建为贾滨所杀害，孔岸伟陷入昏迷，同样不符合嫌疑人行为模式。"

总之，这份推测报告最终做出结论：嫌疑人的行为目的是杀害所有女性、与尽量多的健康男性发生关系。

至于行为动机，推测报告虽从性变态、精神疾病、心理偏执等传统方向做了推论，但编纂者自己也不得不在报告中承认，作为一桩案发场所极其特殊的案件，几乎不可能有此类嫌疑人可以进入现场作案。

在报告的末尾一段，有一行非常小心谨慎的话：

"……亟待新证据的出现。尤其值得注意的是，在科考团队抵达案发现场之前，当值五名科考队员于通讯中所称的所谓'重大发现'究竟是什么。相关调查的进展情况将有助于对嫌疑人身份、特征、动机等方面进一步彻查。"

虽不敢言明，但卢慎仿佛已从编纂者犹豫不决的口吻中读出了对方的心思。

写报告的人所想的，与卢慎自己心中那个想法或许是一样的。作为核心调查员，报告编纂者不可能猜不出一切事件的起因，即便它听上去近乎于妄想。

——那个记录有人类遗传基因信息的球体。

那个嫌疑人根本就不是人类，而是与那个球体有千丝万缕联系的"异种"，是另一个物种。

"她"与人类很相像，但"她"并非人类，就如同现在还在国内进行分析的那些来自球体表面的遗传信息一样，很接近人类，但未必是属于人的。很可能，"她"与那个球体一样被埋在冰层下无数年，然后被昆仑站的队员事后挖掘出来。

醒来后"她"要做的第一件事是寻找食物，第二件事便是寻找繁衍后代的机会。

进食，繁衍，一切生物的最初本能。

而昆仑站内27人的科研团队，对"她"来说正是最好的食物来源及交配对象。

"她"可能拥有极高的智力，体力更是出类拔萃，可赤身裸体在零下几十度环境下活动，可赤手空拳杀死人类，更可迅速就学会了枪支的使用方法，甚至还知道要去破坏监控设备。

"她"有思维，会说话，会诱惑人，会勾引健康男子与之交配；交配完成后，"她"需要补充能量，所以会吃掉交配对象，就像某些昆虫那样。

"她"很可能还活着。此时"她"或许仍在南极的某个地方游荡，等待机会繁衍自己的族群。"她"是生物，只要是生物就会趋利避害。

寸草不生的南极大陆并不适合物种繁衍，必须设法离开。"她"说不定会这样徒步走到别的科考站去，比如中山站、黄河站，以及其他国家的基地。如果是这样，就必须通知世界各国位于南极的科研团队，呼吁他们戒备，一旦见到在茫茫冰原上出现的"神秘女子"，就必须格杀勿论。

至于已经运回国内的那个球体，必须停止对它的研究，因为实在太危险……卢慎之前曾听贾滨说过，从技术上讲，单靠遗传信息就足以利用生物代孕手段"复制"出原本的生命体。

假如一不小心又复制出这么一个女性……

不，这还不是最坏情况。万一复制出来的是个男性，那么"他们"繁衍起来就更方便了。

看着手里厚厚的材料，卢慎心想，梁队长应该也已经了解到了这个地步。只要以"不明来源的人性生物"为前提，那么马上所有的疑点和要素就都能说得通。

很自然，他首先想到要给梁队长打去电话汇报，但是刚掏出手机，他又迟疑了。

作为一个外行，一个局外人，在破案的问题上，自己没资格说话。如果梁队长他们决定动手，那么他什么都不必说；如果他们不肯动手，那么即使他再着急也没有任何用。这桩案子现已上升到国家层面，卢慎这样的人，只有老老实实旁观的份。

他发现自己永远只能孤独地面对一切。

18

两个多月后，全体遇难队员的集体追悼会在上海举行，卢慎前往参加。他在追悼会现场遇见了梁队长。两人站在灵堂门外抽了几根烟，聊了好一阵。

"据说上礼拜，无锡那边的超级电脑已经把那个大球上的基因密码全都破译出来了。后面不知道他们想怎么搞。"梁队长面带忧虑地说。

卢慎点点头，心中明白，对方与自己担心的是同一件事。

"不能阻止他们吗？"

"没办法，不对口。我们不是搞科研的。除非他们真的捣鼓出什么怪物出来，又犯了案，出了人命，才有理由介入。"

"他们真的会那样做？"卢慎做出一个抱着肚子的姿态，暗示梁队长。对方点点头。

临别前梁队长告诉卢慎，自己将亲自带队前往无锡盯梢，以防万一。

追悼会结束后，卢慎在上海停留一段时间，与一些大学同学聚了几回。

大学同学之间的相聚终究也还是只能陷入俗套和无聊之中，大家的话题最终也只能围绕前两天发生在东部海边滴水湖畔的那桩度假酒店杀人案展开。这类案件新闻单一老套，内容无非是"小三于酒店内怒杀情夫"之类的庸俗内容，卢慎毫无兴趣，根本无法融入交谈之中。

几天后，他失去了一切游玩的兴趣，买好车票，坐上高铁，踏上回程。

那趟回家的高铁有些延误。卢慎坐进座位后，过了发车时间，车子却一直没动；直到几个女乘务员扶着一名聋哑的孕妇走进车厢后，车辆才慢慢开始前行。

卢慎看到那孕妇身形消瘦，独自一人拖着一大箱行李，孤身一人坐在距离不远处座位上，笨拙地用手势向乘务员致谢，不禁触景生情，感到孤独与凄凉。

贾滨已经走了，梁队长也忙任务去了，现在，他只能再度沉浸在自己那狭窄的所谓学术世界里，继续孤独地生活。

发车时间刚好是临近中午，车厢内不少乘客都去餐车买了盒饭，连那个聋哑孕妇都买了两盒，狼吞虎咽地吃着。卢慎全无任何食欲，只抱着车内赠送的矿泉水大喝，然后努力强迫自己睡着。

"下一站，无锡站，就要到了，请需要下车的旅客做好准备。本站停车时间较短，请不下车的旅客不要走出车厢吸烟或活动。"

报站的人声将晕沉沉的卢慎喊醒。他猛然发现无锡站到了。

无锡……太湖……超级电脑……

看到窗外渐渐靠近的硕大站牌字样，他忍不住进一步产生出各种联想。这些联想的内容血腥而残忍，令他头晕不已，不得不掏出手机，打开社交软件翻阅新闻，强迫自己分心。

无奈的是，就连那些热门的新闻都与血腥暴力脱离不了联系。今天最流行的网络热点仍旧是那桩无聊的"酒店情杀案"：有几个热门的营销账号爆出猛料，将案情渲染得异常凶残，声称杀人者要么是心理变态，要么就是吸食了毒品，在酒店客房的床上杀害了男性死者之后，竟然将尸体啃得七零八落，然后连夜外逃。

卢慎双目圆睁，从座椅上直起腰来，浑身战栗起来。

怎么会这么相似？

他一度认为自己只是心理作用，是创伤后遗症之类的东西，总之一定是自己想多了。

但来自营销号的爆料不以他的意志和恐惧为转移。

爆料人声称，当夜有人看到疑似杀人者的女性赤身裸体从酒店逃出，而事后酒店声称自己监控系统故障，其中一定有什么"猫腻"。

"哪有什么猫腻，只要杀人凶手足够聪明，就会想到要破坏监控。"

卢慎放下手机，目光呆滞地移向窗外，小声地自言自语。他想要告诉自己，一定是心理作用，心理暗示。

这时那个聋哑孕妇已经下车，离开车厢走上月台。她步履缓慢，但脚步沉稳，异常坚定。硕大沉重的行李箱被她单手快速朝前拖动，轮子摩擦着月台的水泥地面，爆发出的强烈噪声，隔着车厢窗玻璃钻进卢慎耳中，使他烦躁不已。

又有几名站员前来帮忙。那孕妇用手势表达感谢，同时紧紧盯着其中一个身材高大、面目英俊的男站员看着，眼神久久不肯离开。

"不会吧……"卢慎喃喃自语。

站员离开后，那个孕妇突然回头，朝卢慎的方向眺望过来。她的面容雪白稚嫩，极度美丽，令人只看一眼便舍不得转开视线，尤其一双猫一般的大眼睛，流露出坚定不移的意志和顽强的生命力。

强烈而又不可抑止的冲动，驱使卢慎跳出座位，跑出车厢，朝那孕妇的方向飞奔。他感到，有件事情，现在必须做了。非做不可，不做不行。因为事实证明，这件事始终与他密切相关，根本逃不开。

一旦发觉自己无从逃避，他心里顿时一阵安心。因为他终于明白自己应该干些什么了。

卢慎尾随着那个身强力壮的孕妇，一边向前走去，一边掏出裤兜里的手机，翻找梁队长的号码。

平庸无聊的人生，至此或许可以彻底告别了。

同温层食堂 ———• 汪彦中

同温层食堂

1

入职第一天，朱末在机场的公司办事处多等了一个钟头，送他上去的飞艇司机才到。对方反复致歉，表示部门里工作交接出了点儿小问题。

"小师傅，麻烦你理解一下，这也不能怪我们。"司机递给他香烟，说，"今天不是换班的日子，往天送人的事情我几年也碰不到一回，交接上出点儿小差错，难免的嘛。那帮人做事……"

两人从办事处后门出来，司机带朱末直接穿越机场户外工作区，路线比较近。

朱末抬头看，今天天色淡灰，也是典型的夏季天气，气温为摄氏四十度。摘掉墨镜一路走一路仰头，他始终没能望见想象中的那些信号站阵列，尽管在电视新闻的画面里那些高空信号站是那么巨大和壮观。司机解释，像今天这样的空气污染指数，从地面上根本不可能看见它们。

"等会儿飞到海拔差不多一万米的时候你就能看到了。对了，你就带了这点儿行李？"他指着朱末身后的背包。

朱末点头，不说话。

人事部门交代过，公司的高空设施里所有生活设备都齐全，配发的制服从里到外加起来，够十年里换洗使用；过去还曾有新员工带了太多私人物品，临上飞艇才发现行李超重，只好现场扔东西，得不偿失。

他包里装的全是冬装。

给机场保安们检查过员工证，两人就可以登机了。进入机舱前，司机还没忘记问一句："小师傅，冬天衣服带了吧？"他提醒说上面的空调有可能会故障，万一漏气，舱外温度只有零下四五十度，很危险。

朱末没回应他。

五分钟后，气囊充气完成，锁链打开，交通飞艇开始上升。

系过了安全带，朱末闲着无事，再次掏出食堂工作手册。很厚重的一本书，每页都用硬塑料膜包裹。人事部门的人说，它是按太空站上宇航员使用的标准制作的。

司机走进客舱抽烟，看见手册，拿过来用手指关节敲击书壳，笑了。"又是这破玩意，"他说，"重得要死，浪费我的载重量，那帮人还规定不准不带。明明就是个屁用没有的东西。"

朱末点头。面试那天，人事科长也说过类似的话……

面试那天的人事科长一脸疲态，因为此前已见过太多的应聘者。他问朱末为什么来应聘。朱末说自己从网络新闻里看到招聘信息。

科长重复道："我问的是你为什么要来找这份工作。"

朱末答，因为自己离婚不久，积蓄空了需要钱。

人事科长不再看他。

"朱先生，你还没听明白。我问的是：能赚钱的工作那么多，为什么你要来这里？你应该知道这里的工作环境和要求，为什么还想要来这里干？"

朱末这才真正领会招聘者话里的意思。

食堂所在位置，距离地面二万二千五百米。运输飞艇每两个月抵达食堂补给一次，只带东西不带人。一年两次回地面休假，每次十来天，并且不是在春节、中秋节、圣诞节期间。为保证通信网络的运行安全，食堂生活舱里不通网络和电话。合同期以十年为计算单位，非紧急情况下不允许中途退职，否则要在社会保险里扣去罚金。没有女性员工。

能够接受这种工作条件的应聘者按理不会多，但人事科长这两天还是接待了三十多名应聘者。科长没有精力去详细判断他们的理由是否站得住脚，毕竟招人的事情已经不能再拖下去了。

朱末回答科长："我不喜欢和人打交道。"

说服力一般。人事科长又问他有几个孩子。

"三个，根据政策规定。"

"双方的四个父母都还健在？"

"是的。"

人事科长用电脑调阅他的社会档案。还不错，没说谎。

这时候下班铃响了。科长不想再拖延下去。他问出最后一个问题：是否自己做过饭？

得到的答案是"做过"。

朱末以为对方还要问自己有哪些拿手菜，但对方已经起身在收拾东西了。厚重的工作手册被递到他手里。

先翻翻看吧，仅供参考，实际工作的时候基本用不到。半小时后去人事科办公室找他们签合同。

如此交代完后，人事科长撕下一张餐券，离开会客室。

选择在两万多米的高空工作，人人都有自己的理由。科长知道自己体会不到，也不会再费心去猜。他只求这人别中途闹着要辞职就好。

……

飞艇持续上升。感慨了一阵最近全国的空气质量后，司机还是没能忍住，隔着驾驶舱门问朱末：

"小师傅，你为什么会选择去那里上班？"

朱末始终没找到合适的说辞，便干脆不做声。

2

客舱的高度计在飞艇升至一万米、一万五千米、二万米的时候分别敲响一次。每次敲完，朱末就会朝窗外望去。

每一次朝外望，黑色背景天空中的那些红色光点就变大一些，最终，它们在他眼前变为一层漫无边际的红色大网。

同温层信号发射网以每三架永久式信号基站组成的正三角形信号阵为基本单位，全国上空有超过二十万个这样的三角信号阵，朱末今天要去的是编号为 23 号的信号阵。但是，与手册前几页绘制的基站原理示意图不同，此刻窗外的信号阵并非由无数个等边三角形组成，反而更像是用许多菱形网格构成。

他随即意识到，这是由于每三个基站之间都另有一个食堂的缘故。

食堂和基站一样都是永久性氦气球站，氦气囊尺寸从远处看相差不大，但因为是通信集团内部福利设施，所以在技术手册和对外资料的图上都不会标明。

飞艇继续上升，距离食堂很近了，天空也更黑。他看出食堂的舱体是球形，边缘悬浮连接着一艘黄色的小型飞艇。

将要生活超过十年以上的地方到了。

飞艇停靠并系留好之后，穿过气闸，人可以直接进入食堂二层的能源舱，空间还算开阔。司机领朱末爬梯子下到三层的厨房舱，迎面看到挂着的一块黑布，把舱体隔成两半。

他们来到明亮些的那一半空间。师傅老全此刻正站在工作台用电板炒菜。

老全戴着巨大的黑色日历手表，身旁墙上挂有面积惊人的电子钟，显示目前时刻为上午十点三十。朱末已经背熟了工作时间表，知道还有半小时就要开始分餐，现在正是忙的时候。

当初签完雇用合同后，人事科长提醒过他：千万记住，在"上面"工作绝对不要忘了时间，其他的事随你怎么发挥。此刻他看到司机走过去和老全交谈，老全边谈天边忙着手里的活，工作并未被打断。

对方应该是个工作过许多年头的老员工了。

那两人聊的是上个月休假期间，临时代班工人的一些琐事，话语里尽是嘲笑挖苦。

十点五十分，所有六份饭菜装盒完毕。老全把塑料膜封好，脱下帽子借司机一根烟抽。头上白发过半，但没有秃顶，并不算太老。

老全看朱末几眼，发现对方年纪不大，问了司机后知道朱末今年三十五岁。

他问朱末为什么要来这里。朱末简单解释说自己缺钱。

老全当然不信，但也没再说话。他用水龙头冲灭烟头，扔进垃圾袋，说："走吧小伙子，这两天我带你一下。"

离开时，司机留给老全一包烟，替老全带走一封信，然后穿过气闸返回飞艇。

朱末随老全穿过另一侧气闸,钻进先前看到的那艘黄色飞艇。老全把六只餐盒放入保温箱,检查完自己的安全带后再检查朱末的安全带,随后设置好导航线,打开逃生座舱的保险,控制飞艇倒车,驶离食堂。

食堂悬浮于第 23 号信号阵的正三角形平面中心位置,与三个信号站的距离各有约十五公里,送餐用的飞艇时速在六十公里左右,抵达第一个目的地——A 站大约需要二十分钟。这二十分钟时间里,两个人几乎没有交谈,只是在航程过半时,老全问了朱末一句:"会开飞艇吧?"

"会。"

朱末在公司培训部花一周时间学完了 VR 飞行科目,逃生座舱使用方法也掌握了。

二人随后便无话可说。

3

中午十一点二十分,送餐飞艇抵达 A 站。

信号站除了主舱体呈圆柱形、与食堂的形状不同外,其他方面几乎没有差别,气闸口同样布置在二层侧面。但信号站不配备小型飞艇。

进入气闸舱,朱末闻到一股熏香味道。没有员工过来迎接他们。气闸开关旁挂有两件状如宇航服的逃生衣,下方地板上放了两只空餐盒,里面装有餐具。

老全打开舱内通话器说:"午餐到了。"然后放下新餐盒,捡起旧餐盒,转身往回走。

朱末没能见到这里的维护员工长什么样。

送餐飞艇的导航线被老全调整至西南方向，对准B站。B站距离A站约四十公里。飞艇再度出发。

进入B站时，地上并没有放空餐盒，看来这里的员工与A站那里习惯不同。舱内放着音乐。老全对此习以为常，让朱末手提新餐盒，自己向通话器问道：你们两个吃好没有？

他带领朱末沿扶梯爬进生活舱。

一面白色布帘将扁圆锥形的生活舱平均分为两半。音乐声从右侧一半飘出，放的是国语老歌。有个剃着光头的年轻男子躺在地毯上睡觉。

老全让朱末给对方送餐盒。朱末脱鞋，努力不在地毯上走出声响，但走到距离光头男子约一米处附近时，对方还是迅速醒来。

光头男子盯住他，再看他身后的老全，先伸手接过餐盒，打开盖子检查过菜色，然后问："你是谁？"朱末在考虑如何回答，老全抢先说了："忘了吧？前几天我跟你们说过的，新厨师。"

光头男子用极大的幅度点头，转身把旧餐盒递给朱末，然后躺下继续睡觉，也不吃饭。

白色布帘的右侧一半空间，地上堆满极厚的硬壳精装书，基本是各国文学名著。朱末正在疑惑这些书是否已经超重，老全已经朝前走了，顺便踢走脚边的十几册大书。

书壳轻飘飘地散开，声音空洞。有两本封面被踢开，朱末才发现它们都是空壳。

书堆尽头有个中年人，戴黄色眼镜，坐在最里侧舷窗旁，正在敲打键盘。旧餐盒放在电脑投影屏幕的开关旁边。

他没有抬头，不理会老全，老全同样也不理会他。

离开 B 站，飞艇朝正东方向飞行，随后到达 C 站。气闸口打开那一刻，浓烈的香烟味从舱内飘进飞艇驾驶舱，令朱末感觉意外。

更怪异的是，此处的两名站员笔直站在气闸舱入口处，笑容满面，在迎接他和老全的到来。

打开新餐盒后，那两人用夸张的语调夸赞老全的手艺，并要求两个来送餐的人一起去生活舱打牌。

C 站的生活舱里一片混乱，遍地是杂物，晾着衣服的尼龙丝四处悬挂。四个人在舱内始终躬身走动，无法起身直立。两个站员都很年轻，朱末估计他们都没到三十岁。他们没吃饭，而是拽朱末和老全坐下打扑克牌。打牌期间他们烟不离口，烟灰烟头直接扔地板上。站里原配的织物地毯被卷起，竖着扔在衣柜旁的角落里。

抽牌时，那两人反复和朱末打招呼，多次问他的年龄和兴趣爱好，尤其是来此工作的理由。朱末努力微笑，没有作答。

老全令那两人向朱末作自我介绍。其中一人个子矮，话多，始终面带笑容，自称患有抑郁症；另一人身材高而胖，话稍微少些，说别人给他取外号叫"大喇叭"。

朱末报了自己名字，同时在他们身上找员工证。但和另外两个站的员工们一样，他们也都没佩戴员工证，因此无法得知二人真实的姓名。

打牌期间老全不时地看手表。十二点三十分，牌局玩到一半，他弯腰起身扔掉牌，对朱末说："该走了。"

两个站员不以为意，跟着扔掉牌。四人一同爬下梯子。

临走前，老全把司机给自己的两包烟送给那二人。外号"大喇叭"的站员打开气闸门，说："师傅你这就走啦。"

"对。"老全从他手里接过旧餐盒，递给朱末。

"你回到下面后就幸福了,退休工资比我们两人工资加起来还要高好几倍吧。"

旁边自称患有抑郁症的那个站员笑容僵硬,没有说话。

老全回答"大喇叭"说:"夸张了,只有两倍。有什么用?我明年八十岁了。家里人跑来公司里十几次,非要把我拉回家。怎么办呢?我要帮他们把家庭保险都取出来之后才能死啊。"

四个人沉默了一会儿。"大喇叭"叹出一口气,总结说:"那帮混蛋东西。"

"抑郁症"脸上的笑容消失了。老全却咧嘴笑了一秒钟。

十二点五十分左右,师徒两人回到食堂吃午饭。菜色与送给站员们的一样——辣酱盖浇饭。吃完饭,洗净所有餐盒后,老全让朱末从工作手册里卸下"食堂设备清单"那页,趁下午空闲时间开始教他设备检修的顺序。

制氧机和气囊光电池板是最主要的核心设备,随后两天里老全重复教导了朱末多次。主副电源、冷凝制水器、空调系统和冷库制冷机都是自动化的,氦气控制系统和漂浮位置微调稳定系统由地面站自动遥控,只需每周令它们自检一次系统即可,较为简单。内部通讯机和废物处理系统需要手动控制,朱末学得快,一下午就都会了。最后一天,老全教了他怎么更换防撞信号灯的保险丝。信号灯的损坏概率极小,过去十多年里国内从未有过故障记录,所以只是走个过场。

这两天里,朱末又跟随老全送了几次餐,每天早中晚各一次;每餐之前的制作,以及每晚二十点三十分开始的次日食材准备,朱末也一直跟在老全身后观察记录。所有的食品原料和调料的种类和数量有严格规定,但做法随食堂负责人自己安排。按老全的话说,把东西热熟了,准时送去,他们吃了以后不生病不中毒,你就成功了。

老全有本菜谱，写在纸做的笔记簿上，纸页卷曲发黄，临走那天连同库房管理单一起留给朱末。菜谱里共记录有十二道菜。

"这十二道菜我重复做了十九年，他们重复吃了十九年，现在给你，随你弄去。"他对朱末说。

朱末劝他带回家留作纪念，他拒绝了。

"这本子又不是我写的，是我之前的师傅传给我的，三十多年前的东西了，留着做什么。"老全回答。

收拾完行李，老全拿单位财产签收表让朱末填写，表上最后一格是手表。他把黑色的日历手表交给朱末，然后再一次问："那些人叫什么，你都记清楚了吧。"

几天下来，那六个站员的名字朱末已经熟知。

确切地说应该是六个外号。

A站那两个几乎从不露面的人一个叫"天文学家"，一个被称为"乔总"。B站里爱听音乐的光头男子就叫"光头"，整日写东西的那人不爱多说话，被所有人称作"文人"。C站的站员，由于说话十分多，他已经很熟悉了，"抑郁症"和"大喇叭"。

"不要搞错送餐时间，不要给他们做不一样的菜，不要跟他们谈论其他站的人。不要让他们坐送餐飞艇，这违反公司制度，而且他们也不会肯去坐。每次去他们那里，停留时间不要超过十分钟，否则你会知道厉害。别在设备舱抽烟，别忘了关水龙头，其他的随你怎么干。"

说完这些，老全的话音陡然转为低沉的嗓音，全无力气。

"我走了小伙子。"

来接老全的是另一班司机，朱末没见过他，他也没和朱末说话，只顾和老全打招呼。

交通飞艇离开时是十四点整，晴天，朱末隔着气闸舱舷窗朝下望，目送飞艇垂直下降，直至没入下面那片无边无际的淡灰色雾霾云层里。

他返回仓库，将菜谱塞进不用的抽屉角落，然后打开冷库，取出七个塑壳鸡蛋来。

4

食堂共存放有八种食材，交通艇会定期补给，考虑到体积重量比和安全系数，它们的品种永不改变且严禁私自更换：方便面饼，挂面，白菜叶，香肠，午餐肉，塑壳鸡蛋，微粒米，微型土豆。配料共六种：固体植物油、盐、糖、辣酱粉、酱油粉、醋粉，全部为脱水贮存状态，使用时再复水处理。老全那本菜谱里的菜品已算是尽力丰富了，并且信号站站员们根本不会挑剔。

因为他们没得挑剔。

简单，单调，是食堂工作的基调。

但是现在，一切都变了，再也不一样。那本菜谱朱末再也没翻开过。他从那时起开始按照自己的想法随意烹制。

七月底的周四晚十八点二十分，朱末准点抵达 A 站。

午饭的空餐盒继续放在固定位置，整齐摆在一起。他把它们拿回艇内，按动通话器通知晚餐来了。然后，他拎着新餐盒爬上舷梯，进入 A 站生活舱。

到岗两周多，他第一次爬上这里。对于 A 站的站员来说，可能已有好几年没人主动进来，因此当朱末出现时，那两人放下手里的工作，茫然地盯住他。

A 站生活舱遍地堆满纸张，公司专用的轻质稿纸，不占重量。每一张纸上都画满东西。两名站员分别盘腿坐在舱内两端的纸堆里，看着朱末把餐盒分别放到自己脚边并打开。

今晚吃面。朱末把挂面的汤水滤掉，改成干拌面，上面堆有一团暗红色肉酱，是用切碎的香肠末和复水辣酱搅拌制成的。

两名站员都没开吃。坐右边的"乔总"低头观察盘子里的酱，坐左边的"天文学家"则在观察朱末本人。二人一动不动。朱末也不动，站着。

"告诉我你是怎么制作的。""乔总"先问。

朱末把配料和配方说了。对方用纸笔记下，不停地点头摇头，躯体摇晃，表现出深受启发的样子。

然后，"天文学家"开口了。他外貌和"乔总"差不多，秃顶，浓胡须，戴眼镜，只是镜片不同，颜色是茶色。嗓音也不同，更沙哑尖锐，语气也干净利落。

"你打扰到我观测了。出去。"

随即他快速转身，用写着数据的稿纸擦拭肘边一支小天文望远镜，再不看朱末。

"乔总"则在用叉子挑动面条，分析酱里的香肠末数量。

遍地的稿纸中有一条笔直的空当，露出下面的地毯。这空当一脚宽，左右两侧的稿纸内容明显能看出不同：左边全是数字，右边都是绘画。这些稿纸分属于两个人，不会混淆。朱末沿这条"分界线"走回下层，离开 A 站。

B 站里正在放国语老歌。这两周多来，朱末从没遇到过 B 站不放音乐的时候，更没遇到过"光头"换歌的日子。

总在播那同一张专辑。

今天餐盒送上去时，"光头"又在哭，耳机连着播放器，身体随节奏抖动。朱末站着，等这一首放完、"光头"睁开眼睛后，他告诉"光头"，今天晚上吃面。

B站今晚送的是韩国拉面。改用方便面饼煮，辣酱混进汤里，香肠不切丁而是切片，碗底有白菜叶。原料几乎与A站吃的一样，用时也差不多，仅是做法有不同。

"光头"擦掉眼泪开始吃，边吃边点头，指望这样朱末就能理解自己的心思。

收拾好中午的旧餐盒，朱末端着另一碗掀过布帘送给"文人"，路上踢开许多书壳。

韩国拉面味道重，"文人"刚才就闻见了，睁眼看着他把碗送到自己面前，然后迅速关掉显示屏，防止被食堂师傅偷看到自己在写的东西。

朱末今天不想看他写的东西，但还是问："写得怎么样了？"

"文人"一脸抱歉的微笑，接过碗开始吞吃。布帘的另一头，"光头"喊道："离诺贝尔文学奖又近了一天，耶！"然后开始换歌。

朱末将显示屏边的旧餐盒拿走。

和往常一样，菜送到C站时，朱末自制的新菜遭到了"抑郁症"的质问。给C站的晚餐今天是干拌拉面，面饼煮好后水被沥干，高浓度复水酱油搅拌后放上午餐肉切片和水煮白菜叶。菜送到时，"抑郁症"正和"大喇叭"斗德州扑克，见他爬上来，"大喇叭"宣布新玩家入场，伸手开始洗牌。"抑郁症"邀请朱末坐下。朱末表示不参加牌局，而是打开餐盒介绍今天的菜色。

"大喇叭"专注于洗牌，不说话。

"抑郁症"用叉子仔细翻动餐盒内一切东西，对朱末说："小师傅，又是不一样的东西？"

朱末回答说:"是的。"

"抑郁症"说:"老全师傅走了多久?快一年了吧。他以前每次都陪我们打半个小时的牌。每次他做的菜都按菜单来。小师傅,你这是故意的吧?"

朱末回答说:"对,我故意的。"

"抑郁症"说:"小师傅,请抽牌。"

见朱末拒绝,他又问:"我有个问题一直没好意思问你,今天头一次问。小师傅,你为什么要来这里的食堂工作?"

朱末没有正面回答,只是说:"快吃吧,拌面放久了会发黏,口感就差了。"然后起身,拾起C站的旧餐盒。

之后"抑郁症"说了许多话。对于他的那些胡言乱语,以及经常会被他拿来重复问自己的"没好意思问的问题",朱末已经和"大喇叭"一样习惯了。

回到食堂后,朱末开始研究用微粒米磨制米粉的更好办法,以及另外两种高效碾制土豆泥的方法。有无穷无尽的新鲜事等着干。

5

十二月九日的晚餐和次日的早餐,是六名站员休假前的最后两顿饭,朱末决定小心从事。

他明天上午同样要回家。

近两周的休假,又临近圣诞,站员心情好不了,他自己情绪也差,设身处地,很容易理解。

休假前一晚,每个人都食欲不佳。朱末只是把午餐肉捣开重塑成大块,煎了六片肉饼,配小分量的干拌拉面和菜叶,每份再多煎一颗鸡蛋。炸薯条做了一大碗,不费事,因为微型土豆很小,最长的一根薯条也只有八厘米多一点。醋粉加在辣酱粉里煮成酸辣酱。

香味和分量都已尽量达到合适要求，但是员工并不享受。走到"天文学家"身边时，现已习惯朱末这么做的"天文学家"已不会驱赶对方；只是今晚，他脸上少见地显示出表情——愤怒的神色。

"天文学家"无视端到面前的肉排薯条套餐，持续反复翻阅手里的一摞打印稿。

朱末看到封面格式，像是学术论文，题目冗长。"天文学家"脸上出现些微的嘲笑神情。"看得懂吗？"他问。

"看不懂。"朱末回答。虽然他早已背得出这篇论文的题目，但仍旧如往常一般回答对方。

对方也照例表示出对他的失望和不屑。

"看不懂就出去，我要核对观测数据了。""天文学家"说完，打开餐盒，开始蘸酸辣酱吃薯条。

"乔总"今晚吃饭时间不在生活舱，也很异常。五分钟后，朱末才等到他回来。

照例把今晚的菜谱配方抄写完毕后，"乔总"坐在稿纸堆里不说话，薯条也不吃。朱末催他趁热把肉饼吃了，并问他今年冬天休假准备带什么设计回去。

"乔总"那半边的生活舱舷窗上，挂着历年带回家的设计稿，到今天已经攒下了十一份。他把最新画好的一份拿来展示给朱末看。那是一种多功能显示屏设备，长方形，厚半厘米，四个侧面各配备两处插口，可以随意插上各种外设的连接线。

不出意外，又是这种所谓的"创造发明"。

他在发愁："小师傅，你说它这名字该取什么好？"

朱末催促他吃薯条，顺便想到一个答案。"就叫土豆平板电脑吧，怎么样?"

"庸俗无聊,毫无美感和诗意呀。"

"乔总"摸着自己的胡子,边说边躺在稿纸堆上;半分钟后他又起身,背上手臂上粘起十来页稿纸。他把朱末起的名字记在纸上,叠起来放进裤子口袋。脸上表情略微有些放松。

到了B站,音乐声被调到最大。朱末用纸巾塞住耳朵,把套餐送上去。回收"光头"的旧餐盒时正好碰上换歌,他这才发现"光头"今天播的是单曲循环。

头一回碰见。

"光头"回家不带行李,唯一带走的东西是一张黑胶唱片封套,白色硬纸板材料,封底用铅笔写了许多简谱。吃了几口后,"光头"似乎有了新点子,用橡皮把简谱字迹擦光重写,橡皮屑被吹到薯条旁边。

翻开布帘,朱末发现"文人"在收拾书。书壳整齐地靠舱壁堆放,从地板垒到顶部舷窗的遮阳布。也是难得一见。

朱末问他为什么收拾得这么干净,他回答:"有客人明天到。"

这话应该指的是休假期间临时来值班的人。

朱末把餐盘放到投影器边,故意瞄一眼投影屏上那些文字,就像过去半年里每天都做的动作一样;但今天,"文人"没有马上关闭屏幕。他等朱末回头,盯住朱末看,等待反馈。

"真是杰作。"朱末说完,掀开餐盒盖子,带上旧餐盒离开生活舱。"文人"开始缓慢地切割肉饼。

C站的人今天没打牌。

进入气闸舱,朱末听到上层的人在大声喧哗。两个站员面对面坐着,"抑郁症"高声叱呵"大喇叭","大喇叭"则在哭。朱末端来餐盒,建议两人先休息吃饭。

"抑郁症"边吃东西边介绍说,"大喇叭"从早晨开始一直哭到现在,就因为不知道到地面回家之后那十几天该怎么过。

"——我跟他讲了:你呀你真蠢,真的,休假休过二十多回了,跟家里人那点儿事情还要我教你?小师傅,你猜他说什么?他从早上到现在,一句话都没回答我!"

朱末心想,"大喇叭"这表现是正常的,人们给其取了这个外号是有道理的。

"抑郁症"转而问朱末那个已经提过四百多遍的问题,朱末继续不正面回答。

临进送餐艇前,他听到生活舱那边传来"大喇叭"的喊叫声:"我家里那些人都还活着,跟你家里不一样!"

站内变得一片平静,没有人说话。

第二天早晨,各人情况基本上大同小异。

这日的早餐简单,土豆泥混米粉,打进鸡蛋做煎饼,里面夹午餐肉。送完餐回食堂后,朱末再查一遍所有设备,填好检修清单,便坐在水槽旁抽烟。

九点过一刻钟,送值班人员上来的交通艇到了。司机并不是送他到岗的那位。

来食堂值班的人年纪很轻。全部交接完后,朱末看到对方把一张相片用磁铁吸在抽油烟机上,照片里是一对青年男女合影。

那人脸色很不好,走之前没跟朱末打招呼。

朱末也没有打招呼的心情。返回地面的一个多钟头里,他一直情绪低落。

6

第二年二月初的一天，朱末思考很久，决定在次日晚上做顿年夜饭。

这件事他没有提前告诉任何人，因为这个食堂原本从没做过年夜饭。

饺子完全没办法做，因为没有面粉。去年，他曾有过一次申请的机会。那是圣诞前夕，返岗的第一天，因为事先接到通知，朱末提早抵达机场。公司办公室的内室里，后勤部门的长官找他谈话，询问完有关食堂工作的一些问题后，长官问他对单位是否有什么要求想提，朱末便提出希望增加食材原料，尤其是面粉。自己制作煎饼和油炸食品时总用米粉代替面粉，口感十分不佳。

这要求被当场驳回，原因是面粉贮存时存在安全隐患，有引发粉尘爆炸的危险性。对此，朱末没有追问，之后也就不再说任何其他话。互相沉默许久后，后勤长官主动提出让步，可以改为增加别的食材。

最后决定，在食材原料名单里新增冻鱼肉与圣女果。

那天谈完话，后勤长官去停机坪亲自送机，并对朱末说："小伙子，好好发挥，大家过日子全都指望你了。新增食材下周送到，记得把那边的冷库先清理一下，明白吧？"

朱末很清楚这位长官为什么会有这种态度。

是因为那件"事故"。

谈话开始前，他坐在办公室外室等待，听到周围那些职员在聚集谈论那件事。其实不算什么严重事件，以前也不是没发生过，但毕竟惹人不快：休假期间，朱末所在的三角信号阵里，有值班人员擅自逃跑。

一名A站的值班员不堪忍受寂寞和人际关系问题，在假期过半时暴力威胁食堂代班厨师打开气闸舱口，自己则穿上逃生服从高空跳下。降落伞正常打开，但着陆时不幸出现意外，那人的双腿遭受重伤。

据说上层有人为这次事件受了惩罚。或许后勤长官是想指望朱末多做些好吃的，令正式员工安心于工作，不要再出问题，这样他们这些长官们也免得倒霉。

但朱末不会理睬他。他知道其他六个员工也不会理睬。

值班人员是值班人员，他们是他们。双方是完全不同的两类人，相互之间根本无法理解。

现在，朱末没有任何特殊目的。他仅仅只是想做一顿年夜饭而已。他很清楚，那六个人对过年不过年完全无所谓，并且对有没有面粉也无所谓。但他仍乐于思考这个问题。

首先是特殊菜品的登场。

那场谈话过后不久，后勤部门及时送来冻鱼肉。朱末把它们冻了一个多月，一直没用过。这晚，他把鱼肉化冻，切成薄片，搭在米饭团上。米饭事先用复水醋浸泡过。最简单的寿司就这样完成了，除了微粒米口感怪异外，其他方面没有任何问题。这算半个主食。

然后是配菜。

过去一个月，朱末减少了鸡蛋用量，攒到今天，集中打进锅做成三张厚度达半厘米的鸡蛋饼，每两人一张。剩下一些食材全部放进汤锅，连同拉面一起煮，多加了午餐肉，模仿韩国料理中的"部队锅"，算另半个主食。份量很足，够他们吃饱。另外他还将圣女果碾碎榨汁，做出番茄果醋。

除夕夜当晚，这样的伙食让所有人都感觉意外。他们不是不知道今天是什么日子,但从来不认为今天有什么特别。

大份量的晚餐送进 A 站生活舱后,"天文学家"首先发表意见说:"怎么做这么多?打算浪费我多少时间去吃?"

"乔总"倒是对菜谱非常关注。尤其是圣女果醋汁的做法,让他反复称赞。他向朱末表示,这杯饮料给予了自己新的灵感。"天文学家"则毫无兴趣,面色冷漠。

两人开始动筷子。朱末收过中午的餐盒,问"乔总"今天又有什么新的"项目"。

半年来,朱末越发频繁地提出这种请求,"乔总"现在早已习惯——他从臀后拿出一张 A5 打印纸,上面画了状如蜘蛛网般的复杂图案,占据整个纸张。据他介绍,这是一种名叫"物联网"的概念雏形,将是未来数字社会的发展方向。

——到时候,只需用你自己的手机就可以远程操纵你家里所有家用电器的工作,这是改变世界的一个巨大发明,人类社会也会因此而变得更加美好。"乔总"边吸面条边说。

这时,"天文学家"已经吃完了自己那份。不管份量再大,此人从来都会在五分钟内结束饮食。朱末看到他起身走回自己那片角落里,重新坐在望远镜后方。

冬天日落早,现在外面阳光几乎见不到了。"天文学家"手持纸笔,继续追踪自己那些目标,就像过去十三年里每天所做的事一样。

离开前,朱末问"乔总"现在已经积累了多少设计稿,"乔总"心算后回答他说,总计有将近万份。他在这里待了近七年,平均每天能设计出四份"发明"图纸来,朱末对此很清楚。他只是照例如此询问而已。

"乔总"同样照例对朱末重申,禁止与别人提到此事,因为那些图稿还有待自己继续修改完善。

B站里,反复播放的那张专辑今天被设定成随机换歌。

可面对丰盛的菜肴,今晚"光头"却挑食了。

"我不吃这锅里的面,"他告诉朱末说,"拿去给大作家吃去吧。"

朱末问他为什么。

"吃不下。太土了。跟家里一样土。这种菜我不吃。"

"文人"今晚继续在写作。寿司饮料及面锅被朱末放在了他桌上。听完菜品介绍后,"文人"笑着道谢,然后邀请朱末看他电脑上写的东西。自去年休假回来后,他一直在修改润色,今天中午刚完成。

朱末对他表示祝贺,并问他是否需要自己去跟补给飞艇的司机打个招呼,帮他把完成稿带去地面,交给他的家里人或拿去投稿。

"文人"马上关掉显示器,说出"抱歉"两字。

"改不完。《红楼梦》改过多少遍?"

朱末说不知道。

"曹雪芹家里有几口人?"

朱末摇头表示不清楚。

"对啦。你不知道。你要是知道反倒奇怪了。"

然后"文人"不再讲话,低下头开始吃面。吃过几口后,他把投影屏和桌上几个书壳推远,防止被面汤弄脏。

返回布帘另一侧时,"光头"已经将寿司全部吃完,正坐在舷窗边盯住星空,纹丝不动。

愿意称赞年夜饭的只有C站两个人。菜送到时,他们迅速扔掉手里的牌,大口吞吃滚烫的面和已经凉透的寿司、鸡蛋饼、果醋。"抑郁症"的表现尤为夸张,把每样食材、每种味道都大力赞扬一遍,面汤和口水洒遍地板了也顾不上。他自己夸累了,还逼着"大喇叭"也夸赞一遍，不夸完不许朱末离开，说一定要让朱末听到。

"大喇叭"思考很久，抬头看朱末，说："这盘鸡蛋饼像我家里人做的。"说完后脸上按耐不住，露出厌恶的表情。

听到此话，"抑郁症"把筷子拍在地毯上，不再开口。"大喇叭"脸上厌倦的神情也始终没有消失。

眼前的两人，最初同一年来这里上班，一起打牌的日子有十年，在生活上已经完全融为一体。尽管如此，朱末却明白，直到今天，这两人在某个特定的问题上，仍旧存在着根本性的不同；而这不同之处的本质，恰恰也是他们两人相同的地方。

家庭。

他们恨家人，家人也恨他们。

另外两个信号站里的情况也是一样。

朱末并没表现出过分的关心，整理好旧餐盒后就走了。

今晚他留给自己的只是两张米粉鸡蛋煎饼。果醋还剩一半，他一口气喝光。

准备完次日的材料后，他准点躺下睡觉，作息时间与平常任何一天都完全相同。

7

除去做饭、送餐、准备材料和休息，食堂工作每天的空闲时间并不多，朱末会拿它们来做些杂务，例如打扫卫生和检查清理设备。

舱内气温一年四季维持在二十三摄氏度左右，湿度在百分之六十以上，天天如此，很容易滋生昆虫，所以厨房区域的灭虫工作很重要。但公司例行的卫生检查只有两年一次的频率，六月休假期间来顶班的值班厨师又不管这事，所以每当假期的最后一天，朱末总要提早大半天返回岗位上搞卫生。

今天上午也不例外。乘交通飞艇回到食堂,与值班厨师交接完后,朱末简单弄一份鸡蛋三明治当作早中饭,吃完便开始打扫。

与朱末交接工作的值班厨师也和过去一样,完全是生面孔。这些临时员工都太年轻,不知道有灭虫这回事。

三明治吃完后,朱末从旅行包里取出几只空饮料瓶,用刀剪开,放入白砂糖和洗涤剂做成新的简易蟑螂陷阱,替换掉地板上那些旧陷阱。旧陷阱里淹死了十来只半大的蟑螂,被他连同陷阱一起塞入消毒焚化炉,烧成灰后压进垃圾容器里去。

此刻一个人在厨房里面对这些虫子,他心情反而不错。先前从地面飞向这里的途中,他浑身就一直这么畅快自在。

休假的那六名信号站站员要到晚上才回来。考虑到那六个人刚摆脱假期生活不久,心里舒坦,朱末准备晚上给他们也吃些舒服的东西。

菜单很快制订好了。不带洋葱的罗宋汤和炸鱼薯条,配鲜榨番茄酱。炸鱼用的面粉是朱末自备的,瞒着公司装在瓶子里带来这里,份量不多,仅够抹在鱼块表面来炸出脆皮。

8

每一年中的每一天,高空信号站里的生活一成不变,就像站外两万两千多米高空中的天气一样,永远是平静的晴天。阳光明亮,天空漆黑,大气层边缘发出弧形光晕,脚下的雾霾云层缓慢向东流动,没有结束的时候。只要地面上的人仍在使用全国无线数据网络,此处的人和此处的生活就不会发生变化。

唯一会不时变化的就只有食堂的菜品。大家对此心中有数,从来没人提出过质疑。

朱末头一次遇到有人提出疑问，是在这年七月底的一个中午。

这天的午餐是拌辣油的香肠炒面。C站的职员们照例在食用前夸赞了一番。接着，"大喇叭"说出自己的问题。

"朱师傅，你来这里几年了？"

"抑郁症"抬头盯"大喇叭"看。

朱末回答说："有三年了。"

"三年零十天。朱师傅，三年零十天里，你没有一顿饭做得跟老全师傅一样，对吧。"

朱末还没开口回答，"抑郁症"抢先说："喇叭你烦不烦啊？人家朱师傅做什么你就吃什么，管那些干吗？老全师傅在家日子过得好得很，用不着我们在这边——"

他持续批评"大喇叭"，直到累了停下来。

"大喇叭"这才接着说：

"老全师傅年初的时候死了。上个月在家休假时有人告诉我的。"

片刻沉默过后，"抑郁症"站起身，在生活舱内走一圈，随即开始砸东西。

砸的全都是他自己的东西。过程中他唯一没动的是朱末送来的拌面。他砸的速度很快，全部砸完后，便开始按顺序一件一件重新收拾。收拾的过程中他很安静。

朱末怀疑"抑郁症"并不是第一次听到老全的死讯。很可能此前"大喇叭"已说过无数次，他这样砸过了无数次，也这样收拾过了无数次。

他俩就是这样的两个人，一个"大喇叭"，一个"抑郁症"。

收拾完毕，两人继续吃面，朱末带着旧餐盒离开。"大喇叭"叮嘱朱末不要把老全的事告诉别人。

老全死了,这消息朱末是头一回知道。一个月后,他发现A站的人原来也知道这件事。那正是全年最炎热的时段,补给飞艇的司机私下向他透露,地面城市的真实气温已经连续数日突破了四十三摄氏度。

全国各地有很多人放假在家,无线网络使用量随之激增。各个高空信号站内电子设备的负荷加大,工况散热成为当务之急。由地面传来了控制信号,授权信号站的主电脑程序继续提高制冷强度——措施是加强通风,降低舱内室温,让高空两万多米、零下四十几度的稀薄空气带走设备的热量。

于是,在全国各地创纪录般地燥热的同时,高空信号站内的温度被降至十四摄氏度左右,恰似秋天。

一夜之间如此降温,为防止站员不适,这天中午,朱末专门准备了热粥。粥里配的是圣女果、菜叶、午餐肉丁、香肠丁、鸡蛋花,以及增加用量的盐和植物油。

进入A站生活舱,"乔总"一人坐在地板中间的稿纸上。"天文学家"披着大衣,正蹲在望远镜后。望远镜对准的那扇舷窗,被安上了一层偏振防晒窗帘。

此人这样的观测行为已持续近一个月,据"乔总"说,那人每天看望远镜的时间超过十二个小时。其最新的观测成果也已经出炉,论文修改过好几稿,目前正在加强观测,以确保论文中的数据足够可靠。

放下粥后,"乔总"主动提起老全病故的事。他推测其罹患了胰腺癌。

话没聊完,"天文学家"离开了望远镜,朝两人走来。

他并非过来吃饭,而是把很厚的一沓纸递给朱末,要求朱末带回食堂，用垃圾焚化炉焚毁。

"乔总"放下记载菜肉粥配方的纸，问"天文学家"为何不直接用A站内部的生活垃圾处理机。"天文学家"回答说："这里面都是我前几版的观测数据，绝密的东西，流传到社会上会引起恐慌，后果不堪设想。必须全部烧掉！"

离开A站时，"天文学家"严令朱末绝不可翻看那些旧论文。朱末答应下来。

看不看也无关紧要，他早就知道对方论文里写的都是些什么内容。但在焚化之前，他还是阅读了几页内容。

论文的题目是《由光谱波动频率分析开普勒452表面戴森球建筑的形态发生学及建筑结构》。

果然仍是老一套。和"天文学家"过去写过的几篇题目类似，只是换成另一颗恒星作为分析对象。结论也差不多。文章认为，那些外星文明通过所谓"技术爆炸"概念入侵地球的可能性为无穷大，预测抵达地球的时间是十年之后。

这个"十年之后"的结论数字一直没变过。朱末记得一年前"天文学家"就这么说过。朱末确信，再过几年后，对方论文中的这个数字仍然会是"十年之后"，否则，按对方的话来说，那样将会"不符合科学性"。

"乔总"和"天文学家"一样，也极其在意自己的"科学性"。"乔总"今天中午谈到过自己的又一个新发明——头戴式显示器外设。这种显示器会把画面近距离投射到使用者双眼中，画面内容可根据使用者的手套动作而相应改变，足以提供一种身临其境的视听体验。

这项产品自然是科学的，因为这种正式名称叫作VR设备的商品，早在十多年前就开始在许多电器超市的货架上打折出售了。如同

"乔总"过去曾设计出的那一万两千多个早已存在的发明一样,它绝对是完全符合一切科学原理。

"乔总"和"天文学家"一样,永远不会被人们所相信,而他们对此也完全不在乎。

朱末把论文全部压进焚化炉的炉膛里去。

到了九月中旬,就连"文人"都在谈论老全的死。

那天送完早餐后,"文人"十分罕见地主动对朱末说话:"老师傅没等我写完就走了。"

朱末用点头回应他。

谈这事时,"光头"隔着布帘在哼歌,调子与正在播放的曲子几乎完全不同。说完话,"文人"坐在电脑前重归沉默,低头看着餐盒里的土豆炒午餐肉片盖浇饭,也不吃。

退回到布帘另外一侧时,朱末看到"光头"边哭边在唱歌。好一阵之后他才听出,"光头"一直在哼着的正是此时在播放的歌曲,只是拍子和音符都不合。

难得听见一次的长时间哼歌,不知"光头"为什么要这么做。不过在朱末看来,这种行为无非是再次显示出"光头"的本来面目——

——在自己喜爱的事业方面,此人根本没有一丝一毫的天分。

——布帘隔壁的那位也是一样。

朱末回忆起此前无数次投影屏上读到过的作品。"文人"花费了超过十五年的时间,把自己封闭在信号站里反复修改它们,但直到今天,小说的字数仍没有超过四千字。内容也始终没变过,说的是作者出生后在托儿所、幼儿园、小学经历过的几件事。

这些事一直没写完。朱末认为它们永远也不会被写完。

9

朱末入职的第五年,总公司下达了新政策,线网系统需要整体增加频段。具体到高空信号阵部门,每个信号站都要新增一批设备,中继服务器和天线的数量也要增多一倍。

改造工程在这年秋季启动,跨越十二月份的休假时段,到假期结束时方才完工。

十二月下旬,结束休假返回食堂的途中,朱末抬头望见了信号阵的直观变化:每个信号阵舱体的底部都新添了一圈发射天线。透过交通飞艇舷窗朝头顶看去,天线防撞灯数量大大增多,天空中闪烁着的红色光点更加密集。

星空中的红色网络越发宏伟庞大。

今年担任假期值班厨师的年轻人脾气很烈。将近中午十二点时朱末抵达食堂,迎面就遭到对方的一阵痛骂,责问他为什么迟了半个小时才到。司机说这事不怪朱末,飞艇起飞时被延误了;朱末也解释了是由于天气原因,加上圣诞期间机场空域繁忙,所以时间有些耽误。

年轻人并不接受这些理由,或者说,他正好逮住一次机会,可以好好发泄这十几天来的抑郁。

"你们忙,我就不忙了?女朋友一直在等我回去过节,你们迟到半小时,我他妈挤地铁就要耽误一个钟头!——哦对了,你马上是不是还要验收食堂设施?"

朱末表示没错,随即走进厨房开始检查。

年轻人吵闹的音调继续提高:

"妈的烦死了,快点儿快点儿,看完了就快签字,我他妈快来不及了!这个破单位里怎么个个都那么磨蹭。"

这话连司机都听不下去。两人大吵起来，朱末在旁边劝架。司机指责年轻人毫无责任心，问他是不是不想干了，不想干就趁早改行。

年轻人越发恼怒。

"正好！这个鸟工作是人干的？正常人谁会来这里干活？我为什么非要干这行不可？为什么要来受这个罪？为什么？"

这话让朱末有些分不清，此人究竟是在怨别人还是在怨自己。

不断催促之下，验收过程草草了事，朱末签完字后，年轻厨师夺过交接单，拽起包径直钻进飞艇客舱。很快，朱末发现那位值班厨师彻底忘记了要放杀虫诱饵，橱柜下面被朱末驱赶出十多只中等体积的蟑螂。想要去找那年轻人追责已经不可能了。

蟑螂不在白天活动，要抓捕它们只能等到夜里。

不巧的是，今天总部临时调整了补给线路。成批新鲜的食材和调料下午送到食堂，朱末和司机一起花了一个多钟头搬补给箱；送过晚饭后，他又花费四个小时时间才把它们都归整到位并统计好。灭虫工作不得不延后一天。

次日晚，平安夜，也很忙碌。朱末打算制作的三鲜炒饭需要提前两个小时煮饭。直到晚间工作全部结束，他才开始着手清理那些虫满为患的诱饵，然后再次打扫卫生。打扫完后重新摆放诱饵，一直忙到凌晨一点半才躺下。

连续操劳了两天，头脑仍处在兴奋状态的朱末无法入睡。他起身走到生活舱舷窗边。

白天刚有过一场大雨，周边地区今晚的天气难得转好，雾霾消散了大半。

窗外，隐约能看见地面城市发出的大团橙黄色灯光。雾层中闪现着许多出现位置不定的光芒，转瞬即逝，应该是圣诞夜的焰火。原本多彩的焰火颜色，隔着遥远的距离及飘着薄雾的大气传到朱末眼中时，只剩下红光还能被看见。

不可能听见焰火声，耳旁只有舱内空调吹风的声响。朱末脑中接连响起烟花爆炸的声音，随着眼前画面在同步播放。

他回忆起昨天中午，暴躁的年轻厨师的那番质问。

自愿去做任何一件事的时候，任何人都总会有理由。朱末躺回被窝中，想到另外那六个人。

有人想一辈子躲起来搞自己的那些艺术品，有人是因为家里人围着自己太近，或者因为自己离家里人太远。还有人希望相信自己的才华超越了世界上所有其他人，为了能让自己继续这么相信下去，于是选择自我放逐，远离整个世界。

这个国家的上空，正有六十多万个高空信号站在日夜运作，超过一百二十万人离开地面，就这么十几年、几十年地飘浮在空中。除了每年一个月左右的假期时光，他们什么都不害怕。陪伴他们的还有二十多万名食堂大厨。而在每年的招聘季，地面上仍有更多的人期盼获得这样的工作岗位。

人人都有自己的理由，这些理由无可辩驳也不可改变。他们的人数还在不断增多。

生活舱梯子那边的灭虫陷阱仿佛有些动静。朱末没去看。他睡着了。

10

直到工作第十年秋天，后勤部门才终于同意将面粉列入原料名单中。获批准的分量不多，无法作为主食来用，只能偶尔做些小吃，调剂一下员工的味蕾。面粉包装袋采用厚重的塑料压力容器加真空塑封设计，保证了安全性，但每次开袋时朱末都要费一番劲。

头一批面粉运到时正好快到中秋节，朱末得以做出一些简单的手工月饼。馅料用午餐肉糜和香肠肉糜做，包好后刷上蛋液，很快就能烤出来。他一共烤了十二个。

送月饼的那晚，出现了惊人的罕见情形：B站居然停止了播放音乐。

十年来头一回见到。朱末问是怎么回事。

"光头"说自己今天没心情放歌。他告诉朱末，"文人"要离职了。

没了音乐，朱末感觉"光头"和"文人"的说话声今晚都有些不对劲。

"文人"则解释道，六月份那次休假期间的体检，查出他双眼视网膜有脱落危险。病情不宜拖得太久，家里还有许多疾病保险方面的事务要处理，为了能顺利提出保险金，家里人逼他回家。下个礼拜他就会离开。

他一直都不想说，拖到今天才忍不住告诉了"光头"，结果便造成"光头"今天极端异常的表现。

说话时，"文人"一直在揉眼睛。"光头"嗓音粗暴，强令他不准揉，防止病情进一步恶化。

此后的几天，朱末每次到B站送完餐，都会带走一批"文人"的书壳，存进食堂库房里，择日让补给飞艇带回地面。到了"文人"离开那天，那些书壳已经全部搬空，留出空间给以后新来的员工。

离职那天，"文人"只带了电脑回家。"光头"想送他一只唱片封套，他没肯要。

替换"文人"的新人在十一月底时进驻B站。某天送午餐时，朱末见到了他，交流不多，还没有互相熟悉。

然后很快地,十二月的休假就到了。

临行前的最后一晚最难熬。朱末到十二点也没睡觉,而是坐在水槽边抽烟,边抽边在一张空白的设备检修清单上列出回家要做的事项。

回到机场后,父母会开车接他去吃饭,提前庆祝他四十五岁生日。之后去医院和疗养院看奶奶及外公外婆。前妻的父母住得很远,他们也不会用数字银行,要去银行实体店把现金提出来交到他们手上。还要和前妻商议明年的抚养金数目,商定以后转账给她,然后同她一起去见那三个孩子,陪他们过几天。至于公司组织的体检、年度总结会、员工资质审核、卫生检疫考试……这些事情都需要单独拨出时间去办。

琐事一条接一条,仿佛永远写不完。

写字过程中,朱末多次查看腕上的日历手表,努力想要弄清,假期还要熬多久才可以结束。

只要等到结束以后,他就可以回来做一些想做的事情了。

一些简单的、完全顺从自己意愿的、没有人会约束和干涉的事情。一些好的事情,一些让他觉得自己仍在活着的事情。

一些只存在于这温暖、干燥、平静的食堂中的事情。